Eresh und die zwei Planeten

von

Jasmin Engel

Buchbeschreibung:

Sumerischer Stadtstaat Uruk, etwa 2500 v. Chr.

Die 16-jährige Eresh ist eine Außenseiterin, denn während ihre Mutter eine Sumererin aus wohlhabender Familie ist, gehört ihr Vater jenen Wesen an, die von den Menschen als Götter verehrt werden.

Bei seinem zweiten Besuch stellt er seine Tochter vor die schwierige Wahl, ein Jahr später mit ihm zu seinem Heimatplaneten Nibiru zu kommen oder für immer auf der Erde zu bleiben.

Als Eresh jedoch unfreiwillig ein Geheimnis mit ihrer Halbschwester Dara teilen muss und auch noch der junge Schuri in ihr Leben tritt, überschlagen sich die Ereignisse und Eresh gerät in große Gefahr.

Zur Autorin

Jasmin Engel wurde 1982 in Aschaffenburg geboren und lebt heute in Darmstadt. Neben Romanen schreibt sie auch Lyrik und Kurzprosa. Ihr Debüt „Die Götter der Dämmerung“ ist 2020 erschienen und ihr Roman „Die Traumreisende - Nachtblüten“ 2022 - beides in Kleinverlagen. „Eresh und die zwei Planeten“ wird sicher nicht ihr letzter historischer Fantasyroman sein, der bei den Sumerern spielt.

Eresh und die zwei Planeten

Von Jasmin Engel

ISBN Softcover: 978-3-910791-10-7
Druck und Distribution im Auftrag des Verlags:
Lycrow Verlag, Schillerstraße 8, 17166 Teterow

Eresh stellt sich vor

Ich bin kleiner und unscheinbarer als die anderen Kinder meines Vaters.

Ich bin größer und auffälliger als die übrigen Kinder meiner Mutter.

Meine Haut und meine Haare schimmern dunkler als die der anderen Kinder meines Vaters.

Meine Augen leuchten in einem helleren Ton als die der übrigen Kinder meiner Mutter.

Ich gelte als plumper und weniger anmutig als die anderen Kinder meines Vaters.

Ich gelte als empfindlicher und weniger robust als die übrigen Kinder meiner Mutter.

Mir wird nachgesagt, ich sei nicht so gebildet und weise wie die anderen Kinder meines Vaters.

Mir wird nachgesagt, ich sei nicht so gewitzt und geschickt wie die übrigen Kinder meiner Mutter.

Meine Abstammung und mein Heim beschämen die anderen Kinder meines Vaters.

Meine Herkunft und meine Eigenheiten befremden die übrigen Kinder meiner Mutter.

So stehe ich, Eresh, stets zwischen zwei Familien. Ich befinde mich zwischen zwei Welten, zwischen oben und unten, zwischen Ehre und Hohn – und gehöre nirgendwo richtig dazu.

Schon von klein auf lebe ich in einem Wohnviertel in der glorreichen Metropole Uruk. Unsere Stadtmauer ist die gewaltigste des gesamten Reiches. Sie wurde einst von dem legendären König und Halbgott *Gilgamesch* errichtet. Wer kennt es nicht, sein Epos, gesungen oder erzählt?

Unser Fluss durchzieht die ganze Stadt und seine Arme sind nach allen Seiten hin ausgebreitet. Wir nennen ihn auch *Id Ugina*, den Blauen Fluss.

Im überragenden Uruk also wohne ich zusammen mit meiner Mutter, meinem Stiefvater und natürlich meinen Halbgeschwistern in einem ansehnlichen Haus mit Flachdach und Innenhof. Es steht nicht ganz so dicht an dicht mit den anderen Häusern wie jene, in denen die weniger wohlhabenden Bürgerinnen und Bürger wohnen. Darauf sind meine Eltern stolz.

Meine beiden Halbbrüder und meine drei Halbschwestern sind die Kinder meiner Mutter mit ihrem rechtmäßigen Ehemann. Ich hingegen entstamme einer vorehelichen Liebelei, die *Ama* mit einem geheimnisvollen Fremden hatte.

Während meine Geschwister unter den Fittichen eines Vaters aufwachsen dürfen, der an ihrer Seite weilt, den man in der Stadt kennt und respektiert, wird über meinen nur gemunkelt.

Manche Leute vermuten sogar, er habe Flügel besessen. Andere gebieten ihnen, besser darüber zu schweigen. Gäbe es mich nicht, hätte dieses Gerede wahrscheinlich längst ein Ende gefunden. Aber so erinnere ich mein Umfeld tagtäglich daran. Allein durch meine bloße Existenz.

Mein leiblicher Vater ... Nun, für mich ist er nicht die obskure Gestalt, nahezu Mythen entsprungen, über die das einfache Volk in der Stadt Klatsch verbreitet und über die Höherstehende hinter vorgehaltener Hand tuscheln. Ich habe ihn schließlich schon zweimal gesehen und mit ihm gesprochen.

Das eine Mal besuchte mich mein leiblicher Vater, als ich noch klein war. Doch ich kann mich auch jetzt, als junge Frau im heiratsfähigen Alter, noch gut daran erinnern. Mitten in der Nacht war ich allein mit meiner Mutter zu dem abgelegenen Treffpunkt gelaufen. Wie eindrucksvoll Vater damals auf mich neugieriges Kind gewirkt hat! Wie wenig ich zu begreifen vermochte, dass das tatsächlich mein Vater, mein *Adda*, war!

Das zweite Mal liegt erst zwei Monde zurück. Anders als davor musste ich völlig allein zum Treffen erscheinen. Vater wurde jedoch im Gegensatz zu einst von seinen beiden ältesten Töchtern begleitet. Wir sollten uns schon einmal kennenlernen, meine Halbschwestern und ich. Auch sie schüchterten mich ein. Hoch ragten sie auf wie Zedern. Fein und eigenartig muteten ihre Gewänder an. Scheu blickte ich zu ihnen auf.

Vaters zweiter Besuch hatte einen bestimmten Zweck. Er stellte mich vor eine schwerwiegende Entscheidung: Ich sollte bei seinem nächsten Besuch in zwölf Monden mit ihm kommen – oder für immer hierbleiben. Hier, bei meiner Mutter, meinem Stiefvater und meinen Halbgeschwistern. Und irgendwann womöglich im Haus meines zukünftigen Ehemanns.

Ich habe es meinem Vater bis heute nicht verziehen, dass er mich damals vor so eine radikale Wahl gestellt hat.

Erstes Buch

Teil eins

„Was du suchst, wirst du nicht finden. Denn als die Götter den Menschen erschufen, behielten sie die Unsterblichkeit für sich.“

(aus dem Gilgameschepos, ca. 2100-1600 v. Chr., mündliche Überlieferungen älter)

1. Schweigen und Schreie

„Bei den Göttern! Können wir nicht auch *EINMAL* durch die Stadt gehen, ohne dass wir wegen dir auffallen?" Das Mädchen seufzte genervt.

„Komisch. Ich hatte bisher immer den Eindruck, dass du *gerne* auffällst", konterte Eresh in sarkastischem Tonfall.

Nicht zum ersten Mal fand dieser Wortwechsel zwischen Eresh und ihrer um zwei Jahre jüngeren Halbschwester statt. Wenigstens verstand sie sich mit ihren beiden anderen jüngeren Halbschwestern etwas besser als mit Maschdara, meist kurz Dara genannt.

„Es ist schlichtweg peinlich, dass dich ständig jemand angafft. Ob wir nun zum Markt gehen, wie jetzt, oder sonst wohin." Dara rollte mit den Augen.

„Vielleicht hat dieser Bauernbursche aber auch dich gemeint", schaltete sich ihre Mutter besänftigend ein, indem sie sich kurz zu ihnen umdrehte.

Sie ging den beiden Mädchen voraus durch das Stadt-Getümmel von Uruk. „So hübsch, wie du geworden bist", beschwichtigte sie ihre Tochter.

„Ja, gewiss", erwiderte Dara übellaunig. Sie lachte ihre ältere Halbschwester zynisch an. „Du solltest dich verschleiern, Eresh."

„Das sehe ich gar nicht ein", begehrte Eresh gleich auf. „Ich bin 16 und keine alte Witwe!"

Sie liebte es schließlich genauso wie andere junge Mädchen, sich hübsch zurechtzumachen: schöne

Frisuren, Schminke und Gewänder nach der neusten Mode.

In Wahrheit kam es nicht oft vor, dass sie ein Mann mit offenkundigem Interesse musterte. Noch seltener, dass ein junger Bursche sie ansprach. Verstohlene Blicke gab es dafür umso mehr. Das verhinderte die unsichtbare Mauer zwischen Eresh und anderen Leuten nicht, nein, sie förderte die Blicke sogar.

„Schaut nur, der Weiße Tempel leuchtet gerade besonders schön im Sonnenlicht.“ Ihre Mutter versuchte sie offenbar, abzulenken.

Schließlich diente der Weiße Tempel, der über einer zwölf Meter hohen Terrasse aus Lehmziegeln aufragte, der Beobachtung der Gestirne. Und nichts faszinierte Eresh mehr als der Sternenhimmel.

„Wenn wir den Weißen Tempel schon so nah sehen können, ist es wenigstens nicht mehr weit bis zum Markt“, brummte Dara.

Da hatte ihre Halbschwester recht. Mit diesem Ziel vor Augen zogen die drei weiter durch die engen Gassen und zuweilen auch durch breite Straßen mit ihren zart ockergelb schimmernden Gebäuden. Die meisten Häuser wiesen eine kleine Luke kurz unter dem Dach auf und die Fassaden keine Verzierungen. Das war den besonderen Bauten vorbehalten, ob sakral oder profan.

Die drei Frauen trugen je einen Korb, um darin die Markteinkäufe zu verstauen. Mitunter wurde auch die Dienerin Aya auf den Markt geschickt. Doch häufig wollte ihre Mutter lieber selbst die Waren begutachten und nahm zwei ihrer vier Töchter mit.

Hier auf dem Markt hatte man beständig das Klackern der Töpferscheiben in den Ohren. In diesem Viertel wurden im Minutentakt Schüsseln, Krüge und Ähnliches aus Ton gefertigt. Es gab aber auch

Manufakturen für andere Produkte, wie Flechtwerk, Werkzeuge oder Kleidung.

„Ich habe Hunger", murrte Dara. „Wir sollten etwas zusammen essen."

Eresh musste grinsen. Ausnahmsweise war sie mal einer Meinung mit ihrer Schwester. Ihr Magen knurrte wie ein Berglöwe.

Kein Wunder, gerade hatten sie eine der großen Garküchen passiert. Dort kochten und buken Frauen besonders zur Mittagszeit riesige Mengen an Speisen. Das Essen wurde von Vorarbeitern abgeholt, die es dann zusammen mit Bier an jene Männer austeilten, die sich auf den Baustellen oder in den Manufakturen abrackerten. Selbst jetzt, nach dem Mittag, duftete es noch in der ganzen Straße appetitanregend nach Bohneneintopf, gebratenem Fisch mit Knoblauch und mit Fett abgeschmecktem Getreidebrei.

„Wir sind ja gleich auf dem Markt", wandte sich ihre Mutter an Eresh und ihre Schwester Maschdara. „Dort können wir uns eine Schale Linseneintopf genehmigen."

Es schien, als habe sich hier auf dem Markt alles an Staub, unterschiedlichsten Gerüchen, Gewusel, Stimmengewirr, Höflichkeit, Freundlichkeit, Gleichgültigkeit, Frechheit und Feindseligkeit versammelt, was die Stadt nur aufzubieten hatte.

Obgleich Eresh regelmäßig hierherkam, bot der Markt von Uruk doch immer wieder etwas Neues, Aufregendes. Aktuell staute sich die Menschenflut zwischen den Ständen, sodass sie kurz warten mussten.

„Talismane! Amulette!", rief ein kahlköpfiger Händler mit sonnengegerbter Haut am Stand neben ihnen.

„Talismane und Amulette für jede erwünschte Wirkung! Ihr möchtet Schutz vor den *Sieben Bösen Dämonen*, dem Pestgott *Erra* oder vor *Utkku*, bösen Geistern?“ Mit schmeichelndem Grinsen sah er auch Eresh, ihre Mutter und Schwester ein paar Momente an. „Ihr wünscht euch das Herz eines noblen Mannes? Erstrebt ihr vielleicht mehr Wohlstand? Zu all dem können euch meine Talismane und Amulette verhelfen! Kommt herbei und sichert euch eines, bevor sie alle weg sind!“

Eresh musste schmunzeln.

Maschdara dagegen wollte bereits näher an den Stand herantreten, als der Stau sich löste und ihre Mutter sie an der Hand weiterzog.

Bald erreichten sie einen Imbiss, an dem eine wohlgenährte Matrone mit rot glänzenden Wangen drei verschiedene Eintöpfe und Brotfladen anbot. Ihre Mutter wählte mit einem gewissen Stolz im Gesicht den teureren mit Linsen und einem Hauch kostbaren Honig.

Mit der köstlich duftenden Mahlzeit in der Hand suchten sich die drei Frauen einen Platz etwas abseits des Getümmels. Glücklicherweise durchzogen Grünflächen mit Palmen und anderen Bäumen die Stadt, boten Grün und Schatten, sodass sie ein herrliches, geschütztes Fleckchen fanden, an dem sie gemeinsam ihren Eintopf mit Brot zu sich nehmen konnten.

Danach kamen sie zu einem Stand mit allerlei Obst. Dunkel glänzende Datteln, pralle grüne Feigen, reife Quitten und Aprikosen in den Farbtönen eines Sonnenuntergangs verströmten einen fruchtig-frischen Duft, begleitet von verlockender Süße. Hier kaufte Ereshs Mutter einiges ein. Ebenso am Stand ein paar Schritte weiter, wo es stark gesalzenen Schafskäse gab. Städter wie Eresh und ihre Familie erstanden hier den Großteil ihrer täglichen Nahrung. Die Landbevölkerung war schließlich zuständig für die Versorgung der Städter.

Kaum waren Eresh, ihre Mutter und Dara im Begriff, den Markt wieder zu verlassen, drangen Schreie zu ihnen. „Kommt, rasch weiter. Ich möchte, dass wir dem aus dem Weg gehen“, sagte ihre Mutter.

Die Schreie wurden jedoch lauter, als die drei an einer der kleineren Kultstätten für die Göttin *Inanna* vorbeikamen. Sie klangen klagend und laut wurden in einer verwandten Sprache wohl Götter um Hilfe angerufen. Wenige Augenblicke später sah Eresh sie auch schon um die Ecke kommen. „Kriegsgefangene“, sprach sie mehr zu sich selbst. Es schauderte sie.

Eine kleine Truppe sumerischer Soldaten schleifte vier leicht ausländisch aussehende Männer mit gefesselten Gliedmaßen mit sich. Die Geschundenen waren fast nackt, nur mit einem Lendenschurz und Straßenstaub bekleidet, während die Soldaten leicht spitz zulaufende Helme trugen und alles verhüllende Umhänge, die über der Brust mit einer Brosche zusammengehalten wurden.

„Schnell, weiter!“, mahnte ihre Mutter sie. Für manche mochte solch ein Spektakel sehenswert sein, für andere überhaupt nicht.

Eresh zwang sich, die Kriegsgefangenen nicht anzuschauen, und eilte rasch weiter, als sie beinahe hingefallen wäre. Eine Hand hielt ihren Knöchel umklammert. Entsetzt sah Eresh zu dem Kriegsgefangenen hinab, der sie gepackt hatte. Erst jetzt fielen ihr all seine Wunden auf.

„Du bist eine von ihnen, nicht wahr?“ Sein Sumerisch wies einen Akzent auf. Mit geweiteten Augen starrte er sie an. „Oh, gib mir deinen Segen! Ich bin des Todes. Erfülle mir diesen letzten Wunsch!“

Eresh wusste nicht, was sie erwidern, wie sie reagieren sollte. Nervös blickte sie zwischen dem Mann auf dem Boden und ihrer Mutter hin und her.

Da trat einer der Soldaten dem Kriegsgefangenen so fest in die Seite, dass er Ereshs Knöchel wieder losließ.

Das Mädchen wandte sich schnell um und lief um eine Straßenecke. Dort wartete sie mit klopfendem Herzen auf Dara und die Mutter, die ihr gefolgt waren.

Beklommen gingen sie danach zurück nach Hause – schweigend.

2. Fragen und Antworten

Vor zwei Monden, in tiefster Nacht.

Es war kühl zu dieser ungewohnten Zeit und vom Fluss her wehte eine überaus frische Brise. Eresh zog ihren Wollumhang etwas enger um sich. Darunter trug sie nur das klassische, leichte Gewand, das den rechten Arm mit der Schulter freiließ und eine Handbreit über den Knöcheln endete. Vor einer Doppelstunde waren sie von zu Hause aufgebrochen.

Niemand befand sich an ihrer Seite. Nicht ihre Mutter, wie beim ersten Mal, und auch nicht mehr die Dienerin der Familie. Aya war es lediglich gestattet gewesen, Eresh an das Ufer dieses abgelegenen Seitenarms des Euphrat zu bringen. Bis das Treffen beendet war, sollte die Dienerin sich fernab bei den Pappeln für den Rückweg bereithalten.

Eresh gegenüber standen gleich drei Personen, die ihr im Grunde fremd waren: ihr leiblicher Vater Enthar und seine beiden ältesten Töchter, ihre Halbschwestern. Sie alle waren eigens aus dem „Großen Darüber" angereist, von einem Ort jenseits des sichtbaren Himmels. Von dort waren sie herabgefahren, um sie, Eresh, zu treffen! Sie fühlte sich geehrt.

Nur schade, dass es dennoch mehr die Erhabenheit, ja, die offensichtliche Überlegenheit ihrer Verwandten war, weswegen Eresh fröstelte. Sie waren alle drei so hochgewachsen, so eigentümlich gekleidet – und sie lächelten so wenig. Sowohl ihr Vater als auch ihre

Halbschwestern trugen eine merkwürdige Einheit aus Hose und Obergewand. Bei dem Mann war sie grau, hingegen bei den beiden jungen Frauen violett und so anders, als man sich in Ereshs Umfeld kleidete.

Die Augen von allen dreien waren relativ groß und hell, nicht dick schwarz umrandet, wie es in Ereshs Welt Sitte war. Womöglich hatte man mit diesem Brauch schon immer die Augen größer wirken lassen wollen, nach Vorbild der Götter. Ihre Brauen bogen sich hellbraun über ihren Augen und wuchsen in der Mitte nicht zusammen, wurden auch nicht so geschminkt. Ganz anders als bei Sumererinnen.

Im gleichen Farbton wie ihre Brauen fiel den beiden jungen Frauen das Haar offen über den Rücken. Das Seltsamste aber war das bartlose Gesicht ihres Vaters.

Eresh fühlte sich hin und hergerissen. Ein Teil von ihr wollte am liebsten gleich zurück zu Aya, der ihr vertrauten reiferen Frau. Der andere Teil von Eresh jedoch konnte nicht genug Zeit mit ihrem leiblichen Vater verbringen, rare, kostbare Zeit mit ihm. Ihre Halbschwestern würde sie auch gerne besser kennenlernen. Bisher hatten sie es Eresh mit ihrer kühlen Art allerdings nicht leicht gemacht.

Sie wechselten untereinander ein paar Worte.

Dann stellte ihr Vater sie auch schon gleich unverblümt vor die Entscheidung, nächstes Mal mit ihnen zu kommen oder auf ewig hierzubleiben. Wie konnte er sie so überrumpeln?

Eresh verstand sie nicht, diese Götter, von denen sie zur Hälfte abstammte. Jene, deren Symbol in ihrer Schrift ein achtstrahliger Stern war. Jene, die von dieser himmlischen Welt kamen, für die der Stern ebenfalls symbolisch stand.

„In ...“ Ihr Vater überlegte kurz und rieb sich das Kinn. „In zwölf Monden kehre ich zurück und erwarte deine Entscheidung, Tochter“, verkündete er mit wohlklingender, tiefer Stimme. Endlich, ein Lächeln! Es verlor sich gleich wieder, als eine seiner beiden Töchter ihm etwas zuraunte. Eresh blickte die beiden mit einem Stirnrunzeln an. Sie hatte kein Wort verstanden.

„Oder“, begann ihr Vater erneut und wirkte dabei ein bisschen unbehaglich, „Bist du etwa bereits mit einem jungen Burschen verlobt?“

Bereits?, dachte Eresh schmunzelnd. Viele in ihrem Alter waren längst verheiratet. Eresh hatte sich bislang erfolgreich dagegen wehren können, dass ihr Stiefvater jemanden für sie aussuchte. „Nein, das bin ich nicht, *Adda*.“

Ihr Stiefvater hatte sie wahrscheinlich allein deswegen noch nicht dazu gezwungen, weil sie nicht seine Tochter war, sondern eine Tochter der *Anunnaki*, der Götter.

Erleichterung huschte über das Gesicht ihres Vaters.

In nur zwölf Monden sollte Eresh sich also entscheiden? Allein der Gedanke daran machte, dass ihr ganz flau im Magen wurde. Eresh merkte, wie ihre Hände zu zittern begannen. Sie zwang sich, ruhiger zu atmen. „Ich weiß kaum etwas über eure Welt. Was, wenn ich mich falsch entscheide? Es versetzt mich in Furcht, am Ende an einem Ort leben zu müssen, an dem ich mich nicht wohlfühle. Lass mich meine mögliche zukünftige Heimat doch einmal besuchen, bevor ich mich entschließe, für immer dortzubleiben. Bloß ein einziger kurzer Besuch, *Adda*!“

Ihr Vater musterte sie überrascht. „Unmöglich, Mädchen! Wo denkst du hin? Ich kann dich doch nicht in meine Welt mitnehmen, dich Zeugin all der Wunder dort werden lassen und dich danach wieder einen Fuß auf die Erde setzen lassen. Du würdest allen berichten können, wie es in der Welt ihrer Götter ist.“

„Allen?“ Eresh verschränkte die Arme vor der Brust. „Vater, dir ist offensichtlich nicht bewusst, wie isoliert ich bin. *Wem* alles sollte ich davon erzählen?“

Er gab ein trockenes Lachen von sich. „Du würdest schon sehen, wie sie sich nach deiner Rückkehr plötzlich alle um dich scharen und ausquetschen würden wie eine reife Frucht. Es handelt sich um nichts Geringeres als den Himmel und das Paradies dieser Menschen.“

Ein schwer deutbares Lächeln umspielte die Lippen ihrer Halbschwestern.

„Ich würde nur Mutter davon erzählen, wie es in eurer Welt ist.“ Sie überlegte kurz. „Nun gut, vielleicht noch meinen Halbgeschwistern. Versprochen!“, gelobte Eresh. Ihr fiel sonst wirklich niemand mehr ein, außer Aya, und selbst bei der treuen Hausbediensteten konnte sie es sich ja noch einmal überlegen.

„Glaubst du nicht, dass deine Halbgeschwister es weitererzählen würden?“ Skeptisch musterte er seine Tochter. „Natürlich würden sie das!“ Ihr Vater schnaufte ungeduldig und wechselte einen Blick mit seinen Töchtern. „Und deine Mutter weiß schon, wie es zu Hause bei mir und meiner Familie ist.“ Er gab ein leises Seufzen von sich. „Ich habe sie einmal mitgenommen in unsere Welt. Es mochte ein Fehler gewesen sein, doch ich war sehr verliebt in sie.“ Wehmut und Erinnerung machten seine Züge weicher.

Seine *Anunnaki*-Töchter verzogen den Mund, während sie sich untereinander vielsagend ansahen.

Eresh hingegen blieb der Mund offenstehen und ihre Augen weiteten sich. „Was? Davon hat sie mir nie erzählt!“

Ihr Herz schlug aufgeregt schnell und auch etwas empört gegen ihre Brust. Eresh atmete tief durch. Wie konnte ihre Mutter - die Person, die ihr am nächsten stand - ihr gegenüber in solch einer bedeutsamen Angelegenheit schweigen?

„Ich wusste, dass sie sich an ihr Versprechen halten würde", sagte ihr Vater nur in dankbar mildem Ton.

Ihr Versprechen, dachte Eresh empört, *und was ist mit ihrer Pflicht mir gegenüber? Wie oft habe ich Mutter darum gebeten, mir etwas von der Heimat meines Vaters zu erzählen!*

Eresh gemahnte sich, sich wieder auf ihren Vater zu konzentrieren. Schließlich entsprach es einer absoluten Seltenheit, dass er so vor ihr stand. „*Adda*, ich bitte dich, lass auch mich nur ein einziges Mal eure Welt besuchen. Und sollte ich doch hierbleiben wollen, werde ich ebenso schweigen wie meine Mutter."

Ihr Vater schien tatsächlich ein, zwei Momente nachzudenken. Dann wurde seine Haltung wieder steifer, seine Miene strenger. „Es tut mir leid, Tochter, aber ich kann deiner Bitte nicht nachkommen."

Dann prasselten Fragen ihres Vaters auf Eresh ein, wie ihr Alltag sei, ihre Bildung die Stadt und der derzeitige König.

Einige davon kamen ihr banal oder komisch vor. Genau wie die einzige Frage, die eine ihrer beiden *Anunnaki*-Halbschwestern geäußert hatte, nämlich ob es stimmte, dass sie als Sumerer den ganzen Tag nur Bier tranken.

Eresh selbst bekam an Informationen lediglich ein paar trockene Brocken vorgeworfen, mit denen sie nichts anfangen konnte. Sie spürte aber, dass es nicht angebracht wäre, weiter nachzubohren.

Letztlich sagten ihre Halbschwestern etwas zu ihrem Vater in der ihnen eigenen, fremden Sprache. Daraufhin gab es je eine Umarmung für Eresh – die von ihrem Vater Enthar immerhin nicht ganz so kühl – und nach ein paar Abschiedsworten gingen sie schnellen Schrittes davon.

Eresh lief in die entgegengesetzte Richtung zu der Hausdienerin Aya, die auch ihre Vertraute war. Sie fühlte sich ganz aufgewühlt von dem Treffen mit ihren Verwandten aus der Ferne.

3. Brot und Träume

„Was soll nur aus ihr werden?“, hörte Eresh ihren Stiefvater ihre Mutter fragen – und in welch einem mahnenden Tonfall! „Deine Tochter müsste eigentlich längst verheiratet sein, ein Baby auf dem Schoß und das andere in ihrem Bauch haben.“ Er schnalzte ungeduldig mit der Zunge. „Ein bodenständiger Gatte, am besten wohlhabend und schon etwas reifer, würde ihr guttun, glaube mir, Namtilla.“

Trotz des ständigen Schwatzens von Ereshs Halbbrüdern ihr gegenüber hatte sie die Worte ihres Stiefvaters klar und deutlich vernommen.

Nicht zum ersten Mal, doch zum ersten Mal wieder nach einer längeren Zeit. Alles an und in Eresh verkrampfte sich.

Eine Antwort von ihrer Mutter drang hingegen nicht mehr zu ihr. Wahrscheinlich hatte ihre Erwiderung allein aus einem begütigenden Blick bestanden, wie meist in so einer Situation.

Vielleicht war das auch die günstigste Reaktion, obgleich Eresh selbst ihrem Stiefvater am liebsten die Meinung gesagt hätte. Aber das war undenkbar, wenn sie noch eine Weile unter seinem Dach leben wollte. Wie wenig erwünscht sie hier war, ließ er Eresh ohnehin seit ihrer Kindheit spüren. Seit ein paar Jahren sprach ihr Stiefvater zudem so gut wie gar nicht mehr direkt mit ihr, lediglich über ihre Mutter, ihre Geschwister – oder wenn es sich überhaupt nicht vermeiden ließ.

Eines der letzten Dinge, die er sie gefragt hatte, war, ob sie sich denn ständig so geben müsse, als sei sie etwas Besseres. Bei der Erinnerung daran, wie sehr sie sich vor den Kopf gestoßen gefühlt hatte, ballte Eresh unwillkürlich die Fäuste. Ihre Fingernägel gruben sich in ihre Handballen.

„Deine Tochter träumt zu viel vor sich hin“, brummte ihr Stiefvater dann auch noch.

Eresh schnaubte leise. *Ich träume nicht vor mich hin, ich schmiede einen Plan!*, dachte sie. Auf diesen Plan konzentrierte sie sich nun, nicht länger auf das Gemecker ihres Stiefvaters.

Heute beim Tempelbesuch mit ihrer Mutter würde Eresh einen passenden Moment abwarten und es endlich noch einmal ansprechen, das heikle Thema. Das Tabu, über das sie nur offen reden konnten, wenn ihre Mutter und sie allein miteinander waren. Was nicht häufig zutraf.

Der Vorfall mit dem Kriegsgefangenen auf dem Markt letzte Woche, hatte Eresh nur wieder daran erinnert und erneut etwas in ihr aufgewühlt. Sie brauchte endlich ein paar Antworten auf Fragen, die sie schon lange umtrieben, besonders seit dem letzten Besuch ihres leiblichen Vaters. Ereshs Mutter durfte ihren Fragen nicht länger geschickt ausweichen.

Das konnte sie ihr nicht antun.

„Und du“, begann ihr Stiefvater erneut.

Eresh wurde aus ihren Gedanken gerissen. Meinte er etwa sie? Sprach er sie nach Monaten einmal persönlich an und gerade da hatte Eresh nicht hingehört? Unbewusst hielt sie den Atem an, drehte sich jedoch zu ihm und ihrer Mutter um.

„Du könntest das Kochen und Backen doch ruhig unserer Dienerin überlassen“, beendete ihr Stiefvater den Satz in wohlmeinendem Tadel.

Eresh atmete erleichtert auf. Er hatte nicht sie gemeint, blickte ihre Mutter an.

„Ich danke dir für deine Fürsorge, mein Gatte", erklang mild die Stimme ihrer Mutter, „aber es macht mir Freude."

Ihr Stiefvater seufzte mit Unmut. „Ach Namtilla, ich verstehe nicht, dass es dir Freude macht, in der Hitze zu sitzen und dich mit Ruß zu beschmutzen. Du hast unsere Dienerin doch selbst für 30 *Shekel* auf dem Markt gekauft!"

Wieder ein begütigender Blick seitens ihrer Mutter? „Ja, und sie ist mir eine große Hilfe im Haushalt. Für alles, was ich nicht so gerne selbst erledige."

Eresh aß die letzte Dattel und sah aus den Augenwinkeln, wie ihr Stiefvater den Innenhof wieder verließ. Sicher hatte er sich nebenbei von Mutter sein Mittagessen für die Arbeit einpacken lassen. Ihr Stiefvater war in der Palastverwaltung tätig. Dadurch genoss ihre Familie einen gewissen Status und Wohlstand.

Eresh nahm sich einen weiteren Brotfladen zu ihrem restlichen Schafskäse auf den Tonteller.

„Hey, lass uns auch noch etwas übrig!" Einer ihrer beiden Halbbrüder, die ihr gegenüber auf dem Boden saßen, zog den Teller mit dem Brot nahe zu sich heran. Entschlossen hob Galsal – kurz Gal genannt - das Kinn. Eresh rollte mit den Augen. „Das brauchst *du* gerade zu sagen! Wer hat denn fast die ganzen Datteln allein verdrückt?"

Zornig funkelte Gal sie an. Hingegen sein um zwei Jahre jüngerer Bruder Nuesh konnte sich das Lachen nicht verkneifen. Dafür bekam er Gals Ellbogen in die Seite.

„Hört auf zu streiten! Es ist genug für alle da", rief ihnen ihre Mutter von ihrem Platz neben dem Tonofen, dem *Tinnuru*, aus zu. Eresh drehte sich zu ihr um und lächelte sie dankbar an. Tatsächlich rollte ihre Mutter gerade einen neuen Teigfladen aus. „Ich muss ohnehin weitere Brote für eure Schwestern ausbacken. Wie viele möchtet ihr noch?"

„Danke *Ama*, wir haben genug", meinte Gal für sie drei antworten zu dürfen.

Eresh warf ihm einen wütenden Blick zu. „Musst du dich immer so aufspielen?", zischte sie ihn an. Nun, in diesem Punkt verhielt er sich nicht allein ihr gegenüber so. Mit seinem jüngeren Bruder und mehr noch mit seinen drei Schwestern, sprang er auch nicht anders um. Ihre Geschwister konnten es lediglich besser akzeptieren, da er nach Eresh der Älteste war.

„Ich spiele mich nicht auf", verteidigte Gal sich. „Ich bin *Addas* Stellvertreter. Da trage ich Verantwortung und besitze auch Autorität." Überdies war er Vaters Liebling.

„Du scheinst regelmäßig zu vergessen, dass ich die Ältere von uns beiden bin." *Und außerdem edlerer Herkunft als du*, fügte Eresh mit einem gewissen Stolz in Gedanken hinzu. Ja, mit trotzigem Stolz. Aber letztlich wollte sie nicht so überheblich sein wie ihre *Anunnaki*-Halbschwestern ihr gegenüber.

Vielleicht hätte Gal noch etwas gekontert, wenn ihre Mutter nicht „Schluss mit dem Gezanke!", gerufen hätte. Gal sah seine Schwester mit zu Schlitzen verengten Augen an. Sollte er sich ruhig ärgern, nicht das letzte Wort gehabt zu haben. Demonstrativ genüsslich aß Eresh den Brotfladen mit Schafskäse. Danach trank sie das mittlerweile lauwarme Wasser in ihrem Tonbecher leer.

„Eresh, du musst dich jetzt zurechtmachen", drang die Stimme ihrer Mutter zu ihr. „Wir brechen gleich zum Tempel auf."

„Ja, gewiss, *Ama*.“ Eresh erhob sich und lief durch den Hof zurück ins Haus.

Heute gönnte sie es ihren drei Halbschwestern von Herzen, dass sie länger schlafen durften. Eresh wollte unbedingt als Einzige zum Tempel mitkommen. Sonst konnte sie wieder nicht mit ihrer Mutter allein sein, und das würde *Ama* nur erneut eine bequeme Ausrede liefern, weiter über das Tabuthema zu schweigen.

Ereshs Halbbrüder mussten in die Schule beim Palastkomplex, die *Edubba*, während die drei Langschläferinnen später von einem Hauslehrer unterrichtet wurden.

Eresh war für gewöhnlich ebenfalls dabei, und das mit einiger Freude. Sie liebte es, schreiben und lesen zu üben.

Nur hatte sie als älteste Tochter normalerweise vorher noch Pflichten im Haushalt, für gewöhnlich kleinere Arbeiten. Um die gröberen kümmerte sich die Hausbedienstete Aya, die gute Seele. Heute hingegen galt Ereshs Pflicht dem Tempelbesuch mit ihrer Mutter.

In dem Zimmer, das sie mit ihren Halbschwestern bewohnte, konnte es mitunter recht eng werden. Immerhin waren sie vier Mädchen. Der Raum, den sich ihre Halbbrüder teilten, war genauso groß und sie lediglich zu zweit.

Eresh stellte sich so hin, dass ein wenig Tageslicht von den zwei kleinen, hohen Fenstern auf sie fiel. Dann holte sie den schön verzierten Handspiegel hervor. Er gehörte den vier Mädchen ebenfalls gemeinsam. Sie wischte kurz mit einem Zipfel ihres Gewands über die spiegelnde Fläche, hielt ihn mit etwas Abstand vor sich und betrachtete sich prüfend.

Sie sah ihrer Mutter Namtilla ähnlich. Doch wie sehr ihrem leiblichen Vater, dem *Anunnaki* Enthar? Eresh war nicht sicher. Gewiss, sie war größer als andere Mädchen ihres Alters, ihr Haar nicht schwarz, sondern nussbraun und ihre Augen grau-blau. Aber ob ihr Gesicht, ihre Haltung, ihre Art zu reden und zu handeln auch etwas mit ihrem Vater gemeinsam hatten, konnte sie nicht bestimmen. Stets wenn sie versuchte, sich ihn vor das geistige Auge zu rufen, erblickte sie lediglich eine vage Gestalt. Ihr Vater war einfach nicht greifbar, noch nie.

Endlich richtete Eresh mit der freien Hand ihr weißes Haarband und zupfte ihr Gewand zurecht. Danach verwendete sie ein kleines Stäbchen aus Horn, um damit das schwarze Pulver aus Ruß und Mineralien rund um ihre grau-blauen Augen aufzutragen. Als Eresh fertig war, zog sie damit auch ihre Brauen nach. Beides entsprach, der Sitte gemäß, einem Minimum an Schminke. Für sumerische Frauen ebenso wie für Männer. An besonderen Tagen färbten sich Sumererinnen zusätzlich die Lippen und Wangen rötlich bis hin zu intensiv rot.

Eresh hörte bereits die Schritte ihrer Mutter, das gleichmäßige Klappern ihrer Sandalen auf dem Lehmboden. Etwas wurde laut auf dem Boden abgestellt. „Kind, wo bleibst du?“, rief sie ihr dann entgegen. Es klang mehr heiter und nachsichtig als ungeduldig.

Eresh legte den Handspiegel zurück auf den Tisch und beeilte sich in den Hauptraum des Hauses.

Nach dem Tempelbesuch, wenn einmal kaum Leute um sie herum waren, würde sie Antworten von ihrer Mutter fordern: Was alles wusste sie über Ereshs leiblichen Vater, seine Familie und seine Heimat? Aber sollte sie auch *die* Frage stellen?

4. Verborgenes und Enthüllung

Endlich hatten Eresh und ihre Mutter den Tempelbezirk *Eanna* erreicht, der wie immer voller Leben war. Die Hitze setzte Eresh zu und sie wischte sich Schweißtropfen von der Stirn. Wie die meisten sumerischen Frauen trug Eresh ihr Haar zu einem Knoten hochgesteckt und war froh über jeden noch so kleinen Luftzug.

Mit einem Lächeln reichte Namtilla ihr den mitgebrachten Wasser-Schlauch. „Hier, erfrische dich noch einmal, bevor wir zum *Inanna*-Tempel gehen."

Inanna war die Stadtgöttin von Uruk und der heilige Bezirk ihr geweiht. In zweiter Linie war auch noch *An* Uruks Stadtgott. In dem Komplex um den Weißen Tempel wurden dem Gott *An* besonders an Festtagen Opfer dargebracht.

Eresh trank gierig von dem kühlen Nass. Etwas Wasser lief dabei ihre Mundwinkel hinab und den Hals zu beiden Seiten entlang.

Danach reichte sie den Wasser-Schlauch wieder ihrer Mutter. „Danke schön, *Ama*."

Schon wieder!

Eresh bekam eine Gänsehaut und die feinen Härchen in ihrem Nacken stellten sich auf. Bereits zum zweiten Mal heute hatte sie das Gefühl, jemand befände sich direkt hinter ihr und starre ihr ein Loch in den Rücken.

Diesmal drehte Eresh sich rasch um, als könne sie noch jemanden dabei erwischen. Doch nein, so nah hinter ihr befand sich niemand und ein paar Schritte entfernt lediglich ganz gewöhnliche Leute. Neugierig erwiderten ein paar ihren suchenden Blick.

„Was ist los mit dir, mein Kind?", wandte sich ihre Mutter mit einem Stirnrunzeln an sie.

„Ich dachte nur ... Den Göttern sei Dank, alles ist in Ordnung, lass uns weitergehen."

Während Eresh und ihre Mutter das offene Tor durchschritten und den Tempelbezirk betraten, murmelten sie andächtig vor sich hin: „O große *Inanna*, möge dein Segen über uns weilen und über unserem König."

Sie bahnten sich einen Weg an all den Besuchern, Tempeldienern, Priesterinnen, Gärtnern und Lieferanten vorbei, die den florierenden Betrieb von *Eanna* aufrechterhielten. Die Palmen auf den Grünflächen spendeten ein wenig Schatten.

Tamarisken gab es seltener, doch wenn man eine fand, bot sie einen schattigeren Platz, etwa für eine Ruhepause.

„Pass doch auf!", fuhr ein Priester mit einem verzierten Tonkrug in den Händen Eresh an. Dabei war er es gewesen, der sie angerempelt hatte.

Der Geistliche stapfte an ihr vorbei, ohne sie eines Blickes zu würdigen. Der Duft des parfümierten Öls in dem Tonkrug hingegen blieb zurück.

Wenn er wüsste, was ich zur Hälfte bin ...

„Eresh, wo wendest du dich hin? Dort geht es zu den Badeanlagen, nicht zum *Inanna*-Tempel!"

Peinlich berührt schreckte Eresh aus ihren Gedanken auf. „Entschuldige."

Sie lief mit ihrer Mutter an den Kulthäusern und am Empfangspalast vorbei, der von einem großzügigen

Garten umgeben war. Die Fassaden der Prunkbauten waren mit weiß-rot-schwarzen Stiftmosaiken verziert. Die Mosaike beeindruckten in verschiedenen Mustern mit Rauten, Dreiecken, Band- und Zickzackformen.

Bald näherten sie sich ihrem Ziel: dem Tempel der Stadtgöttin.

„Möchtet ihr ein paar süße Kuchen kaufen, als Opfergabe für unsere Göttin?“, sprach eine Händlerin Eresh und ihre Mutter von der Seite an. In dem flachen Binsenkorb in ihren Händen stapelten sich zwei Arten süßen Gebäcks, die verführerisch dunkel glänzten, so getränkt waren sie mit Dattelsirup.

„Nein, danke“, erwiderte ihre Mutter höflich, indessen Eresh das Wasser im Munde zusammenlief.

„Blumen! Wunderschöne Blumen, original wie aus den Gärten der Götter!“, pries schon der nächste Händler ein paar Schritte weiter seine Ware an.

Woher sollte dieser Mann eine Ahnung davon haben, wie die Blumen im Paradies aussehen?, dachte Eresh sarkastisch. *Und ist die Welt meines Vaters tatsächlich so, wie man sich hier das Paradies vorstellt?* Doch wie ihre Mutter schüttelte sie nur freundlich lächelnd den Kopf und trat gleich darauf mit ihr in den Tempel.

Sofort hüllte sie die schattige, kühle Erhabenheit der heiligen Hallen ein. Selbst Eresh, die durch das Wissen um ihre durchaus greifbaren göttlichen Verwandten väterlicherseits ein etwas anderes Verhältnis zum Glauben hatte, wurde hier stets von Ehrfurcht ergriffen. Es duftete nach Zedernöl und anderen blumigen und würzigen Noten.

An der Seite ihrer Mutter schritt Eresh zu einer der zahlreichen niedrigen Wandbänke in der öffentlichen Tempelhalle, wo noch zahlreicher die Beterfiguren aufgereiht standen. Die kleinen Statuen waren alle so gut wie möglich in Richtung des Kultbilds der Göttin

Inanna ausgerichtet, um sie beständig stellvertretend zu verehren. Jede von ihnen sah ganz individuell aus.

In anderen Städten und Tempeln gab es solche Beterfiguren auch zur Huldigung weiterer großer Göttinnen und Götter des Reiches.

Namtilla holte ein Tuch aus ihrem Tragekorb und besprengte es mit etwas Wasser aus dem Schlauch. Sorgfältig reinigte sie die kleine Statue, die ihren Gatten darstellte. Stellvertretend für die gesamte Familie betete er unablässig zu *Inanna*.

In Eresh kamen wieder einmal gleich mehrere kritische Fragen auf angesichts dieses rituellen Brauchs. Doch sie beschloss, sich ein anderes Mal damit auseinanderzusetzen und heute lieber die Atmosphäre sowie die gemeinsame Zeit mit ihrer Mutter zu genießen.

Danach opferten Eresh und ihre Mutter noch Datteln vor dem Standbild der Göttin und brachten ihr jeweils im stummen Gebet ihre Anliegen vor. Schaden konnte es nicht, befand Eresh.

Als sie den Tempel wieder verließen, meinte sie schon wieder, es würden sich Blicke in ihren Rücken brennen. Eresh gewahrte erneut jemand erschreckend nah.

Zum dritten Mal!

Doch jetzt drehte sie sich nicht um. Sie hatte es sich voriges Mal auch nur eingebildet. Außerdem gab es nun Wichtigeres.

Sobald sie auf dem Rückweg vom Tempelbezirk in eine ruhige Seitengasse gelangten, ergriff Eresh die Gelegenheit. Sie atmete noch einmal tief durch und eröffnete dann entschlossen: „*Ama*, ich muss mit dir reden.“

Sie verlangsamten beide ihr Schritttempo.

Mit erschrocken geweiteten Augen sah ihre Mutter sie von der Seite an. „Worum geht es denn, Kind?“

Etwas in ihrem Gesicht sagte Eresh, dass ihre Mutter durchaus ahnte, worum es ging.

„Ist etwas Schlimmes passiert? Etwas, das du allein mir anvertrauen kannst? Geht es vielleicht um ein Frauenleiden? Oder gar um einen jungen Mann, einen Burschen aus der Stadt?“, erkundigte sie sich trotzdem entgeistert.

„Nein, nichts von alledem.“ Eresh atmete noch einmal tief durch. „*Ama*, die Monde ziehen schneller ins Land als Wolken über den Himmel. Du weißt, dass mir bald eine wichtige Entscheidung bevorsteht.“ Sie betrachtete ihre Mutter forschend, obgleich eigentlich klar sein sollte, worum es gerade ging.

Namtilla wandte den Blick von ihr ab und presste die Lippen fest zusammen.

Oh ja, es ist absolut klar, dachte Eresh und blickte sie weiter eindringlich an.

„Ich glaube nicht, dass jetzt der richtige Zeitpunkt für solch ein Gespräch ist – mitten auf der Straße.“ Namtilla sah ihre Tochter nach wie vor nicht an. Sie wirkte verunsichert, nahezu schüchtern.

Eresh seufzte und blieb stehen, wodurch ihre Mutter ebenfalls widerwillig Halt machte.

„Wir sind hier gerade ganz allein in dieser Gasse“, stellte Eresh fest. „Ich denke nicht, dass es je den bestmöglichen Zeitpunkt für dich geben wird, *Ama*. Oder wann sonst passt es dir einmal?“

Namtilla blieb ihr eine Antwort schuldig, die Augen auf den Boden geheftet.

Eresh berührte ihre Mutter sanft am Arm.

„Nun komm schon, *Ama*. Bitte! Wir haben nicht mehr viel Zeit. Bald wird von mir verlangt, mich zu entscheiden. Du musst mir jetzt endlich einmal erzählen, was dir über die Heimat meines Vaters bekannt ist. Du warst schließlich bereits dort."

Entsetzt starrte ihre Mutter sie an.

„Ja, ich weiß davon. Vater hat es mir letztes Mal gesagt. Und er hat auch deine Diskretion gelobt. Doch du darfst mir gegenüber nicht länger schweigen. Schweige von mir aus vor der gesamten Welt. Aber nicht *mir* gegenüber." Eresh bebte, so sehr bewegte sie dieses Thema.

„Ach Tochter", schluchzte ihre Mutter und rang unbehaglich die Hände.

Eresh gab nicht auf. „Es bleibt mir verwehrt, die Welt meines Vaters wenigstens ein einziges Mal grob kennenzulernen. Dennoch erwartet man von mir in einigen Monden meinen Entschluss, hierzubleiben oder mit Vater mitzukommen. Und das zu einem Ort, von dem ich nichts weiß. Selbst unsere Mythen und Geschichten berichten sehr wenig darüber, wie es sich lebt auf *Nibiru*, dem Wandernden Stern. Wie könnten *Götter* auch einen Alltag haben?"

„Nun wirst du aber respektlos, Eresh. Musst du stets so ironisch sein?"

„Dann vergiss meinen letzten Satz bitte wieder, *Ama*. Doch alles, was ich davor sagte, entspricht schlichtweg den Tatsachen. Ich finde das alles hart und ungerecht mir gegenüber."

Ihre Mutter bekam Tränen in die Augen. „Das ist mir alles bewusst."

Impulsiv und voller angestauter Emotionen packte Eresh ihre Mutter an den Oberarmen und sah ihr eindringlich in die Augen. „*Ama*, wenn dir das alles bewusst ist, musst du mir berichten. Lass mich nicht länger im Dunklen!"

„Aber ich habe geschworen, mit niemandem darüber zu sprechen, was vor deiner Geburt geschah. Auch mir selbst habe ich es gelobt."

Eine Frau mit einem kleinen Kind an der Hand kam in die Gasse. Eresh ließ ihre Mutter los und versuchte, wieder regelmäßiger zu atmen.

Als die Passanten nicht mehr in Hörweite waren, bohrte Eresh weiter: „Ich verstehe, wie unangenehm es dir sein muss, über diese Episode deines Lebens zu sprechen. Doch überwinde dich bitte und tu es mir zuliebe."

Ihre Mutter blickte sie aufgewühlt an. „Was möchtest du hören, Eresh? Wie ich in der durch fremden Zauber weit und schnell emporfliegenden Himmelsbarke gereist bin?", fragte sie ungewohnt aufgeregt, auch als sei etwas in ihr aufgebrochen, das bislang versiegelt gewesen war.

Es war jetzt Eresh, die mit wild klopfendem Herzen um sich blickte. Es sollte nun bitte niemand in die Gasse kommen und ihr Gespräch entweder unterbrechen oder mithören, was nicht für fremde Ohren bestimmt war.

Ihre Mutter schien momentan so außer sich, dass sie gar nicht darauf achtete.

„Soll ich von den kleineren Himmelswägen erzählen, die an dem Ort deines Vaters magisch durch die Luft gleiten? Oder von den seltsam geformten Gebäuden mit schimmernden Fassaden dort? Wie ähnlich uns die Götter sind und was sie uns wiederum voraushaben? Wie kühl es dort ist im Vergleich zu hier? Würde es dich erschrecken, wenn ich dir verriete, dass es über der Welt deines Vaters eine durchsichtige Kuppel gibt, die schützt? Willst du davon hören, dass *Nibiru* die alte Heimat ist, und, dass es seit langem eine neue Heimat der Götter gibt, weit, weit weg?"

Eresh war Feuer und Flamme, selbst wenn es so viel auf einmal war, das gerade auf sie einstürmte. „Alles! Ich möchte alles hören und kein Detail soll ausgelassen werden.“ Das schloss natürlich auch *die* Frage mit ein.

Etwas trieb Eresh dazu an, sie jetzt gleich zu stellen, obwohl ihre Mutter dazu ansetzte, weiter zu berichten. Später würde sie sich vielleicht nicht mehr trauen. „*Ama*?“ Eresh nahm die Hände ihrer Mutter in ihre und sah sie intensiv an. „Warum hat mein Vater dich damals verlassen? Ich hätte in der Welt der Götter aufwachsen können.“

„Hat er dir das etwa gesagt?“ Namtilla machte große Augen.

„Alle haben das gesagt.“

„Nun, so war es aber nicht, Eresh. Ich habe ihn verlassen, indem ich mich weigerte, mit ihm zu gehen.“ Schon wieder etwas, das sie ihr nie zuvor gesagt hatte.

„Du wolltest lieber hierbleiben? Allein, mit mir in deinem Bauch?“ Eresh stierte sie ungläubig an. „Wieso nur?“

„Ich hatte Angst“, erwiderte ihre Mutter schlicht und senkte die Lider.

Die entstandene Stille wurde von Schritten gestört. Einige Leute kamen in die Gasse, und da es keine Fremden waren, sondern Bekannte von Namtilla, endete das Mutter-Tochter-Gespräch hier und in diesem Moment.

5. Für und Wider

„Eresh?“ Ihre jüngste Schwester zupfte an ihrem Gewand und blickte sie herzerweichend sowie mit nach unten gezogenen Mundwinkeln an. „Eresh?“, wiederholte sie langgezogen, als würde sie sich kaum trauen, die Bitte auszusprechen.

„Ja?“ Sie ahnte, was jetzt kommen musste, schließlich wusste es mittlerweile der gesamte Haushalt. Selbst die Dienerin Aya. Ja, wahrscheinlich sogar die zwei Katzen, die Mäuse und Ratten fernhalten sollten, und natürlich der Wachhund.

„Du wirst mich niemals verlassen, oder?“

Apropos Wachhund.

Girin meisterte den Hundeblick noch besser als der tierische Haus- und Hofhüter. Erst wurde Eresh ganz warm ums Herz, dann verkrampfte sich ihre Brust und sie musste seufzen.

„Was genau meinst du denn, Girin?“, fragte Eresh, auch wenn sie es wusste.

„Na, dass du mit deinem *Adda* mitgehst, mit ihm zum Ort der Götter fliegst.“ Die Worte der Fünfjährigen hatten ungeduldig und etwas genervt geklungen.

Eresh legte ihrer jüngsten Schwester die Hände auf die Schultern und sah sie zärtlich an. „Liebes, ich weiß noch nicht, ob ich ihn begleiten soll. Ganz ehrlich.“

„Aber selbstverständlich wirst du das!“, schaltete sich ihre mittlere Schwester ein, die gerade hoch auf das Flachdach kam. „Du musst einfach, Schwester!“

Ihren Enthusiasmus zu hören, tat Eresh gerade gut bei all der Wehmut und im Angesicht ihres Zwiespalts. „Hallo Utena!“

„Nein!“, protestierte ihre jüngste Schwester. „Eresh darf nicht weggehen. Wer spielt denn dann mit mir?“

„Na hör mal, ich bin doch auch noch da!“, entgegnete die elfjährige Utena.

Eresh musste schmunzeln.

„Und wer bürstet dann mein Haar?“, brachte die Fünfjährige vor.

Utena machte lediglich eine wegwerfende Geste und wandte sich lächelnd an ihre große Schwester. „Nun, Eresh, wenn ich an deiner Stelle wäre, würde ich mich nicht so schwertun mit der Entscheidung. Du hast die einmalige Gelegenheit, die Welt der Götter zu betreten und dort zu wohnen! Es muss prächtig sein dort, voller Wunder! Das kannst du dir doch nicht entgehen lassen!“

„Aber ich kenne meinen *Adda* kaum und noch weniger den Rest der Familie. Wer weiß, vielleicht behandeln sie mich dort wie ein Bauernmädchen oder gar wie eine Sklavin – so aristokratisch und erhaben, wie sie sich geben. Zumindest die beiden Male, da wir uns trafen.“ Eresh fuhr sich energisch durch das Haar und brachte gleich ihre Frisur durcheinander. „Und sie sind es ja auch, im Vergleich zu mir.“ Sie schloss kurz die Augen und atmete tief durch. Rasch öffnete sie die Lider wieder, da jemand an ihrem Arm rüttelte.

„Eresh! Du hast etwas vergessen. Wer hilft mir denn beim Anziehen, wenn du nicht mehr da bist?“, wollte Girin wissen, fordernd und flehend zugleich.

Eresh entfernte behutsam die Hand ihrer jüngsten Halbschwester von ihrem Arm. „Girin, mache dir um all das keine Sorgen. Selbst wenn ich fortgehe …“ Eresh musste schlucken. „Dann hast du noch zwei große

Schwestern hier. Und *Ama* kann dir doch auch nichts abschlagen."

Ihre jüngste Schwester schnaufte und zog eine Schnute. Ein paar Momente später wandte Girin sich jedoch wieder den zu Rosinen gedörrten Trauben zu. Für heute, vielleicht auch kürzer, resignierte sie vorerst.

Eresh breitete frische Feigen zum Dörren aus.

Ihre mittlere Halbschwester stahl sich einfach ein kleines Stück Dörrfleisch.

„Du weißt, dass wir das nicht dürfen", tadelte Eresh sie.

„Es ist eine Ausnahme, ja?" Kauend fuhr Utena fort: „Oh, was wirst du nicht für Köstlichkeiten zu essen und trinken bekommen im Reich der Götter! Jeden Tag Ente, Hammelbraten und vor Honig triefende Kuchen!" Mit verträumtem Blick half sie ihrer kleinen Schwester Rosinen abpflücken und in der Tonschale sammeln.

Eresh verdrehte die Augen angesichts dieser Schwärmerei und musste lachen. „Wir wissen überhaupt nicht, was sie dort an Speise und Trank zu sich nehmen." Zum ersten Mal wurde ihr das selbst bewusst. Ihre Mutter hatte gar nicht erwähnt, was ihr in der anderen Welt zu essen und trinken gereicht worden war. Kein Wort über die Lebensmittel, die man in Vaters Welt auf dem Markt feilbot. Nun, viel Zeit hatten sie an jenem Vormittag nun auch nicht gehabt. „Vielleicht mag ich das Essen dort ja gar nicht."

„Ach Unsinn." Utena steckte sich fast genauso viele Rosinen in den Mund, wie sie bisher in die Tonschale gelegt hatte.

Eresh sah sie streng an.

„Entschuldigung, ich halte mich ab jetzt zurück." Utena lächelte schuldbewusst.

„Wie dem auch sei, mein Entschluss steht noch nicht fest." Eresh blickte kurz in eine unbestimmte Ferne.

„Was gäbe ich nicht dafür, wenn mir etwas die Entscheidung erleichtern würde!“

Utena nickte mitfühlend und befasste sich weiter mit den Rosinen.

Eresh spähte wieder grübelnd zum Himmel. So fesselnd und erstaunlich die Erzählung ihrer Mutter über die Welt der Götter auch anmutete, wies sie doch viele Lücken und Seltsamkeiten auf. Eresh kam aus dem Rätseln gar nicht mehr heraus.

Zudem war der Bericht ihrer Mutter im Grunde verhältnismäßig kurz geblieben. Nun, wer konnte in Uruk mitten am Tag schon lange ungestört sein? Zwei von Mutters Freundinnen waren in die Gasse gekommen, als Eresh gerade eine verblüffende Antwort auf *die* Frage bekommen hatte. Die Frauen waren grüßend nähergetreten – und vorbei war es mit dem sich Öffnen ihrer Mutter gewesen.

Im sumerischen Reich nannte man die Welt der Götter den Wandernden oder Vorüberziehenden Stern, den Stern der Kreuzung. Anders als etwa den Mond konnte man ihn nur sehr selten sehen, bevor er wieder auftauchte und lange, lange brauchte, bis er zurückkehrte. Kreuzte der Stern endlich erneut das Sichtfeld der Erde, bedeutete das stets extreme Ereignisse und Umwälzungen. Der Stern hieß *Nibiru* und war gemäß den Überlieferungen die Heimat jener, die einst die Menschen erschaffen hatten.

Doch Ereshs Mutter hatte von *Nibiru* als von einer „Station“ gesprochen, und dass es eine neue Heimat der *Anunnaki* gebe, wo der Großteil von ihnen lebe. Laut Ereshs Vater schon zahllose Jahrtausende lang: Seit *Nibiru* zum Vorüberziehenden Stern wurde, indem er durch eine Katastrophe aus seiner Bahn geworfen worden war. Wie konnte so etwas möglich sein?

Wenn bereits dieser Punkt so unklar und widersprüchlich war, wie sollte Eresh sich da ein Bild von ihrer zukünftigen Heimat machen? Überdies von einer, die lediglich einen kleinen Teil ihrer Vorfahren beherbergte, geschützt unter einer Kuppel.

Warum lebte ihre Familie väterlicherseits in dieser „Raumstation“ und nicht in der fernen neuen Heimatwelt? Natürlich hatte ihre Mutter Eresh diese Fragen auch nicht beantworten können.

Sie kam nun also trotzdem nicht leichter zu einem Entschluss, schwankte sie doch zwischen entflammter Neugier und Furcht vor all dem Befremdlichen.

„Bei den Göttern! Du stellst dich mal wieder an, Schwester! Als wäre es eine schwierige Entscheidung“, drang es von unten zu ihnen auf das Flachdach empor. Schritte waren zu vernehmen – fest, gleichmäßig und selbstsicher.

Dara ..., dachte Eresh zähneknirschend. Musste ihre älteste Halbschwester nun auch noch dazustoßen und sich einmischen?

Maschdara trat zu ihnen. An ihre jüngeren Schwestern gewandt sagte sie: „Werdet ihr bald einmal fertig? Ich soll von *Ama* ausrichten, dass ihr unbedingt noch schreiben üben müsst. Morgen kommt wieder der Hauslehrer. Sie hat euch alte Tontafeln zum Üben in den Hof gelegt. Es ist ein großes Privileg, dass wir als Mädchen überhaupt Unterricht bekommen. Erst recht im Schreiben. Und ihr trödelt dauernd nur herum.“

Utena und Girin seufzten schwer, drehten sich wieder um und beeilten sich sichtlich, die Tonschale mit weiteren Rosinen zu füllen.

Eresh verkniff sich einen Kommentar hinsichtlich des geringen Lerneifers von Dara selbst. Lieber kehrte sie dazu zurück, sich um die Feigen zu kümmern.

„Und du, Eresh!“

Die laute Stimme von Dara prallte gegen ihren Rücken. Konnte sie auch einmal anders als zänkisch sein und klingen? Eresh atmete scharf durch die Nase aus.

„Du solltest wirklich mit deinem ach-so-edlen Vater mitgehen. Dann dreht sich hier endlich einmal nicht mehr immer nur alles um dich."

Eresh wandte sich um und wollte empört etwas erwidern. „Ich ..."

„Außerdem", schnitt Dara ihr das Wort ab, „weiß jeder, dass du nicht hierhergehörst."

Anstatt etwas zu kontern, drehte Eresh ihrer ältesten Halbschwester wieder den Rücken zu. Aus Erfahrung wusste sie, dass es meist die klügere Option war. Dennoch spürte Eresh, wie es um ihre Mundwinkel zuckte und wie sich Tränen in ihren Augen sammelten. ... *dass du nicht hierhergehörst*, hallte es in Ereshs Kopf wider.

Ja, womöglich hatte Dara recht. Sie mochte ein Biest sein, aber wahrscheinlich hatte sie recht.

Eresh vergleicht

Einst hatte ich einen Hund und er war der treuste Gefährte meiner Kindheit. Mein Herz hatte ihn so liebgewonnen und hängte sich an ihn mit ganzer Kraft. Im Gegenzug verstand auch mein Erim, mir zu zeigen, dass unser Vater zwar sein Herr war, ich hingegen seine Freundin.

Einst ...

Natürlich halten wir jetzt wieder einen Hund. Ich habe auch nichts gegen ihn. Schließlich verfügen alle etwas wohlhabenderen Häuser über einen Wachhund. Doch dieser nun ist eindeutig das Haustier meiner Brüder. Das war zweifellos von Anfang an der Fall.

Eigentlich hatten Gal und Nuesh sich einen Jagdhund gewünscht. Einen, der an die sieben edlen Jagdhunde der Göttin *Inanna* erinnern würde. Aber unsere Eltern machten meinen Brüdern klar, dass wir so vornehm nun auch wieder nicht sind.

Sie vertrösteten Gal und Nuesh mit einem neuen Wachhund. Einem, den die beiden hauptsächlich für sich haben konnten, denn jetzt sollten sie an der Reihe sein. Es war nun überwiegend die Aufgabe meiner Halbbrüder, sich um den neuen Hund zu kümmern. Im Gegenzug würde er zuverlässig und furchtlos Haus und Hof bewachen.

Zu meiner Verwunderung verhalten Gal und Nuesh sich bislang verantwortungsvoll gegenüber unserem – ich meine ihrem – Hund. Die beiden haben noch kein einziges Mal vergessen, ihm frisches Wasser zu geben oder ihn zu füttern!

Dafür trottet unser Wachhund allein ihnen schwanzwedelnd hinterher. Uns anderen gehorcht er zwar, aber mehr auch nicht, dieser große, braune Bär von einem Hund.

Mein Erim gehörte einer anderen Rasse an. Er war ein bisschen kleiner und weniger bullig als unser neuer Wachhund. Sein Fell sah bei Sonnenlicht sandfarben aus. Erim nannte ich ihn gleich als kleines Mädchen. Das bedeutet unter anderem „Schatz". Meine Familie hingegen rief ihn weiterhin einfach *Urgi,* also Hund. Sehr einfallsreich ...

Ich konnte noch nicht laufen, einzig krabbeln wie ein Tier, als Vater uns eines Tages Erim ins Haus holte. Es dauerte nicht lange, da wollte ich lieber bei meinem Hund im Hof schlafen als mit meinen Halbschwestern in unserem Zimmer oder in heißen Nächten mit der ganzen Familie auf dem Flachdach.

Wenn Erim besonders brav war, gab ich ihm immer gerne ein Stück Fisch von meinem Abendessen ab. Mutter schimpfte mich zwar, aber in einem verständnisvollen Ton. Mein Stiefvater tadelte mich nicht, hob jedoch die Brauen und schnaubte missbilligend.

Inzwischen sind bereits sechs Monde vergangen, seitdem mein Hund gestorben ist. *Namtaru*, der Totengott, hat mir meinen einzigen Freund mit kalter Klaue entrissen. Mein Flehen vertrieb ihn nicht, den Botschafter der Unterweltgöttin *Ereschkigal*, nach der ich auch noch benannt bin.

Inzwischen hat sich der drückende Schmerz in meiner Brust in stille Traurigkeit verwandelt.

Erims Hundehalsband bewahre ich bei meinen Sachen in meiner Truhe auf. Ich habe mich geweigert, dem neuen Wachhund das Halsband zu vererben. Manchmal, wenn ich ganz allein bin, hole ich es heimlich heraus und streichle es. Ein paar von Erims Hundehaaren hängen noch daran.

Gewiss, ich wünsche mir meinen Hund zurück.

Doch immerhin weiß ich, dass er weiter existiert. Die Überlieferungen unserer Vorfahren lehren uns, wie sehr der Tod einer Reise entspricht. Mein Erim weilt jetzt an einem anderen Ort, zu dem ich keinen Zugang habe. Dieser Gedanke tröstet und bedrückt mich zugleich, denn Welten liegen nun zwischen uns.

Manchmal frage ich mich, ob es meiner Mutter mit mir in Zukunft vielleicht einmal ebenso ergehen wird, wie mir mit meinem Hund. Wenn ich mit meinem Vater mitgehe, liegen ebenfalls Welten zwischen uns. Meine Mutter und mich wird ein Sternenmeer trennen.

Bin ich für sie dann nicht genauso unerreichbar an einem anderen Ort wie jemand, der gestorben ist?

Teil zwei

„Als die Götter wie die Menschen arbeiten mussten, gab es Streit zwischen den oberen Anunnaki und den Igigu, den niederen Göttern. ... Aufgrund der Schwere ihrer Arbeit aber fühlten sich die Igigu überfordert und begannen, gegen die oberen Götter zu rebellieren. ... Daraufhin ließ Enlil die Muttergöttin Nintu rufen und verlangte, dass sie Menschen erschaffen sollte. ... Die Muttergöttin legte diesem Geschöpf einen Tragekorb an und befahl ihm, dass es von nun an für die Götter zu arbeiten habe.“

(aus dem Athrahasis-Epos, ca. 1800 v. Chr., mündliche Überlieferungen älter)

6. Götter und Sklaven

„Ich finde es unangemessen, dass deine Tochter allein das Haus verlässt und durch die Stadt stromert. So etwas geziemt sich nicht“, ereiferte sich Ereshs Stiefvater gegenüber seiner Frau.

Können sie mich vielleicht einmal *mit einbeziehen, wenn sie über mich sprechen? Und dass Stiefvater mich nicht auch als* seine *Tochter betrachtet, habe ich inzwischen verstanden!*, dachte Eresh mit bebenden Nasenflügeln und rebellisch pochendem Herzen. Ihre Augen verengten sich zu Schlitzen, doch sie schwieg.

Sie verschränkte die Arme vor der Brust. Ihre Eltern standen am anderen Ende des Hauptraums des Hauses und redeten einmal wieder über sie, anstatt mit ihr. Sie blickten nur einander an, nicht Eresh.

„Aber mein Guter“, beschwichtigte Namtilla ihren Gatten mit einem milden Lächeln, „Eresh begibt sich ja gar nicht allein in die Stadt. Aya ist an ihrer Seite, wenn sie den Schmuck für Maschdara abholt.“

Ihr Stiefvater warf einen kurzen Blick auf Eresh.

„Es ist an der Zeit, dass wir Daras Mitgift zusammenstellen. Sie ist schließlich 14“, fuhr Namtilla so sanft wie bestimmt fort. „Ich würde die Brosche und die Armreifen selbst abholen, doch dann könnte ich dich nicht zu dem Bankett bei dem hohen Beamten begleiten.“

Einerseits fand Eresh es bewundernswert, wie ruhig und liebevoll sich ihre Mutter stets gegenüber ihrem

Stiefvater verhielt. Andererseits fragte sie sich manchmal, ob eine Frau sich in der fernen Welt ihres leiblichen Vaters genauso einem Mann unterzuordnen hatte wie hier. Herrschten dort ähnliche oder andere Sitten?

„Meine Liebe, du hast natürlich recht, was Maschdara betrifft.“ Überraschend sah ihr Stiefvater Eresh noch einmal an. Er wirkte angespannt und fuhr sich nachdenklich durch seinen langen, gepflegten Bart. „Allerdings ... Sollte deine Tochter sich dazu entscheiden, hierzubleiben, tut es not, dass wir uns umgehend mit ihrer Zukunft befassen. Sie ist längst im heiratsfähigen Alter.“

Ihre Mutter neigte nur zustimmend den Kopf.

Eresh hingegen merkte, dass sie unruhig von einem Bein aufs andere trat. So unangenehm war ihr das Thema. Ihre Wangen glühten. Sie musste rot wie ein Granatapfel geworden sein. Wenn Ereshs leiblicher Vater vor einigen Monden nicht mit seinem Angebot an sie herangetreten wäre, hätte ihr Stiefvater vermutlich schon einen Ehemann für sie ausgesucht. Gewiss wäre ihr Zukünftiger mehr als doppelt so alt wie sie und hässlich obendrein. Ohne noch etwas zu äußern oder Eresh eines weiteren Blickes zu würdigen, zog sich ihr Stiefvater zurück, während ihre Mutter rief: „Aya! Kommst du? Ihr solltet aufbrechen!“

Etwas später befand sich Eresh bereits mit der Hausdienerin Aya auf dem Weg in das Handwerkerviertel von Uruk. Für eine Weile liefen sie am Ufer eines Seitenarms des Euphrat entlang. Der Fluss verlieh Uruk Struktur mit seinem Netz an Wasserstraßen. Eresh beobachtete beim Laufen je ein Boot aus Schilfrohr und eines aus Holz, die den Flussarm entlang glitten, beladen mit Waren, die so in verschiedene Viertel gebracht wurden.

„Ob die Ladung der Boote von weither kommt?“, fragte sie mehr sich selbst als Aya. Sie erwartete keine wortreiche Erwiderung der ruhigen Dienerin.

Plötzlich zuckte Eresh unwillkürlich zusammen. Schon wieder fühlte sie sich beobachtet! Wie damals in *Eanna*, dem Tempelbezirk. Nur spürte sie die Blicke diesmal nicht im Rücken, sondern von vorne. Aber entdecken konnte Eresh auch heute niemand Verdächtigen. „Vielleicht bilde ich es mir nur ein, Aya, doch mir war erneut, als hätte uns jemand beobachtet. Ist dir etwas aufgefallen?“

„Nein, junge Herrin.“ Aya schüttelte den Kopf, ihre Stirn besorgt in Falten gelegt.

Zuweilen fand Eresh es schade, wenn es sie nicht sogar betreten machte, dass Aya selten etwas von sich aus sagte. Allerdings konnte Eresh es ihr nicht vorwerfen, schließlich gehörte es sich so für gekaufte Dienerinnen. Sie machten nur den Mund auf, wenn sie angesprochen wurden – oder wenn es notwendig war.

Eresh musterte Aya mitfühlend. Die Frau in den späten mittleren Jahren trug ein schlichtes Gewand aus Flachs, das wohl einst hellblau geleuchtet hatte, nun jedoch einen Graustich aufwies. Ayas Teint war leicht gebräunt. Sie färbte ihr Haar, das von silbernen Strähnen durchzogen war, nicht und rührte auch die Schminktiegel nie an. Kein Schmuck zierte sie.

Heute trug Aya einen Korb bei sich, der momentan nur mit einem abgenutzten Flachs-Tuch und einer beachtlichen Menge Knoblauch und Lauch gefüllt war. Unter dem Zwiebelgemüse wollten sie später die kostbare Kette für Maschdaras Mitgift verbergen.

Die beiden Frauen näherten sich nun dem Handwerkerviertel, was bereits durch das lauter werdende

Klappern, Klopfen und Klackern zu erkennen war. In Eresh kam ein Gedanke auf und sie teilte ihn Aya impulsiv mit: „Es ist schon merkwürdig, dass Menschen einander versklaven und die einen den anderen folgsam dienen müssen. Unser Hauslehrer hat uns erzählt, wie schnell es gehen kann, dass jemand sich verschuldet und somit sich und seine Familie in die Sklaverei verkaufen muss.“

Aya sah schüchtern zu ihrer um einen Kopf größeren Herrin auf. „Ich hoffe nur, meinem Gatten geht es jetzt gut. Es ist verständlich, dass er nicht lange zögerte, mich zu verkaufen, als die Schulden sich häuften. Immerhin gebar ich ihm nicht einmal einen Sohn.“ Traurig senkte sie die Lider.

Eresh seufzte. Wie brachte es jemand über das Herz, seine Frau in die Sklaverei zu verkaufen?

Eresh legte ihr tröstend eine Hand auf die Schulter. „Ach, Aya ...“

Sie kannte das Schicksal der Hausdienerin. Seit jeher empörte es Eresh insgeheim, dass so mit Aya umgegangen worden war. Es schien, als würde es niemand sonst als so ungerecht empfinden. Ob es wohl der nichtmenschliche Anteil in Eresh war, der irdische Gepflogenheiten nicht so leicht akzeptierte?

Ein mit Säcken beladener Eselskarren ratterte ihnen entgegen durch die Straße und sie mussten Platz machen. Die Wildesel rochen herb.

Eresh ereilte ein weiterer unüblicher Gedanke. „Weißt du, Aya, mir kommt in den Sinn, dass die Götter uns alle gleichermaßen als ihre Bediensteten betrachtet haben, als sie noch ein- und ausgingen in unseren Landen. Selbstverständlich auch noch, nachdem sie sich großteils zurückgezogen haben.“

Aya zuckte resigniert mit den Schultern. „Nun ja, deswegen allein wurden wir erschaffen – um den Göttern die Arbeit abzunehmen. Für ihre Nahrung zu sorgen und um Rohstoffe für sie abzubauen. Ein Glück, dass sie uns brauchten! Sonst gäbe es uns Menschen gar nicht." Sie hielt sich plötzlich erschrocken die Hand vor den Mund. „Verzeih, Herrin, dass ich dich zu uns zählte. Du gehörst ihnen ja genauso an." So viel am Stück hatte die Dienerin kaum je gesprochen. Traute sie sich allmählich, mehr zu reden, wenn sie mit Eresh allein war?

„Ist gut, du brauchst dich nicht zu entschuldigen, Aya." In diesem Moment, und nach allem, was über die Götter und ihre Beweggründe für die Schöpfung der Menschen ausgesprochen war, war es Eresh zum ersten Mal peinlich, „ihnen anzugehören". Halb von den *Anunnaki*, den Göttern, abzustammen.

Eresh ging der Hauptteil eines alten Lieds durch den Kopf. Sie hatte es bereits als kleines Kind auf Festen singen gehört. Es sei schon hunderte von Jahren alt, hieß es.

„In jenen Tagen, in jenen fernen Tagen. In jenen Nächten, in jenen weiten Nächten. In jenen Jahren, in jenen fernen Jahren. In jenen uralten Tagen, als was sich geziemt strahlend aufging, in jenen uralten Tagen, als was sich geziemt gehegt wurde. Als der Himmel von der Erde getrennt wurde und die Menschen erschaffen wurden."

Aya und sie bogen wieder in eine neue Straße ein, ohne dass Eresh es richtig mitbekam. So abgelenkt war sie gerade. Gut, dass Aya den Weg kannte und sie führte. Das seltsam düstere Lied war zwar verklungen in ihren Gedanken, aber ihre Zweifel waren zurückgekehrt. Zweifel ja, und etwas wie ein schlechtes Gewissen. Hatten jene aus der Welt ihres Vaters, die *Anunnaki*, die Menschen wirklich einst erschaffen oder lediglich Gebrauch von ihnen gemacht, als sie vom

Himmel herabgestiegen waren? Darin bestand immerhin ein großer Unterschied. Vom Himmel zur Erde herabzukommen war beeindruckend, aber das vermochten auch Vögel. Zumindest der *Anzu-Vogel*, der Gewitter und Sturm brachte und einst sogar die Weisheitstafeln gestohlen hatte. Jedoch die Menschheit zu erschaffen - das war übernatürlich und einmalig.

Für Sterbliche eine unvorstellbare Aufgabe.

Doch so beeindruckend die Erscheinung von Ereshs Vater und seinen Töchtern auch anmutete – sie wirkten trotzdem wie aus Fleisch und Blut. Wie Eresh selbst ja auch ganz und gar, obgleich sie zur Hälfte eine *Anunnaki* war, also was man göttlich nannte.

„Herrin“, flüsterte Aya ihr nervös zu. „Du hattest recht. Ein Fremder starrt dich gerade an.“

Eresh schreckte aus ihren Gedanken auf und spähte suchend um sich. „Wo ist er?“ Aufregung erfasste sie und ihr Puls schoss in die Höhe.

„Dort bei der Töpferwerkstatt. Der Fremde überragt alle anderen Männer, so wie du alle Frauen“, raunte Aya ihr zu.

Endlich entdeckte Eresh ihn. Ihr Atem ging schneller und ein leichtes Zittern erfasste ihren Körper.

Hatte dieser junge Mann dort sie wirklich bereits mehrfach beobachtet oder waren es davor andere gewesen, beliebige Menschen, die ein Halbwesen anstarrten? Wenn es stets derselbe war, wie hatte Eresh ihn dann die ganze Zeit übersehen können – so groß und helläugig, wie der Jüngling hervorstach? Er musste neu in der Stadt sein, ein Besucher von weither!

Nachdem Eresh seinem Blick ein paar Momente lang standgehalten hatte, verschwand der Fremde plötzlich in der Menge. Fast als hätte er sich in Luft aufgelöst.

7. Geheimnisse und Alltäglichkeiten

Eresh hatte die vergangene Doppelstunde verlebt, als befände sie sich halb in Trance. Mehr wie eine Schlafwandlerin als wach und geistig fokussiert, hatte sie ihre Aufgabe erfüllt. Zuletzt hatte Eresh sich nach dem Treffen mit ihrem leiblichen Vater und dessen Töchtern so gefühlt. Handelte es sich dabei etwa um ein Zeichen, ein Omen?

Gut, dass sie Aya an ihrer Seite wusste. Ohne die Familien-Dienerin hätte Eresh womöglich die falsche Schmuckmanufaktur betreten und wäre mit einer Brosche statt einer Kette nach Hause gekommen. Falls sie den Weg nach Hause überhaupt gefunden hätte – so stark wie Eresh noch unter dem Bann des fremdartigen jungen Mannes stand. Nun, er hatte sie wohl als genauso fremdartig erkannt und deshalb dermaßen angestarrt.

Unzählige Fragen gingen ihr durch den Kopf, seitdem ihre Blicke einander gefunden und sekundenlang nicht mehr losgelassen hatten. Unruhig und wild drängte es Eresh danach, zu wissen, ob sie den ungewöhnlichen Burschen wiedersehen würde. Und wenn ja, würde er dann erneut einfach verschwinden? Sich verflüchtigen wie ein Traumgesicht in der Mittagshitze?

„Eresh?"

Sie zuckte ein wenig zusammen. „Ja, Aya?"

„Meinst du, der junge Fremde war von ... nun ja, von *deiner Art*, Herrin?“, brach die Dienerin das Schweigen, während sie beide sich bereits dem Haus näherten.

Überrascht betrachtete Eresh die reifere Frau. „Deine Überlegung trifft es auf den Punkt. Nichts begehre ich gerade stärker zu wissen als das.“ Sie seufzte. „Aber muss er zwangsläufig ebenfalls ein Halbwesen sein, nur weil er größer als die meisten anderen Männer ist und seine Augen wie Flusswasser leuchten?“

Aya wog nachdenklich den Kopf. Da sie sich ihrem Heim näherten, überreichte die Dienerin ihr den Korb mit der feinen Kette, versteckt unter grobem Stoff und Zwiebelgewächsen. Eresh nahm den Korb entgegen und betrat den Garten, der das Haus der Familie umgab wie ein grüner Rahmen. Der Garten war klein und lediglich je eine Palme vor und hinter dem Haus wuchs darauf, spendete ein wenig Schatten. Doch er grenzte ihr Wohnhaus etwas von den anderen ab – ein Luxus.

Aya folgte ihr.

„Nur ... Was, wenn er es tatsächlich ist? Wenn der Fremde auch einen göttlichen Elternteil hat?“, brach es kurz vor dem Hauseingang aus Eresh hervor. „Wäre uns dann nicht zu Ohren gekommen, dass es noch jemand wie mich in Uruk gibt? Ich bin doch auch stadtbekannt für meine Herkunft.“

Aya zuckte unschlüssig mit den Schultern und folgte ihr in das Haus.

Wenn dieser Bursche und ich wirklich ein ähnliches Schicksal teilen, können wir doch nicht einfach in der gleichen Stadt leben, ohne einmal miteinander zu sprechen! Ereshs Schläfen pochten. Gedankenverloren durchschritt sie den Hauptraum des Hauses, wo Aya zurückblieb und sich wahrscheinlich schon gleich wieder an die Arbeit machte.

Eresh dagegen betrat das kleine Zimmer, das sie sich mit ihren Halbschwestern teilte. Dort stellte sie den Korb ab und holte die Silberkette mit dem Anhänger aus Lapislazuli unter dem Stoff und Zwiebelgemüse hervor. Schön war es ja, das Schmuckstück. Eresh verstaute die wertvolle Kette mit dem Anhänger vorerst in der Truhe.

Erst nach einer Weile fiel ihr auf, wie außergewöhnlich ruhig es momentan daheim war. Nichts als das gleichmäßige Fegen des Besens im Hauptraum war zu hören.

Eresh runzelte die Stirn. Gewiss, ihre Eltern würden erst in der Nacht von dem Bankett heimkehren. Aber wo waren ihre fünf Halbgeschwister? Besonders die Stimmen von Gal und Dara waren doch sonst immer von weither zu vernehmen.

Eresh verließ das Zimmer und begab sich in den Innenhof, wo Tamarisken und Palmen Schatten spendeten. Sie empfand Erleichterung, als sie ihre beiden jüngsten Halbschwestern dort auf dem Boden sitzen sah. „Utena! Girin!“

Die beiden befanden sich im Schneidersitz, jede auf ihrer Binsenmatte, und übten angestrengt das Schreiben.

„Alles in Ordnung bei euch?“

„Sicher, wieso nicht?“, fragte Utena mit schräg gelegtem Kopf und einem sarkastischen Lächeln. „Nun ja, abgesehen davon, dass es ein Ärgernis für mich ist, fast jeden Tag schreiben zu üben.“

„Genau! Das ist so anstrengend“, murrte Girin. Sie legte die Tontafel und den Schilfrohrgriffel beiseite. „Mir reicht es für heute!“

Utena benutzte den Griffel noch einmal schnell, um mit dessen Spitze einige Keile in den Ton der Tafel einzudrücken, ein letztes Schriftzeichen zu vollenden. „Mir auch!“, schloss Utena dann. „Ich bin Mutter zwar dankbar dafür, dass sie uns ebenso wie unsere Brüder im Schreiben unterrichten lässt. Doch letztlich ist es sinnlos. Wie sollen wir als Mädchen je Schreiber in der Verwaltung werden? Gal und Nuesh vielleicht. Aber nicht wir!“

Eresh trat näher zu ihren Halbschwestern. Sie trug noch immer den Korb mit Lauch und Knoblauch auf dem alten Stoff. Jetzt stellte sie ihn auf dem Boden ab. „Utena, hör zu. Ob ihr nun in der Beamtenschaft arbeiten werdet oder nicht. Indem ihr die Keilschrift beherrscht, seid ihr *Umbi-Sag*, Schreibkundige. Allein das ist eine Ehre.“

„Was genau ist Ehre?“, wollte Girin naseweis wissen. Wahrscheinlich konnte sie mit so einem abstrakten Begriff wirklich nicht viel anfangen.

„Das erkläre ich dir ein anderes Mal, Liebes“, erwiderte Eresh. Danach wandte sie sich erneut an Utena. „Bei der Tempel-Verwaltung gibt es immerhin mitunter auch Frauen“, ermutigte Eresh ihre Halbschwester.

Utena nickte ernst und auch eine Spur skeptisch. Ein paar Momente später wurde ihr Gesichtsausdruck jedoch wieder so neugierig und offen, wie es typisch für die 11-Jährige war. „Ist dir bekannt, ob sie in der Welt deines Vaters auch mit Keilschrift schreiben? Ich meine, dann würde es sich für dich lohnen, sie erlernt zu haben.“

Eresh seufzte. „Ich weiß nicht, wie ihre Schrift aussieht. Was habe ich schon groß in Erfahrung bringen können über diese andere Welt?“

Das entsprach einer Halbwahrheit. Aber selbst das, was Eresh von ihrer Mutter gehört hatte über dieses ferne Reich, musste unter dem Mantel des Schweigens bleiben.

„Los! Wir spielen etwas!“ Girin rieb sich mit einem breiten Lächeln die Hände. „Das Königliche Spiel!“ Girin spielte bei diesem Brettspiel meist mit Utena zusammen gegen Eresh.

Das Spiel war erst in der Metropole Ur im Süden und dann auch in den anderen Stadtstaaten in Mode gekommen. Gewöhnlich besaßen nur wohlhabendere Haushalt ein Exemplar.

„Es tut mir leid, aber du musst heute einmal mit Utena allein spielen. Ich habe noch viel zu tun“, vertröstete Eresh ihre jüngste Halbschwester.

Während Girin ein wenig schmollte, fragte Utena sie: „Wozu eigentlich all der Knoblauch und Lauch in deinem Korb?“

„Na wir mussten die Kette für Daras Mitgift doch gut verstecken. Ich bringe das Zwiebelgemüse jetzt zum anderen Vorrat hinters Haus.“ Eresh stutzte. „Sagt mal, wo steckt Dara eigentlich?“

„Ich habe keine Ahnung.“ Utena gähnte. „Sie meinte vorhin, sie müsse etwas erledigen.“

„Hm“, brummte Eresh nachdenklich. Sie nahm den Korb am Henkel wieder vom Boden hoch und machte sich auf den Weg durch den Innenhof hinter das Haus. Langsam taten ihr die Füße weh.

„Dara hat einen Verehrer, Dara hat einen Verehrer!“ Und noch einmal wiederholte sich Girins Singsang.

Eresh drehte sich überrascht um und hob fragend die Brauen. „Was soll *das* denn heißen?“

„Ach, sie meint nur den Mann, den unsere Eltern bereits für Dara ins Auge gefasst haben“, klärte Utena sie auf.

Das war Eresh zwar ebenfalls neu, aber sie nickte nur und setzte ihren Weg fort.

Draußen schlug ihr zunächst die Hitze des Nachmittags entgegen. Im schattigen Innenhof war es deutlich angenehmer gewesen. Auch auf dem Weg in das Handwerkerviertel vorhin, hatten Aya und sie eigens den weitgehend schattigen, längeren Weg gewählt.

Rasch, das Zwiebelgewächs in den großen Tontopf in der Erde abladen und wieder ins Haus!, befand Eresh angesichts der sengenden Sonne.

Doch kaum erreichte sie den in die Erde eingelassenen Tontopf an der Rückseite des Hauses, fühlte Eresh sich, als hätte sie bereits einen Hitzschlag erlitten. Der Henkel entglitt ihrem Griff und der Korb sank zu Boden. War es eine Sinnestäuschung, was sie da in der schmalen Gasse zwischen den beiden Wohnhäusern erblickte?

Konnte es wirklich sein, dass Maschdara dort vorne in verstohlener Umarmung mit einem Jüngling stand und die beiden sich küssten? Ihre stets über jede Kritik erhabene älteste Halbschwester Dara?

8. Schatten und Licht

Bei An, die beiden küssen sich so innig, dass sie mich nicht einmal bemerken!, stellte Eresh kopfschüttelnd fest. *Die müssen ja ziemlich verliebt ineinander sein.*

Mit den Händen in die Hüften gestemmt, beobachtete sie das heimliche Paar. Den jungen Mann konnte Eresh nicht erkennen, da er mit dem Rücken zu ihr stand. So bekam er auch nichts von ihr mit. Ihre Halbschwester hingegen hätte Eresh bestimmt schon entdeckt, wären ihre Augen nicht geschlossen. Jetzt lehnte Maschdara die Wange an die Brust des Fremden.

Oh, ihr Götter, es mag jeden Moment noch ein anderer als nur ich Zeuge dieses Stelldicheins werden! Wie können sie so ein Risiko eingehen?, fragte Eresh sich entsetzt. Selbst wenn hier, im Viertel der Vermögenden, die Leute deutlich seltener vors Haus gingen als in den ärmeren Teilen der Stadt, konnte es doch geschehen!

Während Eresh angespannt überlegte, was sie tun sollte, tauchte Dara nun doch wieder von der Brust ihres Freundes auf und mit einem Mal entdeckte sie ihre ältere Halbschwester. Daras Augen weiteten sich und der Mund blieb ihr offen stehen. Sie wurde kreidebleich und sah zur Seite weg, mied Ereshs Blick.

Schnell drehte sich der Bursche um und erkannte, was seine Liebste so aus der Fassung brachte. Sein Bartwuchs war erst spärlich und trotz seiner Größe und der breiten Schultern wirkten seine Züge noch jungenhaft. Wahrscheinlich war er nur zwei, drei Jahre älter als Dara. Er flüsterte ihr etwas zu und eilte dann durch die Gasse zwischen den beiden Wohnhäusern davon.

Die 14-jährige Maschdara sah ihm kurz nach und verharrte noch ein paar Sekunden unentschlossen an Ort und Stelle. Danach näherte sie sich Eresh mit wütend stapfenden Schritten, nicht mehr blass, sondern mit hochrotem Kopf. Weiterhin sah sie überall hin, nur nicht ihrer Halbschwester ins Gesicht.

Eresh hingegen fixierte sie aufgebracht und zischte sie an: „Sag, bist du denn verrückt geworden? Kaum sind unsere Eltern länger aus dem Haus, triffst du dich heimlich mit einem Jungen! Du bist wohl nicht ganz bei Sinnen, Dara!“ Eresh suchte den Blick der Jüngeren so sehr, wie jene ihm weiterhin auswich. „Ich gehe davon aus, dass das nicht dein Verlobter war.“ Eresh bebte vor Empörung. Schließlich waren ihr die Folgen eines solchen Tabubruchs bekannt. So wenig Dara und sie sich auch verstanden – sie war trotzdem ihre jüngere Schwester und Eresh sorgte sich um sie.

Maschdara ging mit ungewohnt gesenktem Kopf an ihr vorbei und wollte durch den Hintereingang ins Haus treten. Ebenso ungewohnt war ihr Schweigen.

Doch bevor sie den schweren Stoffvorhang auch nur anrühren konnte, stellte Eresh sich ihr in den Weg. „Ist dir überhaupt bewusst, welch ein unglaubliches Wagnis ihr eingeht, wenn ihr euch trefft? In der Öffentlichkeit! In verfänglicher Pose! Während du mit einem anderen verlobt bist!“ Eresh war außer Atem gekommen, so hatte sie sich aufgeregt. „Selbst wenn er dein Verlobter wäre, wäre unter Strafe verboten, was ihr da gerade gemacht habt!“

„Halt den Mund und lass mich endlich vorbei ins Haus!“, fauchte Dara sie an. „Das geht dich alles überhaupt nichts an." Sie versuchte, sich an Eresh vorbei durch den Hintereingang zu drücken.

Eresh ließ das nicht zu und hielt sie am Oberarm fest. „Es geht mich wohl etwas an! Wir sind trotz allem die Kinder derselben Mutter und miteinander aufgewachsen. Ich kann nicht dabei zusehen, wie du dich ins Verderben stürzt. Bitte versprich mir, dass du diesen Burschen nicht erneut triffst."

„Wir lieben uns aber", presste Dara zwischen zusammengebissenen Zähnen hervor und schaffte es, sich vom Griff ihrer Halbschwester freizumachen und durch den dicken Vorhang in das Haus zu treten. Wie ein Soldat des Stadtkönigs marschierte sie rasch voran.

Eresh folgte ihr ebenso schnell in ihr gemeinsames Zimmer. „Ihr seid verliebt ineinander. Das verstehe ich."

„Gar nichts verstehst du, Eresh. Warst du denn je verliebt oder gab es jemand, der um dich warb?", zischte Dara sie an. Sie hätte wahrscheinlich laut geschimpft, wenn dadurch nicht das gesamte Haus von den Details ihres Streits in Kenntnis gesetzt worden wäre. „Was weißt du schon? Du stammst halb von Göttern ab und genießt Freiheiten, die wir anderen uns höchstens kurz stehlen können."

Eresh fühlte sich verletzt. Ihre Halbschwester hatte ein paar wunde Punkte erwischt und das wusste sie auch. Im Grunde traf zu, was sie ihr vorwarf. Inklusive der Tatsache, dass sie den jungen Männern offenbar zu eigenartig war, um ihr den Hof zu machen.

Plötzlich trat Dara nahe zu ihr und sah sie mit zu Schlitzen verengten Augen an. „Du hast vorhin nichts gesehen, ja?"

Eresh atmete tief ein und schnaubend aus.

„Schau mich nicht an, als würdest du mir gleich an die Gurgel gehen wollen! Ich werde niemandem von deinem Stelldichein erzählen. Aber ich rate dir, es in Zukunft sein zu lassen. Um deinetwillen, Dara.“ Nach diesen Worten ließ Eresh ihre Halbschwester in dem Raum zurück.

Sie brauchte jetzt Abstand von Dara. Abstand von diesem selbstgefälligen Sturkopf. Eresh wollte nun gerne allein sein und hätte am liebsten ein Zimmer ganz für sich gehabt.

Doch wer verfügte schon über einen Raum nur für sich? Prinzessinnen vielleicht, die stolzen Töchter ihres leiblichen Vaters vielleicht, obgleich sie genau genommen wohl keine Prinzessinnen waren.

Das Flachdach des Hauses kam Eresh in den Sinn und sie freute sich über diesen schon öfter genutzten Rückzugsort. Allerdings wollte sie erst noch kurz nach ihren jüngsten Schwestern sehen. Spielten die beiden brav das Königliche Spiel oder heckten sie wieder einmal etwas aus?

Als Eresh den Innenhof betrat, fand sie die zwei überraschenderweise nicht mehr allein vor. „Gal! Nuesh!“, rief sie ihren Halbbrüdern erstaunt entgegen. „Ihr seid also auch schon von der Schule zurück.“ *Und von wo auch immer ihr euch danach sonst noch so herumzutreiben pflegt - was ihr Jungs ja nach Belieben dürft*, fügte Eresh sarkastisch in Gedanken hinzu.

Gal machte eine abwehrende Geste mit der Hand. „Wir spielen gerade.“ Mit konzentriertem Gesicht blieb er dem Spielbrett zugewandt.

Der jüngere Nuesh grinste Eresh kurz an, erwiderte aber ebenfalls nichts.

„Wünsch uns Glück“, kam es von Utena.

„Ja, sonst verlieren wir!“, jammerte Girin.

Eresh hockte sich neben ihre vier Halbgeschwister auf den Boden und beobachtete sie bei ihren Spielzügen. Es sah leider tatsächlich schlecht für Utena und Girin aus. „Ihr habt doch nicht gemogelt?“, wollte Eresh halb streng, halb im Spaß, von ihren Brüdern wissen.

„Glaub mir, gegen diese beiden ist das gar nicht nötig“, erwiderte Gal in arrogantem Tonfall.

Während ihre beiden jüngeren Halbschwestern protestierten, hob Eresh nur die Brauen und schüttelte den Kopf über ihn. Plötzlich fiel ihr der Korb mit dem Zwiebelgewächs wieder ein, der ihr hinter dem Haus vor Schreck aus der Hand geglitten war. Doch als Eresh gerade aufstehen und sich darum kümmern wollte, entdeckte sie etwas Merkwürdiges. Vielleicht nur, weil gerade das Sonnenlicht darauf fiel und es leuchten ließ. Neben Galsal auf dem Boden lag etwas, das nicht hierher zu gehören schien. Selbst wenn es sich dabei um nichts Außergewöhnliches handelte. Das kleine Tontäfelchen zeigte links oben das Keilschriftzeichen für Fisch: einen abstrahierten, wie auf seinem Schwanz stehenden Fisch. Darunter stand das Wort Korb/Händler/Stand und rechts daneben erstaunte das Keilschriftzeichen für König. Unten an dem Tontäfelchen befand sich ein Loch zum Aufhängen.

Eresh wies mit dem Finger auf das fremde, kleine Objekt. „Woher hast du denn das Warenetikett, Gal?“

„Hab es gefunden“, brummte ihr Halbbruder und machte den nächsten Zug mit dem Spielstein.

„Und *wo* hast du es gefunden?“

„Vor dem Hauseingang. Es lag dort gut sichtbar auf dem Boden“, antwortete Nuesh munter.

Eresh runzelte verwundert die Stirn. Wie kam ein solches Warenetikett vor ihr Haus? Zumal es ein Besonderes zu sein schien, nicht eben für etwas Einfaches wie Gerste oder Bohnen. Vor allem stand das

Keilschriftzeichen für ‚König' mit darauf. Wie lange es wohl schon dort gelegen hatte, bevor ihre vorwitzigen Brüder es fanden? Warum hatte nicht sie es entdecken können? Eresh beugte sich zu dem Tontäfelchen neben der Hand ihres Bruders hin und wollte es nehmen, um es genauer zu betrachten.

Doch blitzschnell legte Gal seine Hand auf das kleine Warenetikett und bedeckte es.

Eresh taxierte ihn entrüstet. „Was soll das? Ich will es mir nur einmal näher ansehen!"

Gal hielt weiter seine Hand darüber. „Nein. Es gehört mir", stellte er kühl klar.

„Kann es nicht uns allen gehören?", schlug Utena vor. Girin stimmte ihr zu.

Eresh versuchte, den Moment zu nutzen und schnell Gals Hand wegzuschieben, aber er hielt sie fest auf den Boden gepresst.

„Wer etwas findet, dem gehört es", beharrte Gal gereizt.

„Das merke ich mir." Eresh warf ihm einen vernichtenden Blick zu.

Sie würde einen Weg finden, an das Warenetikett heranzukommen. Morgen verbrachten Gal und Nuesh wieder mehrere Doppelstunden außer Haus in der Palastschule. Eresh würde das Tontäfelchen sicher rasch unter seinen Sachen entdecken. Sie musste einfach, denn es zog sie magisch an – so profan es auch trotz des königlichen Symbols war.

Etwas in ihr sagte Eresh, es war kein Zufall, dass es gut sichtbar vor ihrem Haus gelegen hatte.

9. Vogel und Fisch

„Was trägst du denn da um den Hals, Gal?“, fragte Ereshs Stiefvater seinen Sohn zwischen zwei großen Bissen Entenbraten. Seine Lippen und Mundwinkel glänzten vom Fett des Geflügels. Als Hausvater bekam er die besten Stücke der Ente, die es zu ihrem Abendessen neben Gerstenbrei, Gurken, Äpfeln und Käse gab. Sie saßen gemeinsam im Innenhof an dem niedrigen Tisch. „Nun zeig mal her!“ Der Familienvater machte eine auffordernde Geste mit der Hand.

Eresh war ausnahmsweise einmal froh darüber, dass ihr Stiefvater sich gegenüber den Angehörigen seines Haushalts so aufmerksam und streng verhielt. Sie wusste genau, was ihr Halbbruder da unter seinem Obergewand verborgen trug. Schließlich versuchte Eresh seit Tagen, an das merkwürdige Tontäfelchen heranzukommen – ohne Erfolg. Doch dank ihres Stiefvaters würde sie es gleich wenigstens wieder aus kurzer Entfernung sehen.

Galsal hielt die Augen gesenkt und rang sichtlich mit sich, seinen Fund, diesen kleinen Schatz erneut offenzulegen. Aber letztlich musste ihm klar sein, dass er seinem Vater gegenüber nicht ungehorsam sein konnte. Gal holte das Tontäfelchen, das wie ein Anhänger an einem Lederband auf seiner Brust ruhte, also unter seinem Obergewand hervor.

„Du trägst ein Warenetikett um den Hals? Wie kommst du dazu? Das ist doch albern, Gal!“ Sein Vater stellte den Krug mit dem herben Gerstenbier scheppernd auf dem Tisch ab und streckte die Hand aus. „Nun gib mal her!“

Namtilla nickte ihrem Sohn ermutigend zu.

Eresh hielt unmerklich den Atem an. Warum konnte *sie* das nicht von ihrem Halbbruder fordern? Niemand wollte das mysteriöse Tontäfelchen lieber studieren als sie, die es für eine mögliche Botschaft hielt. Oder vielleicht ein Zeichen! Es war ihr häufig durch den Kopf gegangen die letzten Tage.

Gal zögerte und zauderte, aber zog das Lederband über seinen Kopf und reichte es seinem Vater.

Eresh reckte den Hals nach dem Tontäfelchen. Ein Jammer, dass ihr Stiefvater so weit weg saß von ihr!

Nachdem ihr Stiefvater das Warenetikett kurz betrachtet hatte, warf er erst Gal, dann Eresh einen tadelnden Blick zu. „Esst und trinkt! Das ist nichts weiter als das Warenetikett eines Fischhändlers vom Fluss.“

Eresh aß von ihrem Gerstenbrei, auf den sie sich etwas von dem milden Ziegenkäse gegeben hatte, obwohl sie gerade keinen Appetit verspürte. Gebannt starrte sie auf das Tontäfelchen.

Ihr Stiefvater prüfte das Warenetikett erneut. „Ich schätze, es stammt von einem Fischhändler, der ausschließlich an den Hof des Stadtkönigs liefert. Nur die edelsten Fischsorten, die makellosesten Tiere gehen an den Hof. Jemand muss das Etikett verloren haben.“ Er legte das Tontäfelchen am Lederband auf den Tisch. „Für uns ist es jedoch nutzlos. Ich werde es wegwerfen.“

„Nein, bitte nicht!“, flehten nahezu gleichzeitig Gal wie Eresh selbst ihren Vater an.

Er hingegen sah nicht eben danach aus, als ließe er sich von ihnen erweichen. „Bei den Göttern, was wollt ihr mit dem Ding? Es ist beschlossen, ich werde es entsorgen."

„Kann ich es mir vorher noch einmal anschauen?" Gäbe es nicht eine gewisse Distanz zwischen ihrem Stiefvater und ihr, hätte er Eresh womöglich einmal gefragt, was eigentlich sie daran interessierte. Warum ihr daran gelegen war. Für den noch etwas unreiferen Gal war es sein Fundstück.

So sah ihr Stiefvater sie nur mit Unmut an und begann, wieder kräftig weiter zu essen.

Ereshs Mutter bedachte sie und Gal mit einem tröstenden Blick. „Trinkt doch etwas von dem köstlichen Bier. Es ist sogar ein klein wenig Honig und Zimt beigemengt." Namtilla griff nach dem zweiten Krug, gefüllt mit Emmer-Bier, der bei ihrem Teller stand.

Gal schnaubte trotzig. „Das ist ein Frauengetränk! Nein danke, *Ama*."

Eresh musste grinsen, während sie sich von ihrer Mutter liebliches Emmer-Bier einschenken ließ. Doch sie musste weniger wegen der Dummheit ihres Halbbruders grinsen, sondern da sie etwas erkannt hatte: Im Grunde wusste sie jetzt das Wichtigste über das Tontäfelchen.

Wenn es ein Zeichen, eine Botschaft war, und sie der Spur folgen wollte, musste Eresh zu den Fischhändlern an den Fluss.

Es hatte fast zwei Wochen gedauert – zwei Wochen, die auch den Tag der Entscheidung und die Rückkehr ihres Vaters für Eresh näherrücken ließen. Aber daran wollte sie jetzt nicht denken.

Heute würde sich ihr endlich eine Gelegenheit für einen kleinen Abstecher zu den Fischhändlern am

Fluss bieten. Eresh befand sich mit der Hausdienerin auf dem Markt und sie tätigten gerade die letzten Einkäufe. Aya war bereits eingeweiht. Sie wusste nun als Einzige, dass Eresh dem Tontäfelchen wie einem Hinweis folgte.

Gerade liefen sie durch den alten *Kullaba* Bezirk – dem ältesten von Uruk - nach Westen. Dabei orientierten sie sich am Kanalsystem der Stadt, um zum Fluss zu gelangen. Wie stets tummelten sich eine Menge Menschen durch die Straßen. Alle wollten den Morgen nutzen, um der Mittagshitze auszuweichen.

„Ich möchte mich ja nicht einmischen, junge Herrin, doch findest du es nicht etwas gewagt, das Warenetikett als eine Botschaft zu deuten?“

„Eigentlich schon“, gestand Eresh. „Nur, wenn ich es als Zufall abtue, kann es sein, dass ich es später für immer bereuen werde.“

Aya nahm den Korb voller Eier, Obst und Gemüse in die linke Hand, um ihren rechten Arm zu entlasten. Dann blickte sie Eresh besorgt an. „Mein Kind, du glaubst doch nicht, dass dieses Tontäfelchen etwas mit dem auffälligen jungen Mann neulich zu tun hat? Das wäre nun wirklich ein großer Zufall.“

Eresh fühlte sich ertappt. Verlegen kaute sie auf ihrer Unterlippe. „Ich halte es zumindest für möglich.“ Es war knapp, aber Eresh schaffte es gerade noch, dem kleinen Wagen mit frischem Fisch auszuweichen, den ein drahtiger älterer Mann hinter sich herzog. Sie näherten sich langsam dem Flussgebiet.

„Lass uns bitte beeilen, Herrin, und die Nachforschungen schnell hinter uns bringen.“

„Ja, ich weiß, sonst macht man sich zu Hause Sorgen um uns.“ *Oder sie werden misstrauisch und lassen mich nicht mehr allein mit Aya in die Stadt gehen*, ergänzte Eresh in Gedanken.

Bald erreichten sie den Fluss, mussten allerdings noch eine Weile suchen, bis sie den Bereich der exklusiven Fischhändler fanden. Eine eigenartige Vorstellung, dass der nahezu überirdisch wirkende junge Mann von neulich ein Fischhändler wäre – selbst, wenn kein einfacher, sondern ein wohlhabenderer Fischhändler, der den königlichen Hof belieferte.

Eresh und Aya eilten an den einfachen Ständen vorbei, von denen bereits ein Geruch ausging, der nicht eben nach Meer und Frische duftete. Eresh rümpfte die Nase. Sie aß ohnehin nicht gerne Fisch. „Hätte mich das Warenetikett nicht zu den Ständen mit süßen Kuchen führen können?“, fragte sie mehr sich selbst als die Hausdienerin.

Aya musste lachen.

Eresh und ihre treue Begleiterin fuhren damit fort, die Stände der Fischhändler abzuklappern.

„Schau! Dort drüben könnten wir eher fündig werden.“ Aya wies mit dem Kinn nach Osten.

Während sie ihr Schritttempo etwas erhöhten, stellte Eresh bereits fest: „Du hast recht, dort stehen die Stände nicht so dicht nebeneinander und es gibt kein Gedränge mehr.“ Als sie näherkamen erkannte Eresh zudem, dass die Fischhändler etwas besser gekleidet waren. Sie trugen zwar ebenso lediglich einen knielangen Fransenrock wie die einfacheren Händler, aber irgendwie schafften sie es, ihn bei ihrer Arbeit relativ sauber und intakt zu halten.

„Wir liefern ausschließlich an den königlichen Hof!“, stellte der erste Fischhändler, dessen Stand sie begutachten wollten, sofort klar.

Eresh erwiderte nichts, sondern zog mit Aya gleich zum nächsten Stand. Zwei bis drei Leute befanden sich meist hinter einem Fisch-Stand und diesmal waren es zwei Frauen. Eresh blickte auch ihnen kurz fragend in die Augen, nach einem Zeichen forschend, aber da gab es nichts zu finden. Nur nebenbei registrierte sie bei den nächsten Ständen, dass manche der Fischhändler einen stattlichen Oberkörper und breite Schultern über ihren Fransenröcken hatten.

„Aya, ich befürchte, ich habe dich umsonst zu diesem Abstecher überredet. Ich weiß auch nicht, was ich mir dabei gedacht habe, etwas Banalem wie einem Warenetikett nachzuspüren." Eresh ließ den Kopf hängen, während sie zu einem der letzten Stände liefen. Als jemand sie am Gewand zupfte, zuckte sie zusammen und hob sofort den Blick.

10. Enttäuschung und Hoffnung

Eresh blickte aufgeregt und mit rasant gestiegenem Puls um sich. Etwas in ihr erwartete, dass ihr Blick auf den jungen Fremden treffen würde, den sie bisher noch nicht angetroffen hatten. „Aya!“, zischte sie die Haus-Dienerin nervös an. „Du bist es ja nur. Hättest du nicht etwas sagen können, anstatt mich an der Rückseite meines Gewands zu zupfen? Was ist denn?“

Aya sah sie im ersten Moment schuldbewusst und im zweiten mit einem merkwürdigen Gesichtsausdruck an, dann gleich nach schräg links.

Als Eresh erkannte, wohin die Augen ihrer Begleiterin wiesen, weshalb Aya an ihrem Gewand gezupft hatte, durchfuhr es sie wie ein Blitz. Eresh hatte es kaum mehr für möglich gehalten! Aber da war er tatsächlich wieder, der auffällige Jüngling!

Er sah sie genauso gebannt an, wie sie selbst sich von seiner Gegenwart gefesselt fühlte. Seine Augen leuchteten in der Farbe seltener Türkise aus dem Reich der Pharaonen. Doch was tat er da am Fischstand? Wieso hielt er sich so im Hintergrund? Und warum war sein Fransenrock so schmutzig, ein Teil des Saums sogar abgerissen?

Ein Mann mit dem typischen pechschwarzen Haar der Sumerer, die sich selbst auch *Saggigga* nannten, „die schwarzköpfigen Menschen“, stand direkt hinter den flachen Körben mit frischem Fisch. Sein gewellter Bart und die Brauen waren ebenfalls deutlich kräftiger und dunkler als bei dem jungen Mann im Hintergrund. „Kann ich etwas für euch tun?“, fragte der Fischhändler Eresh und Aya weder barsch noch freundlich.

Ohne ihre Antwort abzuwarten, wandte er sich dann an den um einen Kopf größeren, etwas schlaksigen jungen Mann. „Ich bezahle dich nicht dafür, dass du nur herumstehst und hübschen Frauen hinterherschaust“, tadelte der reifere Mann den Jüngeren – diesmal durchaus barsch. „Es dauert noch bis zur nächsten Pause. Weitermachen!“ Er schubste seinen Arbeiter. „Der Fisch weidet sich nicht von selbst aus.“

Der junge Mann senkte den Kopf und verließ seine Position in der Nähe seines Arbeitgebers. Seine Wangen glühten und seine Kiefer mahlten.

Eresh tat es richtig weh, wie dieser Fischhändler mit ihm umging. Wenn sie ehrlich war, umso mehr, da der Jüngling womöglich von der gleichen Art wie sie selbst war. *Jemand wie du ... das heißt, jemand wie ich ... Ich meine, du stammst doch offensichtlich ebenfalls zum Teil von den Göttern ab und dennoch machst gerade du hier die Drecksarbeit! Für nichts weiter als einen Fischhändler!*

Damit hätte Eresh ihn am liebsten gleich konfrontiert, so verwundert war sie. Doch sie wusste, dass jetzt ganz und gar nicht der richtige Zeitpunkt dazu war. Sie durfte kein Aufsehen erregen.

Offensichtlich hatte der seltsame junge Mann sie wirklich mit dem Warenetikett zu sich geführt. Aber ebenso offensichtlich gab es für Eresh und ihn nun keine Gelegenheit, ein paar Sätze miteinander zu wechseln.

Sie spürte Ayas Hand auf ihrer Schulter. „Du hast recht“, sagte Eresh leise, „Wir sollten gehen.“

Schweren Herzens drehte sie sich um und brach mit Aya auf.

Als sie den Bereich der exklusiven Fischhändler gerade verlassen hatten und wieder größeres Getümmel herrschte, bekam Eresh plötzlich ein merkwürdiges Gefühl. Im nächsten Augenblick hörte sie auch schon jemand nah an ihrem Ohr flüstern: „Morgen eine Doppelstunde nach Einbruch der Dunkelheit. Zu Füßen des Weißen Tempels, Südseite."

Kaum traute Eresh sich, in die Richtung zu lugen, war er auch schon wieder verschwunden, der eigenartige Jüngling vom Stand des Fischhändlers. Es bestand kein Zweifel für sie, dass er es gewesen war.

Während Ereshs Herz vor Freude hüpfte, seufzte Aya neben ihr tief und schwer - wie über Ärger, der überstanden schien und sich nun doch zurückmeldete.

Ihre Mutter wusste nichts davon – und der Rest der Familie schon gar nicht. Aya genauso wenig, zumindest nicht offiziell, bestimmt aber ahnte sie es.

Darüber würde ihr Stiefvater wohl kaum murrend hinwegsehen, wenn er davon in Kenntnis wäre. Hätte es eine beste Freundin in Ereshs Leben gegeben, wäre sie von ihr eingeweiht worden. Vielleicht hätte diese beste Freundin sie angefleht, keine solchen Dummheiten zu machen oder sie hätte Eresh für ihren Mut bewundert.

Doch so blieb es ihr Geheimnis allein, dass sie sich vorhin zu später Stunde davongeschlichen hatte. Allein traf Eresh sich gleich mit einem jungen Mann beim Weißen Tempel. Und sie allein übernahm auch die Verantwortung für diese verbotene Unternehmung, für dieses Wagnis.

Eresh empfand ein schlechtes Gewissen gegenüber ihrer ältesten Halbschwester. Schließlich erlaubte sie selbst sich gerade etwas, wofür sie Dara vor ein paar Wochen geschimpft, wovor sie die Jüngere eindringlich gewarnt hatte. Die Tatsache, dass Eresh andere Beweggründe für das heimliche Treffen mit dem Fremden hatte, und dass es zu einem anderen Zweck geschehen sollte, spielte da nur eine untergeordnete Rolle.

Die kühle Nachtluft strich ihr um die Wangen und sie empfand eine Mischung aus Abenteuerlust und Nervosität. Langsam froren ihre Füße ein wenig in den Sandalen. Eresh zog sich das Tuch, mit dem sie sich nicht allein die Schultern wärmte, sondern zudem etwas verschleierte, noch ein bisschen tiefer in die Stirn. Sie lief weiterhin schnell und auf wenig genutzten Wegen, um möglichst wenig Aufmerksamkeit zu erregen.

Bald befand sie sich westlich des Euphrat und in Sichtweite des Weißen Tempels. Wie erhaben der Sakralbau auf der zwölf Meter hohen Terrasse aus Lehmziegeln thronte, eine dichte Reihe Palmen im Rücken, und umgeben von einer Mauer! Schon lange nicht mehr hatte Eresh den Weißen Tempel so gesehen: Vom flackernden, goldenen Licht der Öllampen mystisch leuchtend in der Dunkelheit. *Es muss doch auch eine Bedeutung haben, dass er sich ausgerechnet dort mit mir treffen möchte,* spekulierte Eresh.

Nicht mehr lange und sie würde mehr über den eigenartigen jungen Mann herausfinden. Daran wollte Eresh denken und nicht an die Sorge, dass jemand ihr Wegsein bemerkte und ihre Eltern sie suchen gingen. Würde ihr Stiefvater sie zum ersten Mal schlagen, wenn er sie erwischte?

Eresh ließ es zu, dass die bizarren Laute der Nachtvögel sowie der Kröten und anderen Tiere am Fluss sie von ihrer Furcht ablenkten. Nicht zum ersten Mal diese Nacht kreuzte eine rot gewandete Priesterin des *Inanna*-Tempels ihren Weg. Die besonders aufwändig geschminkte Frau schenkte Eresh ein schwer deutbares Lächeln. Ob die *Inanna*-Priesterin sich wohl wirklich der Heiligen Prostitution widmete oder das Ganze ohnehin nur Gemunkel, Fantasie, ein Mythos war? Es drang nichts Eindeutiges hinaus aus den Tempeln.

Eresh näherte sich der südlichen Mauer des Komplexes mit dem Weißen Tempel. Noch konnte sie niemand dort erspähen, gleich wie sehr sie den Hals reckte. Ayas Befürchtung, der Jüngling treibe womöglich nur sein Spiel mit ihr, würde sich doch wohl nicht bewahrheiten? Ein unsichtbares Gewicht legte sich bereits auf ihre Brust und in ihre Kehle. Eresh lief dennoch rasch weiter in die Richtung.

Da ergriff jemand ihr Handgelenk und zwang sie, stehen zu bleiben. So grob hatte sie den jungen Mann gar nicht eingeschätzt! Eresh wandte den Kopf nach rechts.

„Halt, junge Dame!" Der Mann in den mittleren Jahren musterte sie streng. In der freien Hand trug er einen Speer und um den Kopf einen goldfarbenen, enganliegenden Helm, der unter dem Kinn befestigt wurde. Der Fransenrock reichte ihm bis zu den Knöcheln und über den Rücken fiel ihm ein Umhang, übersät mit runden Kupferplättchen. Ebenso typisch für Soldaten und die Palastwache war, dass sein Haar kurz geschnitten und sein Gesicht bartlos war.

Eresh wusste nicht, was sie ihm erwidern sollte. Wieso hatte sie sich keine gute Ausrede für ihre nächtliche Exkursion zurechtgelegt? Selbst wenn sich die Palastwache normalerweise nicht in diesem Teil der Stadt aufhielt.

Der kräftig gebaute Mann ließ ihr Handgelenk nicht los, hielt es jedoch nicht mehr ganz so fest. „Welchem Haus entstammst du? Wie lautet der Name deines Vaters, dass ich dich ihm zurückbringen kann?"

Das durfte einfach nicht geschehen! „Nun, ich …“ Unruhig blickte Eresh sich um und suchte nach einem Ausweg. Da entdeckte sie eine einsame Gestalt an der hohen, langen Südmauer beim Weißen Tempel.

Er war also tatsächlich gekommen!

Eresh überlegte nicht lange, sondern zog ihr Handgelenk ruckartig weg und rannte los in Richtung Südmauer. Erst als sie den jungen Mann dort fast erreicht hatte, realisierte Eresh, dass sie es immerhin bis zu diesem Punkt geschafft hatte. Auch wenn der Palastwächter ihr auf den Fersen war.

11. Weglaufen und Ankommen

„Schnell! Folge mir!“, rief ihr der Fremde mit den Türkisaugen entgegen, als Eresh sich ihm näherte.

Er trug nun einen sauberen, knielangen Fransenrock und einen der typischen breiten Schals aus leichtem, gewebtem Stoff anstelle des schmutzigen Rocks kürzlich.

Der junge Mann wirkte geistesgegenwärtig und startbereit. „Ich heiße übrigens Schuri“, rief er ihr noch zu und rannte los, nach Westen die Mauer entlang und um diese herum nach Norden.

Eresh folgte ihm, auch wenn sie nach dem bereits zurückgelegten Sprint Mühe hatte, einigermaßen mit ihm Schritt zu halten. Doch ihr war klar, dass sie es schaffen musste. Der Palastwächter durfte sie nicht ergreifen!

„Geht es noch?“, fragte Schuri hinter sich, ohne langsamer zu werden oder sich gar umzudrehen.

„Es bleibt mir ja nichts anderes übrig“, ächzte Eresh. Sie eilte ihm auch hinterher, als er unerwartet nach links ausscherte. Ebenso bei all den Haken, die er schlug, damit sie ihren Verfolger abschütteln konnten. Obwohl Ereshs Glieder schmerzten und sie nach Luft rang, wie kaum je zuvor in ihrem Leben.

Nahe bei einem abgelegenen Seitenarm des Flusses, schon ein gutes Stück außerhalb des Stadtzentrums, in einem dünn besiedelten Teil von Uruk, drosselte Schuri die Geschwindigkeit seiner Schritte.

Schließlich blieb er kurz stehen und blickte sich mit zusammengezogenen Brauen nach allen Seiten hin um. Danach sah er sie an, sein Lächeln erleichtert. „Ich glaube, den sind wir los." Man hörte ihm an, dass er ebenfalls außer Atem war.

„Gut", erwiderte Eresh schlicht, um ihre Kräfte zu schonen. Sie ließ es sich indes nicht nehmen, sich auch noch einmal wachsam umzublicken.

„Komm, noch ein bisschen müssen wir gehen. Wir sind aber gleich da", versprach Schuri. „Ich kenne ein abgelegenes Plätzchen, das dieser Mensch sicher nicht finden wird."

Eresh folgte ihm weiter in Richtung der Stadtmauer, zu den Äckern, Gärten, Viehkoppeln und Wasserreservoirs. Soweit ihre Erinnerung zurückreichte, war sie noch nie hier gewesen, höchstens als Kind vielleicht einmal. Ihre Großmutter mütterlicherseits lebte hier mit zwei Dienerinnen.

Bei einer dunkel-schattigen Ansammlung von Palmen am Ufer machte Schuri ganz Halt und drehte sich zu ihr um. „So, da wären wir", verkündete er. „Nicht zu vergleichen mit dem geplanten Treffpunkt, doch hier können wir in Ruhe reden." Sein Lächeln machte einen offenen und freundlichen Eindruck.

Eresh nickte nur und sie setzten sich ans Flussufer.

Endlich konnte sie ihre strapazierten Glieder und ihre schmerzenden Füße etwas ausruhen. Die geheimnisvollen Rufe der Vögel, Kröten und anderen Tiere, die noch wachten, klangen hier viel lauter als vorhin. Nun, da es kaum mehr Gebäude in der Nähe gab, die beleuchtet wurden oder aus denen Licht drang, war Eresh besonders froh um den Schein des üppigen

Vollmondes. Sie verdrängte jedoch den Gedanken daran, wie unglaublich verrückt und auch gefährlich es war, was sie diese Nacht alles tat.

„Hier!“ Schuri reichte ihr den Wasserschlauch, den er unter seinem Gewand verborgen und um den Hals getragen hatte.

Eresh trank gierig davon. Danach wischte sie sich den Mund ab und gab ihm den Wasserschlauch zurück. „Hatte es eine bestimmte Bedeutung, dass du dich ursprünglich mit mir zu Füßen des Weißen Tempels treffen wolltest?“ Das Heiligtum des höchsten Gottes *An* wurde schließlich auch als Sternobservatorium genutzt.

„Ja, und ich bin froh, dass du das offenbar bereits vermutet hast.“ Schuri blickte sie neugierig an. „Möchtest du mir nun auch einmal verraten, wie du heißt?“

Eresh musste lachen, dass sie nicht früher daran gedacht hatte. „Eresh ist mein Name.“

Schuri grinste sie an und seine Augen glänzten wie zwei türkisfarbene Schmucksteine im Mondlicht. „Eresh ... Ich habe gleich gesehen, dass du kein normales Mädchen bist. Dein Name ist an den der Unterweltgöttin *Ereschkigal* angelehnt und furchtlos wie sie musst du sein, dass du dich getraut hast, meiner Spur zu folgen und dich auf ein Treffen einzulassen. Erst recht auf solch ein nächtliches Abenteuer.“

Eresh schnaubte, musste aber auch etwas lachen. „Ich verstehe selbst nicht mehr, dass ich mich darauf eingelassen habe. Allerdings - ganz so abenteuerlich habe ich es mir, ehrlich gesagt, nicht vorgestellt.“

„Es tut mir leid.“ Schuri senkte die Lider und machte eine schuldbewusste Miene. „Verzeih mir bitte, dass du wegen mir solch ein Wagnis eingehen musstest.“

Eresh betrachtete ihn schüchtern. Seine ungewöhnlichen Augen und überdurchschnittliche Körpergröße waren von Anfang an nicht zu übersehen gewesen. Gestern am Stand des Fischhändlers war ihr auch aufgefallen, dass Schuris schulterlange Haare nussbraun, nicht schwarz waren, ebenso sein zudem stark gestutzter Bart. Seine Gestalt wirkte etwas feingliedriger als bei vielen sumerischen Männern. Doch durch die tägliche Arbeit im Freien war sein Teint genauso bronzefarben wie ihrer.

„Bist du mir böse?", fragte Schuri sie besorgt.

Eresh seufzte noch einmal und machte dann eine wegwerfende Geste. „Nein. Du hast mich ja zu nichts gezwungen." Die verrinnende Zeit saß ihnen im Nacken, Eresh musste zum Wesentlichen kommen. „Darf ich dich in aller Offenheit etwas fragen?" Bereits während sie das aussprach, wunderte Eresh sich darüber, dass sie sich schon nicht mehr fühlte, als würde sie mit einem Fremden zusammensitzen.

Schuri nickte freundlich.

„Liege ich richtig mit der Vermutung, dass du zum Teil von ... *weit her* stammst?"

Schuri blickte sie an, als habe sie eine bestimmte Seite in ihm zum Klingen gebracht. „Ja, so ist es. Und ich glaube, dasselbe gilt für dich."

Eresh merkte, wie ihre Hände zitterten und Aufregung ihren gesamten Körper und Geist in Aufruhr versetzte. Sollte sie ihm gleich die ganze Wahrheit sagen? Eresh entschied sich impulsiv dafür. „Mein leiblicher Vater ist kein Mensch. Er kommt ... Nun, er lebt in einer anderen Welt."

Schuri sah sie verständig an. „Er ist einer der *Anunnaki*, der Götter, genau wie meiner."

Das sagt er so einfach dahin, als sei es nichts Besonderes!, dachte Eresh entgeistert. Sprechen konnte sie ein paar Atemzüge lang nicht. So sehr wühlte es sie auf, zum ersten Mal einem anderen Halbwesen gegenüber zu sitzen. „Wie kann es dann sein, dass man jemandem wie dir solche Arbeiten zumutet? Fische ausweiden! Wieso lässt du dich zu so etwas herab?“, brach es aus Eresh hervor.

„Nun, ich weide die Fische nicht nur aus. Ich zerteile und entgräte sie auch teilweise schon für die Lieferung an den Hof. Außerdem säubere ich auch oft Muscheln“, erklärte Schuri sarkastisch.

Eresh bekam ein schlechtes Gewissen. Hatte sie ihn gekränkt? „Sind es nicht meist nur Leute aus der untersten Gesellschaftsschicht oder Sklaven, die sich mit einer solchen Arbeit die Hände schmutzig machen?“

„Nicht jeder ist so privilegiert wie du. Ob man halb von den Göttern abstammt oder nicht.“

Eresh schluckte. Ja, sie hatte ihn gekränkt. „Du hast sicher recht. Entschuldige.“

„Ist schon gut.“ Seine Mundwinkel gingen wieder etwas nach oben und er reichte ihr noch einmal den Wasserschlauch.

Eresh nahm ihn dankbar an und trank einen Schluck, bevor sie ihn zurückgab. Sie hoffte, die nun folgende Frage würde unverfänglich sein: „Wie alt bist du eigentlich? Ich bin vor einigen Monden 16 geworden.“

„18. Ich zähle 18 Erdenjahre.“

Erdenjahre – Schuri gab sein Alter in Erdenjahren an! Eresh musste ein wenig lächeln, verkniff sich aber ein breiteres Grinsen. Ob er es, im Gegensatz zu ihr, wohl vermochte, sein Alter auch in *Nibiru*-Jahren zu berechnen? Plötzlich musste sie wieder an die Bedeutung von Namen denken. „Dein Name bedeutet *Eine Hälfte*, oder irre ich mich?“

Schuri schüttelte den Kopf. „Du liegst ganz richtig.“ Er strahlte sie an. „Ich bin stolz auf meinen Namen.“ Ein Greifvogel flog dicht über ihren Köpfen hinweg und gab ein paar schrille Jagdrufe von sich.

„Deine Eltern haben dir einen wirklich sehr passenden Namen gegeben." Eresh lächelte anerkennend.

„Nein, das haben sie nicht", erwiderte Schuri überraschend heftig.

Eresh zuckte ein wenig zusammen. Sie war schon wieder in ein Fettnäpfchen getreten.

„Den Namen habe ich mir selbst gegeben", erklärte Schuri, inzwischen ruhiger. „Ich habe keine Eltern. Das heißt ... ich kenne sie nicht."

Eresh starrte ihn mit geweiteten Augen an. „Wie kommt das?"

Schuri sog scharf die Luft durch die Nase ein. „Es würde zu lange dauern, das jetzt zu erzählen."

Da wurde auch Eresh erneut bewusst, dass die Zeit drängte. „Ich muss mich nun leider schleunigst auf den Rückweg machen. Obwohl ich dich gerne noch so vieles fragen würde."

Schuri lächelte verheißungsvoll. „Dann müssen wir uns wohl bald erneut treffen. Doch jetzt begleite ich dich erst einmal bis zu deinem Wohnviertel."

Teil drei

„Gilgamesch, seit dem Tage, an dem er geboren wurde, ist sein Name herrlich. Zwei Drittel an ihm sind Gott, ein Drittel nur Mensch."

(aus dem Gilgameschepos, ca. 2100-1600 v. Chr., mündliche Überlieferungen älter)

12. Besuch und Alleinsein

Ausgerechnet jetzt, da sie bereits alles für das Bankett im Innenhof aufgebaut hatten, musste es zu regnen anfangen. Die letzten Tage war es trocken gewesen und niemand von ihnen hatte es kommen sehen. Zu plötzlich hatten dunkle Wolken die Sonne verscheucht und den abendlichen Himmel verdunkelt. Maschdara sprach sogar schon von einem ungünstigen Omen für ihre Verlobung.

Eresh wusste, dass Dara nicht die Einzige in der Familie war, die den Wolkenbruch so deutete. Sie selbst sah normalerweise nicht immer gleich dunkle Vorzeichen in allem. Wenn sie allerdings an Daras Geheimnis dachte, dessen Mitwisserin sie war, hielt Eresh es für möglich. Traf ihre Halbschwester sich weiterhin heimlich mit dem Jüngling? Und würde Dara ihr glauben, wenn sie ihr erzählte, dass sie das Gleiche tat?

Eresh, ihre Halbschwester Utena und die Hausbedienstete Aya fühlten das kühle Nass auf sich heruntertröpfeln, während sie Möbel, Teller, Becher und Blumendekorationen vom Innenhof in das Haus brachten. Eresh trug gerade einen der gebräuchlichen Stühle ohne Lehne. Sie war froh, dass sie alles nur ein paar Meter weiter ins Haus und nicht treppauf in das zweite Stockwerk transportieren mussten.

Außerdem: „Wenigstens standen noch keine Speisen und Getränke draußen. Der Regen hätte sonst das Bier und den Dattelwein verwässert.“

„So ist es. Ich wollte gerade die Schüsseln mit den kalten Gerichten hinaustragen.“ Aya seufzte. Sie schleppte ebenfalls einen der Stühle.

„Das mag ja alles sein“, jammerte Utena, die einen Stapel Tonteller balancierte, „Aber schaut euch mal meine Haare an! Der Regen hat meine Frisur ruiniert. Ausgerechnet heute!“ Dann atmete Utena tief ein und ebenso aus. „Ach, sei es drum. Ich muss niemanden beeindrucken. Auch nicht die Brüder von Daras Verlobtem.“ Sie grinste.

Eresh musste schmunzeln. *Typisch Utena!* Die meisten anderen Mädchen in ihrem Alter waren bereits eitler. „Das ist die richtige Einstellung, Schwesterchen.“

Drinnen kamen sie an der Küche vorbei, in der die Hausmutter mit Unterstützung von Girin am Werk war. Maschdara war zu sehr damit beschäftigt, sich herauszuputzen. Eresh schnupperte. Der Lammbraten mit Schalotten und Knoblauch überdeckte den Duft der frischen Gerstenbrotfladen.

Im Empfangsraum, dem größten Zimmer des Hauses, befand sich noch niemand, als Eresh und die anderen alles aufbauten. Erst als sie fast fertig waren, kamen ihre Brüder Galsal und Nuesh von der Schule zurück und stürmten herein. Sie grüßten hastig und eilten weiter, um den Haus- und Hofhund zu versorgen und sich dann zu waschen.

Als Eresh den Blumenschmuck verteilte, hörte sie erneut, wie sich die Holztür zur Straße öffnete und bald darauf kam ihr Stiefvater herein.

„Sei gegrüßt, *Adda*“, wandte sie sich ihm höflich zu.

Er hingegen musterte sie nur einen Wimpernschlag lang und nickte knapp.

Stets verhielt er sich so kühl und distanziert ihr gegenüber, egal wie sehr es seine Stieftochter regelmäßig mit Freundlichkeit versuchte.

„Ich grüße euch! Und? Habt ihr sie schon kommen sehen? Sie können nicht mehr fern sein! Und? Gefalle ich euch?“ Eresh atmete so erleichtert auf wie sonst nie, wenn ihre älteste Halbschwester hereinkam. „Ja, du hast dich trefflich zurechtgemacht, Dara.“ *Du wirst deinem Verlobten bestimmt genauso gut gefallen wie dem jungen Mann, von dem du dich zwischen Häusermauern küssen lässt,* fügte Eresh zynisch in Gedanken hinzu.

Dara strahlte. Sie trug ihr schönstes Gewand: eines, das der höheren Gesellschaftsschicht vorbehalten war und von Nicht-Adeligen nur zu besonderen Anlässen getragen wurde. Traditionell den rechten Arm und Schulter frei lassend, war es jedoch auf eine Weise hergestellt, dass es wie von zahlreichen sich überlappenden Federn oder Blütenblättern besetzt aussah. Daras Stirn zierte ein goldenes Band. Sie hatte sich die Augen besonders intensiv schwarz umrandet, sich Wangen und Lippen rot geschminkt.

„Nun beruhige dich, Tochter“, bat ihr Vater Dara. „Du hast bereits rote Flecken auf dem Hals und im Gesicht.“ Er schenkte ihr ein kleines, beschwichtigendes Lächeln. „Keine Sorge, wir werden eure Verlobung heute besiegeln. Auch deine Mitgift ist vollständig.“

Nicht viel später saßen sie alle gemeinsam an dem großflächigen, niedrigen Tisch. Jeder freie Flecken darauf war mit Tellern und Tonbechern, mit Schalen und Schüsseln voller Speisen sowie Krügen mit Bier und Dattelwein zugestellt.

Eresh ließ es sich zunächst gut schmecken. Die Aufmerksamkeit aller war in erster Linie auf den Bräutigam und seine Eltern, weniger auf seinen Bruder und seine Schwester gerichtet. In zweiter Linie natürlich auf die junge Braut mit ihren Eltern.

Öllampen tauchten alles in ein sanftes, heimeliges Licht. Die beiden Elternpaare sprachen, planten und scherzten die meiste Zeit über miteinander. Sie schienen sich bestens zu verstehen.

Eresh hörte zu und goss sich nun auch von dem Dattelwein ein. Immer wieder beobachtete sie Dara und ihren Zukünftigen. Der junge Mann sah gar nicht so schlecht aus, hatte lediglich eine etwas zu markant geratene Nase. Vielleicht zehn Jahre älter als Dara mochte er sein, um die Mitte 20.

Als der Abend vorangeschritten war, süßes Gebäck und Obst gereicht wurden, wechselte das Thema vorerst. Man kam auf die anderen Kinder zu sprechen, die Geschwister der jungen Braut und des Bräutigams. Bei Eresh wurde sich dabei am kürzesten aufgehalten. Als sei sie etwas, womit man sich besser nicht genauer befasste. Gewiss bemerkte jeder, dass Eresh keine Ähnlichkeit zu ihrem Stiefvater aufwies. Wenigstens behielten sie ihre Vermutungen für sich und es gab keine peinlichen Fragen. Dennoch ...

Ihre Mutter reichte Eresh die Schale mit den Feigenküchlein. Normalerweise liebte sie süßes Gebäck, doch ihr war der Appetit vergangen. Schon bei der Begrüßung hatte der Besuch Eresh zwar ein, zwei Sekunden lang erstaunt betrachtet, doch ansonsten hatten die Verwandten von Daras Zukünftigem sie fast übergangen. Jetzt, Stunden später, setzte sich das lediglich fort. Sie kamen ihr nicht näher, da diese Leute es gar nicht erst versuchten.

Ihre Mutter bot Eresh von den Dattelkeksen an. „Willst du wirklich keine?“, flüsterte sie überrascht.

„Nein, heute nicht“, erwiderte Eresh leise und tonlos. Zugegeben – wenn sie einmal keinen Appetit hatte, erst recht auf solche Leckereien, musste das ein Warnsignal für alle sein, die mit ihr vertraut waren. Zwar kannten nur wenige Eresh wirklich gut, aber ihre Mutter gehörte eindeutig zu diesem engen Kreis der Vertrauten.

Namtilla musterte sie kurz besorgt, wandte sich dann jedoch gleich wieder den Gästen zu. Der Besuch stand heute im Mittelpunkt und es war ein wichtiger Tag für ihre Tochter Maschdara. Sonst hätte sie sich gewiss mehr mit ihrer ältesten Tochter, mit ihrem Sorgenkind, befasst.

Eresh ließ den Blick melancholisch über die fröhliche Runde schweifen. Sie alle hatten etwas miteinander gemeinsam, das sie mit ihr nicht teilten. Womöglich lag es nicht allein an Ereshs Erscheinung. Nein, sie strahlte dieses Fremdartige bestimmt auch aus.

Sie fühlte sich zunehmend außen vor, gekränkt. *Als wäre es das erste Mal, dass es dir so ergeht,* tadelte Eresh sich selbst. Dennoch!

Am liebsten wäre sie aufgestanden und hätte die Tischgesellschaft verlassen. Aber das ging natürlich nicht. Sie wollte ihre Familie nicht enttäuschen, sie nicht bloßstellen vor den Verwandten des jungen Mannes. Selbst wenn Eresh ihre Halbschwester Maschdara nicht sonderlich mochte, wollte sie ihr doch keinesfalls den Abend verderben und erst recht nicht ihre Zukunft.

Eresh zog sich in sich selbst zurück. Sie war froh darüber, dass in ihrem Herzen ein kleines Licht leuchtete. Der Gedanken an Schuri - an jemand, der so war wie sie! - tröstete Eresh.

Nachts beim Aufräumen war Eresh einmal kurz allein mit ihrer Mutter. „Was war denn heute los mit dir, Tochter?“, fragte sie gleich.

„Was mit mir los war?“ Ihre Lippen bebten und es zuckte ein wenig um ihre Mundwinkel. „Du warst dabei, *Ama*. Du weißt genau, was mit mir los war.“

„Ich möchte aber, dass du mit mir darüber sprichst." Ihre Mutter blickte sie besorgt an, die Stirn in Falten gelegt.

Eresh stellte die Tonbecher sicherheitshalber ab, um nichts zu zerbrechen. Wut überwog gerade ihre Traurigkeit. „Eines verstehe ich nicht. Wenn ich doch einen der *Anunnaki* zum Vater habe, zur Hälfte also himmlischen Ursprungs bin, und viele das wissen oder ahnen – warum behandeln die meisten mich dann so seltsam?"

Namtilla stellte nun ebenfalls die Teller in ihren Händen ab und musterte ihre Tochter bekümmert. „So seltsam, wie du dich von dem Besuch heute behandelt fühltest, nicht wahr?"

Eresh schnaubte verletzt. „Ja, wie eine Aussätzige! Vielleicht auch wie jemand, auf dem ein Tabu liegt. Nun, möglicherweise noch wie die Tochter eines der Unterweltdämonen! Oder wie das Kind eines herumziehenden Betrügers, anstatt von einem ihrer Götter!"

Im nächsten Moment wollten Galsal und Nuesh die Küche betreten. „Lasst uns allein!", fuhr Eresh sie an.

Während Galsal sie empört anfunkelte, blickte Nuesh irritiert drein.

Nachdem ihre Mutter nickte und eine entsprechende Geste mit der Hand machte, folgten sie allerdings und gingen wieder.

Namtilla wartete noch kurz, dann bemerkte sie erschrocken: „*Ihrer* Götter hast du gesagt? Du glaubst nicht an sie?"

Eresh lachte bitter auf. „Wie sollte ich, *Ama*? Nachdem ich Kenntnis darüber besitze, dass sie uns Menschen offensichtlich sehr ähnlich sind. Ich stamme ja selbst von einem ab und fühle mich nicht im Geringsten unsterblich oder zaubermächtig."

Ihre Mutter seufzte unbehaglich.

„Ich weiß natürlich, dass die *Anunnaki*, unsere Götter, existieren, uns stark überlegen sind. Nur glaube ich nicht an ihre Allmacht und Unverletzlichkeit." Eresh blickte ihre Mutter eindringlich an. „Du selbst hast mir erzählt, dass Vaters Zivilisation einfach viel älter ist als unsere, es in seiner Welt schon deutlich länger Menschenähnliche gibt. Du hättest mir das übrigens alles bereits weitaus früher erzählen können. Jetzt gerade reden wir ja auch über dieses Thema und es ist in Ordnung."

Ihre Mutter schwieg betreten.

„Wenn du trotz allem, was du weißt, noch an Götter glauben kannst, ist das deine Entscheidung. Ich bin auch nicht ohne Glauben an eine höhere Macht. Doch eure Götter sind nicht die meinen."

Namtilla schlug die Hände über dem Kopf zusammen. „Dann behalte das aber für dich, Kind, denn auch wenn du ein Halbwesen bist, könnten dir das viele als Frevel anlasten."

Eresh rollte mit den Augen. „Sollen sie ruhig! Ich bin stolz darauf, eine eigene Meinung zu haben. So wie ich sie auch über einiges andere habe."

Ihre Mutter schnalzte mit der Zunge und schüttelte den Kopf. „In deinem Alter ist man noch rebellisch. Du besonders." Sie lächelte wieder ein wenig.

Eresh war froh darüber und kehrte zu ihrer ursprünglichen Frage zurück. „Ach, *Ama,* ... Wieso meiden mich die meisten Leute, anstatt mich zu achten und nett zu mir zu sein? Ging es Halbwesen wie mir früher nicht einmal anders? Haben die Menschen sie nicht mit Respekt behandelt?"

„Denkbar ist es. Zumindest wenn man den alten Geschichten glaubt." Namtilla seufzte tief und betrachtete sie zärtlich. „Jedenfalls wünsche ich dir allen Respekt und alle Freundlichkeit der Welt. Leider sind die meisten Leute Narren. So viel steht fest." Ihre Mutter streichelte Ereshs Arm. „Außerdem musst du bedenken, dass dein Vater nie aufgetreten ist, um dich öffentlich als seine Tochter anzuerkennen. Du weißt, wie wichtig ihm Diskretion ist, wie verschwiegen es rund um die beiden Male zuging, die er dich besuchte."

Zorn stieg in Eresh auf und brachte ihre Eingeweide zum Brodeln. Würde ihr Vater sie lieben, würde er das auch öffentlich zeigen und nicht so eine Geheimniskrämerei betreiben.

„Und warum ist das so? Was hat er zu verbergen? Was zu verlieren?" Eresh schüttelte voller Unmut den Kopf.

Ihre Mutter zuckte mit den Schultern. „Eine Menge, nehme ich an."

Eresh verstand ja schon. Ihr *Anunnaki*-Vater hatte bereits eine Familie und Kinder in der anderen Welt. Womöglich bekleidete er noch irgendein Amt und genoss einen gewissen Status. „Trotzdem!", begehrte Eresh auf.

Namtilla sah sie begütigend und mit Demut an. So, als müsse sie sich für ihren einstigen Liebhaber, den Vater ihrer Tochter entschuldigen.

Eresh erinnert sich

Ich entsinne mich noch lebhaft, wie es mir beim letzten *Fest der Gerstenaussaat* erging. Im Grunde war es immer das Gleiche.

Nur bin ich mit den Jahren vielleicht etwas empfindlicher geworden. Wenn man ein Kind ist, staunt man mehr über das Schöne und vergisst darüber das Schlechte. Es entgeht einem eher, huscht vorbei wie ein Schatten.

Als ich noch ganz klein war, fühlte ich mich geborgen, gut aufgehoben und gleichwertig den anderen. Ich war noch so naiv zu glauben, es würde keine Rolle spielen, dass es zwischen mir und ihnen mehr Unterschiede gibt als bei ihnen untereinander.

Aber das ist längst vorbei, endgültig vorbei.

Beim letzten *Fest der Gerstenaussaat* stand ich nah bei meiner Familie, auch, um nicht verloren zu gehen im Trubel der Stadt. Und dennoch empfand ich Verlorenheit.

Im Anschluss an die Rituale und Opfer im Tempelbezirk *Eanna* vergnügte sich das Volk von Uruk bei den Feierlichkeiten. Meine Familie und ich befanden uns mittendrin. Besonders ausgelassen waren dabei meine beiden Halbbrüder. Gutes Gerstenbier floss reichlich und wurde begierig mit Strohhalmen aus vollen Krügen getrunken. Nur mir war einmal wieder nicht nach der Gabe der Göttin *Ninkasi,* lieber trank ich von den verdünnten Obstsäften.

Die Menschen genossen das Fest und lachten viel. Manche Blicke streiften mich lächelnd oder verweilten einige Momente auf mir, womöglich beim Versuch, mich einzuordnen. Ein paar aus dem Volk boten auch mir etwas zu essen und trinken an – einfach so. Als sei ich ein Teil von ihnen. Doch war ich das je? Wirklich ein Teil des Volkes meiner Mutter?

Nein. Das war ich nie, so traurig es auch ist. Trauriger: Ich würde es auch niemals sein.

Die Kinder, die Bäuerinnen und Arbeiter hatten recht, wenn sie mich zuweilen anstarrten wie eines der exotischen Tiere, die mitunter von Händlern in die Stadt gebracht wurden. Zur Hälfte komme auch ich aus einem fernen Land und die meisten erkennen das sofort. Hingegen, dass ich zur anderen Hälfte eine von ihnen bin, das übersehen viele.

13. Nah und fern

Gefühlt eine halbe Ewigkeit fieberte Eresh dem heutigen Ereignis entgegen, Tag und Nacht. Und nun, eine Woche nach ihrem letzten Treffen mit Schuri, würde es endlich wieder so weit sein! Sie würden da weitermachen können, wo sie voriges Mal in tiefer Nacht an dem abgelegenen Platz aufgehört hatten. Für diese Chance war Eresh erneut bereit, ein nicht unbedeutendes Risiko einzugehen.

Und dieses zweite würde auch nicht das letzte Treffen mit Schuri bleiben, wenn es nach ihr ginge. Etwas Besonderes vibrierte zwischen ihnen und so konnte jede Begegnung mit ihm nur etwas Besonderes sein. *Würdest du deine himmelhohen Erwartungen bitte wieder etwas dämpfen?*, tadelte Eresh sich selbst in Gedanken.

Wie beim vorigen Mal kämpften bei ihrem gewagten Ausflug in die Stadt Angst und Vorfreude in ihr. Eresh bekam heftiges Herzklopfen, wenn sie an die Gefahr dachte, erneut von jemandem wie der Palastwache aufgegriffen zu werden. Bei der Vorstellung, jemand zu Hause könnte bemerken, dass sie zu dieser frühen Stunde nicht brav auf ihrer Matte schlief, drehte sich ihr der Magen um. Schließlich wären die Konsequenzen fatal.

Im Hoffnung spendenden Licht der anbrechenden Morgendämmerung erreichte Eresh jetzt den Treffpunkt: Die Rückseite des heiligen Komplexes mit dem Weißen Tempel hoch oben auf der *Zikkurat*. Anders, aber nicht weniger als letztes Mal, herrschte eine magische Stimmung. Vom Tempelkomplex her drangen gedämpft die rituellen Gesänge für den höchsten Gott *An* zu ihnen hinab. Die Morgenröte legte ihren rosa und aprikosenfarbenen Hauch ebenso auf den Weißen Tempel wie auf den jungen Mann, der bei der Mauer auf Eresh wartete.

Schuri!

Sie lief die letzten Schritte zu ihm hin.

Schuri ...

War er ganz sicher echt und nicht nur ein Produkt ihrer Fantasie, ihrer tiefsten Wünsche? Hatte Eresh ihr letztes Treffen mit ihm lediglich geträumt?

Nein, Aya hatte ihn immerhin auch schon gesehen. Sogar zwei Mal. Doch Eresh konnte einfach nicht fassen, dass es tatsächlich jemand wie ihn gab, dass er wirklich hier war - ein zweites Mal! - dass er ...

„Eresh! Bist du gut hergekommen?“ Schuri strahlte sie an. „Ich glaube, wir haben diesmal mehr Glück. Weit und breit ist kaum eine Menschenseele.“

Eresh atmete erleichtert auf. „Den Göttern sei Dank. Und ja, heute hat mich niemand behelligt.“ Wie überaus froh sie war, ihn wiederzusehen, wie aufgeregt und glücklich ihr Herz trommelte, sagte sie Schuri nicht. Wahrscheinlich sah er es ihr ohnehin an.

Schuri trug dieselbe Kleidung wie letztes Mal, aber hatte sich außer dem Wasserschlauch noch einen Beutel umgehängt.

Und da war noch etwas.

Eine beachtliche Wunde zog sich längs über seinen linken Oberarm. Handelte es sich dabei um einen Unfall bei seiner Arbeit für den Fischhändler oder hatte nicht viel eher eine Waffe eine solche Wunde geschlagen?

Eresh traute sich nicht, ihn danach zu fragen, und Schuri erzählte auch nichts von sich aus.

„Wollen wir es uns ein bisschen bequem machen?“, forderte er sie stattdessen auf. Sie setzten sich nahe der Mauer auf das weiche Gras, in dem ein paar robuste Arten von Wildblumen wuchsen. Die Palmen warfen Schatten auf sie, selbst wenn sie den Schutz vor der Sonne gerade nicht benötigten. Ein brauner Haarvogel mit seinem auffälligen Schopf und roten Wangen sang von einem nahen Busch aus sein Lied. Ein letzter Hauch der Rauchschwaden vom Opferfeuer drang vom Tempelkomplex zu ihnen.

Eresh musste sich dazu zwingen, nicht erneut auf die Wunde des jungen Mannes zu starren. Im Grunde ging es sie schließlich nichts an, wie er dazu gekommen war. Sie ließ sich stattdessen allzu gerne von seinen leuchtenden Augen bannen. Eresh hatte sich in den vergangenen Tagen zahlreiche Fragen an Schuri im Kopf zurechtgelegt. Aber jetzt fiel ihr keine davon mehr ein. Sie fühlte sich benommen und selig.

„Hier! Nimm erst einmal einen Schluck Wasser“, forderte Schuri sie auf. Nachdem sie getrunken hatte, blickte er sie unsicher an. „Ich hoffe, du hast letztes Mal keinen Ärger bekommen?“

Eresh rang nervös die Hände. „Wenn dem so wäre, hättest du heute leider umsonst auf mich gewartet. Unsere geheimen Treffen sind ein Spiel mit dem Feuer.“ Als käme dieses Feuer ihr plötzlich erschreckend nahe, wurde Eresh ganz warm und sie fühlte, wie sie errötete.

„Ja, für uns beide.“ Schuri nickte zustimmend und lächelte schief. „Ich schätze, deine Familie würde mich vor Gericht zerren. Oder dein Vater und deine Brüder würden mich lieber gleich grün und blau schlagen.“

Eresh musste schmunzeln.

Es war bizarr, sich ihren kühlen, distanzierten Stiefvater dabei vorzustellen, wie er Schuri verprügelte. Genauso ihre jüngeren Brüder. Gal und Nuesh würden sich bestimmt nicht dazu genötigt fühlen.

Schuri blickte sie mit einem eigenartigen Lächeln an. „Ich glaube, wir lassen uns beide nur deshalb darauf ein, weil wir wie zwei Falken unter lauter Spatzen sind."

Schmeichelhafter Vergleich. Äußerlich kicherte Eresh wie über einen Scherz. Doch tief in ihr drin wirkte der Vergleich wohltuend wie heilender Balsam auf einer Verletzung. Ein paar Momente später ermahnte Eresh sich streng, endlich einige ihrer Fragen loszuwerden. „Sag mal Schuri, wo wohnst du eigentlich?"

„Zurzeit teile ich mir mit ein paar anderen Arbeitern eines der aus Schilf erbauten Häuser unten am Fluss. Die kleine Siedlung liegt ein Stück außerhalb der Stadtmauern."

„Zurzeit? Du hast also bereits an mehreren Orten gelebt?" Ihre Augen weiteten sich. Eresh fand diesen Gedanken aufregend.

„Ja." Schuri starrte auf seine Hände, die er seit ihrer vorletzten Frage nervös knetete. Er schien momentan nicht mehr darüber preisgeben zu wollen. Einige Momente später sah Schuri sie wieder an und seine Mundwinkel hoben sich. „Und du? Welche anderen Städte hast du bisher besucht?"

Andere Städte? Schuri verstand wohl noch nicht, wie verschieden ihre Leben bisher verlaufen waren. „Ich bin bisher noch nicht aus Uruk herausgekommen", gab sie offen zu. „Einzig am äußersten Stadtrand waren wir einige Male, um meine Großmutter zu besuchen. Sie lebt in dem ländlichen Gebiet dort allein mit zwei Dienerin."

Schuri nickte nur. „Ich verstehe."

Eresh wollte das wichtigste Thema nicht aus den Augen verlieren. „Was weißt du über jene, von denen wir zur Hälfte abstammen, die *Anunnaki*?"

Ein leichtes Zittern und Kribbeln breitete sich in Ereshs Körper aus bei diesem Thema. Wie offen würde Schuri ihr gegenüber in diesem Punkt sein? Von seinen Eltern und seinem bisherigen Lebenslauf zu reden, behagte ihm ja anscheinend so gar nicht. Doch über ihre gemeinsamen himmlischen Vorfahren musste Schuri ihr einfach enthüllen, was er wusste! Er hatte gewiss weit größere Kenntnis über sie als Eresh. Schließlich war Schuri ein paar Jahre älter als sie – und vor allem viel mehr herumgekommen.

„Ich dachte mir schon, dass du mich das bald fragen würdest." Schuri grinste und bot ihr noch einmal von seinem Wasserschlauch an.

Eresh lehnte dankend ab. Sie war viel zu aufgeregt, um durstig zu sein.

Schuri nahm selbst einen großen Schluck, bevor er begann: „Ich weiß zum Beispiel über unsere Vorfahren, die *Anunnaki*, dass sie heutzutage deutlich weniger präsent sind in unserer Welt als noch vor hundert Jahren."

„Sie sind überhaupt noch präsent in unserer Welt?"

„Durchaus!"

Diese Vorstellung ging Eresh durch und durch, wie ein inneres Beben. Sie hatte niemals etwas von ihnen mitbekommen, abgesehen von den zwei Besuchen ihres Vaters samt Begleitung. Der Rest waren Legenden und alte Geschichten.

„Die *Anunnaki* betreiben in unserer Welt noch ein paar Stationen für Forschung, Bergbau und Handel", erklärte Schuri. „Manche davon unterirdisch. Einst regierten die *Anunnaki* unsere Welt ja geradezu von diesen unterirdischen Stationen aus. Aber zurück zu den Flug- und Landeplätzen für ihre Luftschiffe. Außer etwa in Eridu gibt es auch abseits unserer Städte nach wie vor einige. In anderen Teilen der Welt soll es genauso sein."

„Unglaublich!", rief Eresh fasziniert aus.

Schuri ließ den Blick kurz um sich schweifen und seufzte. „Aber rund um Uruk ist in der Hinsicht leider in der Tat nichts zu finden."

Ausgerechnet ... Eresh seufzte ebenfalls, nur tiefer. „Willst du mir damit sagen, wenn ich in einem anderen Stadtstaat leben würde, hätte ich gelegentlich etwas von unseren Vorfahren gehört und gesehen?"

Von ihrer Familie väterlicherseits kannte Eresh nur Heimlichtuerei.

Schuri rieb sich nachdenklich das Kinn. „Nun ja, der Wandel ist nirgendwo aufzuhalten. Es mehren sich bei den *Anunnaki* angeblich die Stimmen, die es kritisch sehen, wie auf die menschlichen Zivilisationen Einfluss genommen wurde. Irgendwann werden sich unsere Vorfahren ganz zurückziehen." Schuri presste die Lippen fest zusammen und sah kurz zur Seite weg zum Firmament.

Eresh folgte seinem Blick. Die letzten Spuren der Morgenröte würden bald verschwunden sein.

Nun wandte Schuri ihr sein melancholisches Gesicht wieder zu. „Irgendwann existieren Mischwesen wie du und ich nicht mehr. Nirgendwo. Vielleicht wird man uns und unsere Wurzeln vergessen."

Dieser Gedanke wirkte auf Eresh unwillkürlich wie ein Schlag in die Magengegend. „Man wird uns bestimmt nicht völlig vergessen", versuchte sie auch sich selbst rasch zu trösten. „Epen wie die unseres großen Halbgottes *Gilgamesch* bleiben über die Zeit hinweg bestehen. Selbst wenn es dann womöglich nur noch Geschichten sind, die man sich erzählt, ohne daran zu glauben."

Eine kurze Weile schwiegen sie beide. Dafür war nun deutlicher zu vernehmen, dass die Straßen und Plätze Uruks sich zu füllen begannen. Die morgendliche Betriebsamkeit fing an.

Ereshs Gedanken kehrten wieder zu dem legendären König *Gilgamesch* zurück.

Früher hatte sie den Halbgott oft um seinen Freund und Gefährten *Enkidu* beneidet. Selbst wenn *Gilgamesch* seinen Kameraden so viel früher hatte gehen lassen müssen als erhofft, da der Tod nicht mit sich verhandeln ließ und das Kraut der Unsterblichkeit nicht für *Enkidu* bestimmt gewesen war. Aber König *Gilgamesch* war dieser ersehnte Freund immerhin für eine ganze Weile vom Schicksal geschenkt worden. Vorher war der Herrscher von Uruk ein regelrechter Tyrann geworden vor lauter Einsamkeit und hatte gewütet wie ein wilder Löwe. Durch seine Freundschaft mit *Enkidu* und die Abenteuer, die sie gemeinsam erlebt hatten, hatte *Gilgamesch* sich jedoch verändert.

Seitdem Eresh Schuri kannte, fühlte sie sich ein wenig wie *Gilgamesch*, sobald er auf *Enkidu* getroffen war. Endlich jemand, bei dem sie sich angenommen fühlte! Sie musste den Halbgott nun nicht mehr beneiden, da das Schicksal sich auch ihr gegenüber gnädig gezeigt hatte.

Auch Eresh hoffte, Schuri nie wieder zu verlieren. Wenn Schuri, wie einst laut der Legende *Enkidu*, je in die Unterwelt hinabsteigen sollte, würde Eresh ihm folgen und ihn retten. Zumal sie vor ihrem eigenen Herzen nicht leugnen konnte, dass sie sich mehr als Freundschaft von ihm wünschte.

Eresh spürte bereits wieder, wie ihr die verrinnende Zeit im Nacken saß. „Schuri, ich kann nicht mehr lange bleiben", brach sie das Schweigen.

Zunächst nickte er, nach wie vor melancholisch. Als er aber einen Moment später wieder zu ihr aufsah, leuchteten seine Türkisaugen plötzlich noch mehr als sonst. Er berührte den Lederbeutel, den er neben dem Wasserschlauch umgehängt trug. „Bevor ich es vergesse - ich habe etwas für dich! Und ich bin mir sicher, du wirst staunen."

Noch mehr als heute ohnehin schon?, fragte Eresh sich überrascht.

14. Eridu und Uruk

Schuri machte ein Gesicht wie ein Wanderzauberer, der auf Festen auftrat, vor einer magischen Enthüllung. Er holte ein paar getrocknete Früchte aus seinem Beutel und reichte sie ihr. „Hier! Die sind für dich.“ Während Schuri ihr das Trockenobst gab, berührten sich ihre Hände kurz.

Eresh fühlte sich, als habe sie der Blitz getroffen, ein sanfter Schlag, kein Schmerz und dennoch gefährlich. Für einen Moment sah sie Schuri erschrocken an. Dann beschloss Eresh schnell, sich auf die Früchte zu konzentrieren. Sie runzelte die Stirn. Kaum größer als Datteln, aber rund und leuchtend rot wie Granatapfelkerne lag das getrocknete Obst auf ihrer Hand.

Eresh musterte die drei Früchte und roch an ihnen. Sie hatten keinen spezifischen Duft. Nun, bisher hielt sich das Staunen noch in Grenzen. „Welche Obstsorte ist das? Ich habe sie noch nirgendwo gesehen.“

Schuri lächelte stolz. „Kein Wunder, das sind *Tanasch*-Früchte. Sie stammen ursprünglich aus der himmlischen Heimat unserer Vorfahren! Ich habe sie jedoch aus Eridu. Es heißt, allein dort dürfen sie angebaut werden. An keinem zweiten Ort auf der Erde erlauben das die *Anunnaki*.“ Schuri machte eine auffordernde Geste. „Na los, probier doch mal eine!“

Ereshs Neugier überwog bei weitem ihr Misstrauen. Vorsichtig biss sie in eine der *Tanasch*-Früchte. Diese zumindest besaß keinen Kern. Die Trockenfrucht schmeckte zwar nicht sonderlich aufregend, ein bisschen wie eine Dattel. Aber der Gedanke, dass sie da gerade eine Frucht aus der Heimat ihres Vaters aß, eine auf Erden äußerst seltene, war berauschend.

„Schmeckt ganz gut.“ Eresh hatte die erste der drei gerade fertig gekaut.

„Freut mich.“ Schuri trank einen Schluck Wasser.

„Und dieses Trockenobst ist tatsächlich eine Speise der *Anunnaki*?“ Eresh hob skeptisch die Brauen. „Als Nächstes eröffnest du mir noch, diese Früchte entstammten dem Heiligen Baum von Eridu!“ Eresh musste lachen.

Schuri grinste über beide Ohren. „Du hast recht, das wollte ich dir gerade sagen!“

Eresh betrachtete ihn kritisch. „Du machst Scherze!“ Nicht zum ersten Mal, aber stärker als sonst, meldeten sich Zweifel in ihr. Zweifel, ob dieser junge Mann wirklich vertrauenswürdig war.

Schuri lächelte schief. „Nun ja, um genau zu sein, ist es nur die gleiche Sorte von Früchten, die laut der Überlieferung am Heiligen Baum von Eridu wächst. Wo in Eridu der Lebensbaum selbst sich in Wahrheit befindet, weiß niemand. Doch diese Art von Bäumen findest du nur in Eridu – und unsere Vorfahren aus der anderen Welt haben sie einst gepflanzt.“

„Oder pflanzen lassen“, ergänzte Eresh ironisch. Sofort dachte sie wieder an die mythischen Erzählungen, in denen die Menschen den Göttern ihre Arbeit abnehmen mussten.

„Mag sein.“ Schuri zuckte mit den Schultern.

Eresh begann, die beiden anderen Früchte aufzuessen. Sie konnte sich nicht erlauben, das fremdartige Trockenobst mit nach Hause zu nehmen. Vielleicht würde es jemand entdecken und Fragen stellen.

Das Risiko war ihr zu hoch.

„Jedenfalls ist Eridu nach wie vor eine der Zentralen unserer Vorfahren", begann Schuri erneut. „Obwohl es im Reich heute viel bedeutendere Stadtstaaten gibt, wie Uruk hier. Doch Eridu ist und bleibt die älteste Stadt der Welt und war einst das religiöse Zentrum dieses Reiches. Stell dir vor, Eridu wurde noch vor der Zeit der Großen Flut gegründet, erlebte noch vor dieser Katastrophe eine erste Blüte!"

Man sah Schuri an, dass er sich für das Thema begeisterte. „Jahrtausende vor unserer Zeit! Denke nur daran, wie viele von den *Anunnaki* damals noch unter den Menschen gewandelt sein müssen! Wie viele Halbwesen!" Schuri schüttelte den Kopf darüber, wie über etwas Unfassbares.

Eresh tat es ihm unwillkürlich gleich. „Einst wären wir also kaum aufgefallen."

Schuri nickte lächelnd. „Und noch etwas: Der Flug- und Landeplatz in Eridu ist der am häufigsten genutzte des sumerischen Reiches. Womöglich auch darüber hinaus. Von Eridu wird also immer noch gelegentlich per Himmelsbarke zum fernen *Nibiru* geflogen."

Eresh atmete erst einmal tief durch. Sie war zu erschlagen von all den verblüffenden Informationen, um einfach nur in Begeisterung zu schwelgen.

Sobald Eresh wieder einen klaren Gedanken fassen konnte, fragte sie Schuri aufgeregt: „Sag mal, woher weißt du denn das alles? Vieles davon ist mir neu." Eresh atmete einmal tief durch. „Es geht aber in die Richtung dessen, was meine Großmutter versonnen zu erzählen pflegt. Ihre Worte sind lediglich wirrer und sie spricht mitunter wie im Halbschlaf. Daher nimmt sie niemand ernst."

„Nun, vielleicht solltet ihr das künftig. Ich für meinen Teil habe eine Menge gehört und gesehen, weil ich in den letzten Jahren viel unterwegs war."

Eresh fühlte sich immer noch vor den Kopf gestoßen von dem, was Schuri ihr alles erzählt hatte. Nie zuvor hatte sie dergleichen vernommen, Legendäres als Tatsachen genannt bekommen. Eresh fühlte sich, als habe sie ihr bisheriges Leben in einer dunklen Höhle verbracht und jetzt sei endlich ein Lichtstrahl eingefallen, der sie völlig neue Dinge sehen ließ. Sie senkte die Lider und rieb sich Stirn und Schläfen.

„Ist alles in Ordnung mit dir?“ Schuri legte seine Hand auf ihre Schulter, weder zu leicht noch zu schwer, und blickte sie besorgt an.

„Ja, nur hat mich all das Neue etwas überrollt.“ Obwohl er seine Hand gerade wieder von ihrer Schulter genommen hatte, spürte Eresh noch immer eine wohlige Wärme an der Stelle. Und nicht allein dort. Die kribbelnde Wärme breitete sich in ihrem gesamten Körper aus, und zwar auf eine Weise, die Eresh fremd war. Es trug nicht gerade dazu bei, ihre Verwirrung zu mindern. Im Gegenteil.

Hastig stand Eresh auf. „Ich muss mich jetzt wirklich auf den Heimweg begeben“, verkündete sie, ohne Schuri direkt anzusehen.

„Oh, gewiss ... natürlich“, beeilte er sich zu erwidern. Schuri bot ihr noch einmal Wasser an.

Eresh trank davon und verschluckte sich prompt bei der ganzen Aufregung. Als sie vor lauter Husten wieder sprechen konnte, ließ Eresh ihr Gegenüber wissen: „Ich bin nicht sicher, wann ich mich noch einmal davonstehlen kann, ohne dass es meine Familie bemerkt.“ Nach wie vor wagte Eresh es nicht, Schuri in die Augen zu sehen. „Ich hoffe und bete, dass ich heute noch mal mit einer Ausrede davonkomme, denn mein Fehlen ist mittlerweile sicher aufgefallen.“

Schuri nickte verständnisvoll. „Alles Gute. Du weißt, wo du mich findest.“

Eresh nickte ebenfalls und blickte ihn nun doch noch einmal lächelnd an, bevor sie sich umdrehte und los eilte. Sie nahm den kürzesten Weg und drehte sich nicht mehr nach Schuri um.

Etwas hatte sich verändert oder zumindest war es ihr bewusster geworden. Etwas, das ihre Wangen glühen und ihren Puls schneller gehen ließ.

Eresh sah in Schuri nicht mehr nur jemanden, dessen Schicksal als Halbwesen sie teilte. Nicht nur jemanden, mit dem sie sich endlich über ein Thema austauschen konnte, das für alle anderen tabu war. Nein, Schuri brachte ihr Herz auch unabhängig davon dazu, ihm wie wild entgegen zu pochen.

War es vielleicht schon von Anfang an so gewesen?

15. Musik und Stille

Eresh summte eine Melodie vor sich hin, während sie sich auf den Weg in den Innenhof machte.

Sie sollte ihrer Mutter und Aya mit einigen Haushaltsarbeiten helfen. Ereshs drei Halbschwestern waren vorhin zum kleinen Gemüseacker hinter dem Haus geschickt worden, um ihn zu bewässern und etwas zu ernten. Im Anschluss sollten sie ein paar Häuser weiter Eier kaufen gehen. Ihre beiden Halbbrüder lernten mehr oder weniger fleißig in der Palastschule, der *Edubba*.

Plötzlich wurde Eresh bewusst, dass sie das alte Volkslied schon den ganzen Morgen vor sich hin summte – und, dass es ein *von Liebe handelndes* altes Volkslied war. Sie spürte, wie ihr Hitze in den Kopf stieg, und dass sie ein Dauerlächeln trug. Es war nicht zu leugnen, Eresh empfand zu gleichen Teilen Glück wie Verlegenheit. Ja, sie fühlte sich die letzte Zeit so lebendig wie lange nicht mehr. Nein, sie durfte sich das keinesfalls weiterhin anmerken lassen.

Eresh war nach ihrem letzten Treffen mit Schuri gerade so noch mit einem blauen Auge davongekommen. Ihre Mutter und ihr Stiefvater hatten sie bereits angespannt erwartet. Während ihre Mutter vor allem Erleichterung gezeigt hatte, dass Eresh nichts passiert war, hatte ihr Stiefvater sie angeschrien, wo sie gewesen sei. Obwohl er sich ihr gegenüber sonst stets zurückhielt.

Eresh hatte die eingeübte Ausrede vorgebracht, sie habe die Nacht hindurch enorm starkes Frauenleiden gehabt und sei daher vor Morgendämmerung zum *Inanna*-Tempel gelaufen, um ein Bier-Opfer darzubringen. Da Eresh letzte Woche tatsächlich ihre monatlichen Blutungen durchlitten hatte, hatten ihre Eltern ihr geglaubt.

Bevor sie den Innenhof betrat, verstummte sie also. Eresh ließ die liebliche Melodie schlichtweg nicht mehr aus ihrem Kopf heraus, sperrte sie darin ein. Ihre Mutter würde sonst womöglich Verdacht schöpfen.

Schuris Gesicht und seine türkisblauen Augen aus ihren Gedanken zu verbannen, würde Eresh zwar ohnehin nicht gelingen, aber das brauchte niemand zu wissen. Ihre Gedanken gehörten ihr allein.

Eresh atmete ein paar Mal tief ein und wieder aus, wonach sie eine ernste Miene auflegte. Nicht übermäßig ernst, möglichst gelassen.

Im Innenhof lief Aya ihr bereits entgegen, in Richtung des Westflügels des Hauses, woher Eresh gekommen war. Wahrscheinlich sollte Aya noch etwas holen.

Ereshs Mutter befand sich in der Mitte des Innenhofs und hatte mehrere Gewänder sowie andere Kleidungsstücke vor sich liegen, die ausgebessert werden mussten. In ihrer rechten Hand hielt sie eine Nadel mit Faden.

Es roch noch ein wenig nach dem Rauch der Kochstelle, die vorhin für die Brotfladen zum Frühstück genutzt worden war.

Während Aya an ihr vorbeiging, warf sie Eresh einen mitfühlenden Blick zu, statt wie sonst einen freundlichen.

Was ist los, Aya? Was steht mir bevor? Hat Ama dir gesagt, dass du uns eine Weile allein lassen sollst?

Das hätte Eresh die Hausdienerin am liebsten erschrocken gefragt. Selbst wenn sich bereits eine düstere Ahnung in ihr breitmachte, ihr direkt auf den Magen schlug.

„Worauf wartest du? Komm und hilf mir mit der Kleidung", rief ihre Mutter sie mit einem seltsamen Unterton. Hätte sie doch nur lieber fordernd oder streng geklungen!

Beklommen trat Eresh in die Mitte des Innenhofs und setzte sich auf den freien Schemel gegenüber ihrer Mutter. Hier war es schattig und angenehm durch all die Palmen und anderen Bäume, während mitten auf der Straße draußen bereits die Sonne brannte. Die Tauben gurrten so gleichmäßig und friedlich wie immer.

„Hier!" Namtilla reichte ihrer Tochter zuerst eine weitere Nadel und dazu einen langen Faden. Danach ein Gewand aus feingesponnener Wolle, von dem sich der Saum gelöst hatte. „Später müssen wir noch bei einigen Kleidungsstücken Löcher stopfen." Wieder dieser ungewohnte Ton, so ohne Wärme. Lag nicht auch eine Spur von Bitterkeit um ihre Lippen?

„In Ordnung." Eresh wusste nicht so recht, wie sie mit dem veränderten Verhalten ihrer Mutter umgehen sollte. Nervosität wühlte weiter munter in ihrem Magen. Sie bereute es, so reichlich gefrühstückt zu haben. Der Getreidebrei mit Feigen und Dattelsirup hatte ihr allzu sehr gemundet.

Eine Weile arbeiteten sie beide schweigend nebeneinander. Sicher, sie schwatzten auch sonst nicht pausenlos bei der Handarbeit. Doch Eresh empfand die Stille heute als drückend und zu lange, unnatürlich lange.

Die Stimmung mutete an, als breche gleich ein Gewitter los.

„Warum hast du mir nichts davon erzählt?“, begann ihre Mutter dann unvermittelt und streng. „Konntest du nicht stets mit allem zu mir kommen? Habe ich dich nicht eigens dazu erzogen?“

Eresh zuckte zusammen und sah ihre Mutter mit vor Schreck weit aufgerissenen Augen an. Jetzt war es also so weit. Ereshs düstere Vorahnungen erfüllten sich. Ihre Mutter hatte es herausgefunden. Kein Wunder - immerhin war sie die Person auf der Welt, die Eresh am besten kannte.

Wie lange wusste ihre Mutter schon, dass sie sich heimlich mit einem jungen Mann traf? Besaß sie auch Kenntnis darüber, *was* für ein junger Mann Schuri war? Ein Halbwesen wie ihre älteste Tochter?

Aya ... Ein Verdacht legte sich wie eine starke Hand um Ereshs Kehle und drückte fest zu. Wahrscheinlich hatte Aya befunden, es ihrer Herrin gegenüber nicht länger geheim halten zu können, dass sie und Eresh Schuri damals bei den Fisch-Ständen am Fluss aufgesucht hatten. Ebenso wahrscheinlich, dass Aya es vor allem aus Sorge um Eresh verraten hatte. Vielleicht hatte die Hausdienerin gefürchtet, etwas könne passieren und sie trage dann die Schuld daran, da sie es als Geheimnis bewahrt hatte.

„Du schweigst weiter?“, wollte ihre Mutter von ihr wissen. Sie legte ihre Handarbeit beiseite. „Trotz des Ernstes der Lage?“ Wie verletzt und wütend sie klang und wirkte!

Eresh legte nun ebenfalls Nadel mit Faden und Gewand neben sich. „Nun ... Ich ... Es ist so ...“ Eresh brachte nicht mehr hervor als ein Stammeln. Sie fühlte sich in diesen Momenten wie eine Verbrecherin. Schlimmer konnte es vor dem *Anunna*-Rat – dem göttlichen Ältestenrat – auch nicht sein. Die Person, der Eresh am nächsten stand auf der Welt, war zutiefst enttäuscht von ihr.

„Bemühe dich nicht um Ausreden, Eresh. Ich habe bereits Kenntnis darüber. Dachtest du etwa, es könne ewig geheim bleiben? Aber ich möchte nun deine Version davon hören."

Eresh fühlte, wie sie in sich zusammensackte, schrumpfte, austrocknete. Wie viel von ihren beiden Treffen mit Schuri musste sie preisgeben?

16. Fremdes und Eigenes

Eresh bemühte sich händeringend um die richtigen Worte. „*Ama*, es tut mir furchtbar leid, dass ich es dir nicht erzählt habe. Doch ich wagte es einfach nicht. Ich ahnte, dass du sehr verärgert sein würdest, wenn ich dir von dem jungen Mann berichte, der …“

„Sprich bitte leiser!“ Namtilla warf ihrer Tochter einen überaus tadelnden Blick zu. „Wenn dein Stiefvater es erfährt, werden wir uns alle wünschen, lieber in die Unterwelt hinabzufahren, als noch hier zu sein. Er ist zwar nicht zu Hause, aber wir erwarten diesen Vormittag eine Bier-Lieferung. Was, wenn einer von diesen Trampeln zufällig aufschnappt, worüber wir reden!“ Ihre Mutter schlug sich die Hände vor das Gesicht und seufzte sorgenvoll.

„Ich werde nur noch leise reden. Versprochen!“ Eresh hätte im Erdboden versinken mögen. Zugleich aber verspürte sie den Drang, ihre Mutter trösten zu wollen. All der Kummer – nur wegen ihr.

Als Namtilla sie wieder ansah, war ihre Augenschminke verwischt. „*Inanna* sei Dank, dass dein Stiefvater es bislang noch nicht bemerkt hat. Und offenbar auch sonst niemand außer Aya und mir. Ein Glück!“

Eresh schnürte es die Kehle zu. Momentan brachte sie kein Wort heraus. Was konnte ihr Stiefvater schlimmstenfalls tun, sollte er von Ereshs Treffen allein mit einem fremden Jüngling erfahren? Einmal mitten in der Nacht und das andere Mal bei Morgengrauen.

Würde ihr Stiefvater Eresh aus dem Haus werfen, sie verbannen? Hätte er ihr dann nicht die Entscheidung abgenommen und sie könnte so lange bei ihrer Großmutter am ländlichen Stadtrand bleiben, bis sie mit ihrem leiblichen Vater mitginge?

„Dabei erkennt man schon eine sanfte Wölbung ihres Leibes“, riss Namtilla ihre Tochter aus ihren angstvollen Gedanken.

„Was? Wie?“ Mit dieser Aussage ihrer Mutter vermochte Eresh gerade nichts anzufangen. Sie war verwirrt.

„Na, bei Dara!“, erklärte ihre Mutter. „Vor allem, wenn man sie von der Seite sieht.“ Namtilla stöhnte gequält auf. „Aber nun erzähle mir bitte, was du damals beobachtet hast – und warum du ausgerechnet dieses eine Mal deiner Schwester gehorcht und geschwiegen hast.“

Plötzlich fiel es Eresh wie Schuppen von den Augen. *Das* meinte ihre Mutter also! Eine Welle der Erleichterung erfasste sie. Es ging gar nicht um Ereshs Treffen mit Schuri! Ihr fiel ein Stein vom Herzen. *Deshalb* hatte Dara sie diesen Morgen so finster angeschaut. Das hieß, *noch* finsterer als sonst. Ihre älteste Schwester glaubte also, Eresh habe sie verraten. Wahrscheinlich hatte sie diesen Verdacht auch gleich voller Wut gegenüber ihrer Mutter geäußert. Sonst wäre sie wohl nicht auf die Idee gekommen, Eresh in der Hinsicht befragen zu müssen.

„*Ama*, hast du es allein durch die ungewohnte Rundung von Daras Leib herausgefunden, sie daraufhin zur Rede gestellt?“

„Genau genommen, hat Girin mir erzählt, dass sie eure Schwester gesehen hat, wie sie eklige Dinge mit einem Burschen machte.“ Namtilla rollte missbilligend mit den Augen und verzog den Mund. „Sie haben sich wohl einmal nachts hinter unserem Haus geküsst. Wie kann sie mir das antun, sich so schändlich zu verhalten?"

Eresh hob alarmiert die Brauen. „Und Girin hat es außer dir niemand weitererzählt? Erstaunlich!"

„Nun ja, ich habe ihr so einiges dafür versprochen, wenn sie es für sich behält", erläuterte ihre Mutter im Ton einer Händlerin. „Zusätzlich habe ich ihr gesagt, dass unser aller Leben davon abhinge, dass sie sich nicht verplappert. Das hat ihr Angst eingejagt."

Eresh nickte verblüfft.

„Hast du Durst?", fragte Namtilla, während sie bereits nach dem Bierkrug hinter ihrem Schemel griff.

Ohne eine Antwort abzuwarten, nahm sie die beiden Tonbecher und goss ihnen von dem leichten, dünnen Bier ein, das man gerne am Tag und bei der Arbeit trank.

Eresh nahm einen großen Schluck, bevor sie endlich zu berichten begann: „Mehr als Girin habe ich damals auch nicht beobachtet. Obgleich es Tag war und in einer engen Gasse zwischen zwei Häusern, wo Dara und der Junge sich umarmten. Ich war fassungslos darüber, wie sie das wagen konnten. Natürlich habe ich Dara gleich zur Rede gestellt. Ich habe sie beschworen, diese verbotenen Treffen künftig zu unterlassen."

Äußerlich schüttelte Eresh missbilligend den Kopf. Innerlich wurde sie von Schuldgefühlen durchgeschüttelt wegen der Doppelmoral, die sie gerade anwandte. Nun, immerhin war Eresh nicht verlobt, und dabei würde es hoffentlich auch bleiben.

„Richtig so. Und? Wie hat sie reagiert?", fragte ihre Mutter nervös. Sie fuhr sich erneut so heftig durch die Haare, dass ihre Frisur vollends durcheinanderkam. Der ordentliche Haarknoten hatte sich aufgelöst.

„Maschdara wurde frech und drohte mir, wenn ich es nicht für mich behalte. Daraufhin erinnerte ich sie an ihren Verlobten. Natürlich habe ich auch versucht, ihr klarzumachen, was passiert, wenn ihre Liebelei ans Licht kommt. Doch sie wollte nicht auf mich hören und jagte mich davon."

Ihre Mutter schnaubte. „Und wieso bist du dann nicht bei der nächsten Gelegenheit zu mir gekommen und hast mich eingeweiht?" Ihre Augen wurden feucht und ihre Schultern sackten nach unten. „Eresh! Es wäre zu ihrem eigenen Besten gewesen. Je früher man eine Schwangerschaft abbricht, desto einfacher. Doch jetzt ..."

„Ich finde es nicht in Ordnung, dass *mir* die Schuld dafür gegeben wird, dass Dara ein Kind bekommt!", rechtfertigte Eresh sich und schaffte es dabei gerade so, nicht vor Empörung lauter zu reden. „Außerdem hatte ich keine Ahnung, dass sie gleich schwanger werden musste."

Ihre Mutter betrachtete Eresh in einer seltsamen Mischung aus Ungeduld und Mitleid. „Nun, dass ein Kind dabei gezeugt werden kann, wenn ein Mann und eine Frau verliebt zusammenkommen, weißt du aber? Auch wenn du dich selbst noch nie verliebt hast und keinem jungen Mann jemals nahe warst."

Wenn du wüsstest, Ama, dachte Eresh bitter bei sich. „Ich verstehe das nicht ... Dara ist doch eigentlich recht klug und geschickt. Wie konnte sie so unvorsichtig sein, sich gleich zwei Mal mit diesem jungen Kerl erwischen zu lassen. Von Girin und mir."

Ihre Mutter atmete tief ein und scharf wieder aus. „Das ist hier nicht das Thema. Es geht doch darum, dass deine Schwester sich überhaupt mit so einem dahergelaufenen Burschen getroffen und ihm auch noch ihre kostbare Jungfräulichkeit geschenkt hat." Namtilla schüttelte missbilligend den Kopf. „Und nebenbei geht es darum, dass du mir nichts von den

Dummheiten erzählt hast, die deine Schwester macht. Du bist in erster Linie doch mir verpflichtet und nicht ihr!“

„Ja, du hast Recht. Es tut mir leid, *Ama*.“ Eresh senkte die Lider und heftete den Blick auf den Boden. „Was wird nun mit Dara passieren?“, fragte sie dann kleinlaut.

Namtilla schloss kurz die Augen und atmete tief durch. Welch einen ungewohnten Anblick sie bot – sonst stets adrett bis ins Detail, war nun ihre Schminke verschmiert und der traditionelle Haarknoten in Strähnen aufgelöst.

Als sie ihre Augen wieder öffnete, verkündete ihre Mutter: „Ich werde deine Schwester zu eurer Großmutter an den Stadtrand schicken. Dort soll alles Nötige geschehen.“ Namtilla schwieg für ein paar Momente und presste die Lippen zusammen. „Bis zu Maschdaras Hochzeit haben wir glücklicherweise noch genug Zeit.“ Sie legte erneut eine kurze Redepause ein. Danach blickte sie ihre Tochter auf eine Weise an, die Entschlossenheit ausstrahlte und keinen Widerspruch duldete. „Du wirst deine Schwester begleiten.“

Eresh erschrak. Damit hatte sie nicht gerechnet. Das sollte also die Strafe für ihr Schweigen sein? Mit offenem Mund starrte sie ihre Mutter an. Bevor sie etwas wie:

Wozu das? Nur, weil ich es nicht über mich brachte, meine Schwester zu verraten? Das willst du mir antun? So schlecht wie ich mich mit Dara verstehe!, erwidern konnte, besann Eresh sich eines Besseren.

Ideen keimten in ihr auf. Der ländliche Stadtrand ... Es war eigentlich gar nicht so übel, eine Weile dort bei ihrer Großmutter zu verbringen. Eresh hatte die Besuche mit ihrer Familie bei der alten Frau bisher stets genossen. Ihre Großmutter beeindruckte mit visionären Träumen und Wissen über längst vergangene Zeiten.

Neue Möglichkeiten taten sich vor Ereshs Geist auf. Sie konnte ihre Großmutter ungestört darüber ausfragen, was sie zu den *Anunnaki* und Halbwesen wusste. Womöglich auch über *Nibiru*. Überdies würde Eresh im ländlichen Bereich über mehr Spielraum und Freiheit verfügen.

Dara konnte sie eben genauso aus dem Weg gehen wie zu Hause auch.

„Meinetwegen“, fügte Eresh sich daher.

17. Stadttrubel und Landluft

„Mir ist es gar nicht recht, dass so ein Aufhebens um unsere Auszeit bei *Nanna* gemacht wird“, flüsterte Eresh ihrer Leidensgenossin Dara zu. „Ich fühle mich nicht wie bei einer herzlichen Verabschiedung, sondern als seien wir Ausgestoßene, denen man noch einen letzten Gruß mitgibt.“ Eresh lachte leise und sarkastisch.

Ihre Schwester erwiderte nichts, starrte nur weiter stur geradeaus.

Seitdem Eresh es wusste, erkannte sie tatsächlich eine leichte Wölbung bei Daras Körpermitte. Da die traditionellen Gewänder, die eine Schulter freiließen, jedoch locker fielen, mochte es Ahnungslosen aber nicht auffallen. Ahnungslosen, wie etwa Daras Vater.

„Ich werde euch vermissen!“, brach es aus Utena hervor. Direkt im Anschluss aus Girin, wobei es bei der Jüngsten des Hauses in ein Schluchzen überging.

„Ich euch auch!“, erwiderte Eresh aufrichtig. „Doch wir bleiben ja nicht zu lange weg.“

Maschdara schwieg stur weiter.

Ereshs Mutter sah sie alle gerührt an. Es schien ihr nicht leicht zu fallen, ihre beiden ältesten Töchter wegzuschicken. Sei es nur für einige Wochen.

Möglicherweise musste sie auch bereits daran denken, dass Eresh vielleicht bald für immer fortging, wesentlich weiter fort.

„Wann kommt *Adda* denn endlich, damit wir das Ganze hinter uns bringen können? Ich muss noch lernen“, klagte Galsal ungeduldig. „Sonst schlägt mir der neue Lehrer zur Strafe wieder mit dem Stock auf die Finger.“

Eresh verdrehte zwar missmutig die Augen, aber im Grunde fand sie ebenfalls, dass ihr Stiefvater sie ziemlich warten ließ. Sie alle waren an diesem frühen Morgen im schattigen Innenhof versammelt. Sogar der Haus- und Hofhund war dabei. Natürlich lief er wie immer schwanzwedelnd zwischen und um Gal und Nuesh herum.

Ein angenehm frischer Wind wehte ihnen um die Nasen, ließ ihre Gewänder und losen Haarsträhnen ein wenig flattern. Wie stets glühte es im Tonofen, dem *Tinnuru*, wie es sich gehörte. Alles andere galt als böses Omen.

Noch einiges vom Frühstück stand herum und Aya war gerade dabei, es wegzuräumen. Die Hausbedienstete hatte sich schon vorhin mit Tränen in den Augen von ihnen verabschiedet.

Der Eselskarren, der Eresh und Maschdara zu ihrer Großmutter fahren sollte, wartete bereits hinter dem Haus statt vorne beim Eingang, um möglichst wenig Aufsehen zu erregen und keine Gerüchte zu begünstigen. Wobei es der Nachbarschaft die nächsten Wochen sicher nicht verborgen bleiben würde, dass die zwei ältesten Töchter des Hauses fort waren. Klatsch und Tratsch ließen sich also auf Dauer nicht ganz vermeiden, schätzte Eresh.

„Ich würde auch gerne eine Weile bei *Nanna* auf dem Land verbringen!“, frohlockte Nuesh. „Keine Schule, kein Lernen, viel Platz zum Spielen, von *Nanna* verwöhnt werden ...“

„Unsinn!“, erklärte Gal gleich. „Dort ist doch nichts los. Und außerdem stinkt es auf dem Land. Nein danke!“ Angewidert verzog er den Mund.

„Wir sind dort immer noch am *Stadtrand*“, korrigierte Eresh ihren ältesten Bruder gereizt. „Nicht *richtig* auf dem Land. Du warst doch selbst schon bei *Nanna* zu Besuch, müsstest es also besser wissen!“ Eresh schüttelte verständnislos den Kopf. Gal tat ja so, als zögen sie und Dara gleich ins abgelegene Schwemmland oder an den Rand der Wüste! Als schickte man Eresh und ihre Schwester zu einem einsamen Ziegenhof, wo man alle paar Schritte in deren Hinterlassenschaften trat.

„Endlich!“, entfuhr es Galsal ungeduldig.

Ereshs Stiefvater kam in den Innenhof und warf seinem ältesten Sohn gleich einen tadelnden Blick zu. Er hatte es also gehört. Wie meist wirkte der Mann in den späten mittleren Jahren schwer beschäftigt und angespannt. Wie meist sah er sie alle zwar kurz der Reihe nach an, schien in Gedanken jedoch ganz woanders.

Eresh zwang sich ihm gegenüber zu einem freundlichen Lächeln. Womöglich kam dabei aber eher ein unsicheres heraus, wie häufig. Das Gesicht von Dara neben ihr blieb ausdruckslos.

Während ihr Stiefvater auf sie beide zu schlenderte, sprach er halb zu sich selbst, halb an seine Frau gewandt: „Wenn ich diesen unfähigen Emporkömmlingen bei der Palastverwaltung bloß begreiflich machen könnte, dass man mit Meluhha keine Geschäfte machen sollte! Und, dass es nicht angehen kann, dass wir mit Magan über Ur als Zwischenhändler Waren austauschen, anstatt direkt!“ Voller Unmut schüttelte er den Kopf.

Als ihr Stiefvater vor Eresh und Dara zum Stehen kam, musterte er sie kurz mit einem Stirnrunzeln. Offenbar musste er von seinen beruflichen Überlegungen erst heraus und in die Gegenwart hineinfinden, sich bewusst machen, was gerade anstand. „Ihr werdet uns heute für einige Wochen verlassen?" Er hielt den Blick nun einzig auf seine Tochter Maschdara gerichtet.

Eresh und ihre Schwester nickten. Bevor Eresh auch nur ansetzen konnte, etwas zu erwidern, kam ihre Mutter ihr bereits zuvor.

„Die Zeit am ländlichen Stadtrand bei ihrer Großmutter wird ihnen guttun“, erklärte Namtilla ruhig und zuversichtlich, während sie an die Seite ihrer Töchter kam.

Ereshs Stiefvater kniff nachdenklich die Augen zusammen. Er schien mehr durch sie drei hindurchzuschauen, als sie anzusehen. „Ziemt sich das, die beiden wochenlang bei ihrer senilen Großmutter zu lassen?“, brummte er.

Ereshs Mutter legte den Arm um Dara neben ihr. „Mache dir bitte keine Sorgen, lieber Gemahl. Meine Mutter hat zwei sehr fähige Dienerinnen bei sich, die schon Bescheid wissen. Außerdem werde ich sie in der Zeit ein paar Mal besuchen, um nach dem Rechten zu sehen.“

Eresh dachte bei sich, dass ihre Mutter bestimmt auch kommen würde, wenn die Abtreibung bei Dara durchgeführt werden sollte. Ihr schauderte bei dem Gedanken.

Ereshs Stiefvater hatte die ganze Zeit über gedankenverloren vor sich hin genickt. Sicher befand er sich geistig nach wie vor halb in seinen beruflichen Angelegenheiten. „Gut, dann gebe ich euch meinen Segen.“ Er ging noch einen Schritt auf Eresh und Dara zu und machte die entsprechende Geste über ihren Köpfen. Seine leibliche Tochter blickte er noch einmal kurz an, seine Stieftochter nicht mehr. Danach entschwand er auch schon mit eiligen Schritten.

Eresh blieb gleichmütig. Sie hatte nichts anderes von ihrem Stiefvater erwartet.

„Bei den Göttern, wann kommen wir denn endlich einmal an?", jammerte Eresh vor sich hin, ohne eine Reaktion von ihrer Schwester zu erwarten. „Wie lange sollen wir denn noch durchgeschüttelt werden? Verflucht, ist mir übel!"

Dara regte sich kaum, starrte nur vor sich hin.

Dabei zog sie der herb riechende Esel, gelenkt von dem nicht weniger herb riechenden älteren Mann vorne auf dem Wagen, nun schon ewig durch die Gassen. Es war klar, dass Ereshs Mutter den Kerl mit dem Eselskarren angewiesen hatte, eigens die abgelegensten Gassen und Pfade zu wählen. Keine gut befahrbaren Straßen und Wege. Hauptsache, sie wurden wenig gesehen. Zusätzlich hatten Eresh und ihre Schwester sich verschleiern müssen.

„Wir könnten reden." Fordernd blickte Eresh Dara an. „Ja, eigentlich gäbe es eine Menge, worüber wir auch mal reden *sollten*. Aber du schweigst wie ein Fisch! Können wir nicht wenigstens über Belangloses plaudern, damit die Zeit schneller vergeht?"

Maschdara verzog keine Miene.

Eresh seufzte entnervt. Es war offensichtlich, dass ihre Halbschwester wütend über sie war. Nicht zum ersten Mal in den letzten Tagen versuchte Eresh ihr klarzumachen: „Ich war es nicht, die dich verraten hat! Was nimmst du mir also übel?" Eresh schnaubte. „Im Gegenteil! Du hast mich verraten. Nämlich, dass ich dich damals mit diesem Burschen beobachtet habe. Und zur Strafe sitze ich jetzt neben dir auf dem Weg an den Stadtrand!"

Anstatt dass Dara etwas von sich gegeben hätte, drehte sich der ältere Mann mit der ledrigen Haut kurz zu ihnen um und murrte vor Unmut etwas Unverständliches. So viel war aber zu verstehen: Er wollte seine Ruhe haben.

Eresh seufzte erneut, lockerte ihren Schleier bei dieser Wärme und ertrug den Rest der Fahrt.

Vor einem vergleichsweise schönen Hof bei den Äckern und Weiden wurden sie abgesetzt. Eresh ging das Herz auf, als sie das Anwesen ihrer Großmutter wiedersah. Es mochte ein Jahr vergangen sein, seitdem sie zuletzt hier gewesen waren.

Trotz seines grummeligem Gesichtsausdrucks half ihnen der ältere Mann beim Aussteigen und reichte ihnen ihr Gepäck. Eresh nahm ihren Korb und den Beutel an sich. Ihre Kehle war wie ausgetrocknet. Solch einen Durst hatte sie schon lange nicht mehr verspürt. Sie hatten kein Wasser mitgenommen.

Eresh war die Einzige, die etwas zum Abschied sagte. Keine Erwiderung des älteren Mannes, kein Wort von Dara, kein Wiehern des Esels.

Gemeinsam mit ihrer Schwester marschierte Eresh dann die ausgedorrte Wiese entlang zum Bauernhaus ihrer Großmutter. Links und rechts auf den Äckern wurde Gemüse angebaut. Besonders viel Lauch lugte keck aus der Erde hervor. Momentan war niemand bei der Arbeit auf den Feldern oder sonst wo im nahen Umkreis. Anscheinend hielt man hier länger Mittagsruhe. Hinter dem Haus gab es Apfelbäume und diesmal standen sie voll rotwangiger Früchte. Das konnte Eresh bereits erkennen.

Ebenfalls anders als die letzten Male war indes, dass es mehr nach Nutztieren roch. Sogar ziemlich streng roch es danach. Ihr Bruder Galsal hatte also recht behalten, mit seinen Unkenrufen. Eresh reckte den Hals und spähte in beide Richtungen. Ja, dort drüben, beim Nachbarhof, gab es ein neues Gehege mit Ziegen.

Bei An! In diesem Punkt ist es genau so, wie ich vor ein paar Stunden noch glaubte, dass es eben nicht sein würde!, realisierte Eresh.

Kaum hatte sie das festgestellt, merkte Eresh auch schon, dass sie in etwas hineingetreten war. Verärgert blieb sie stehen, hob und drehte ihren Fuß mit der Sandale so, dass die Sohle zu sehen war.

O große Inanna! Selbst das bleibt mir nicht erspart!, dachte Eresh düster. Warum musste es ausgerechnet so werden, wie sie es als Unsinn abgetan hatte?

Angewidert besah Eresh den Ziegen-Dung an ihrer Sandale, während ihre Schwester einfach ungerührt weiter zu Großmutters Bauernhaus trottete. „Dara! Warte doch mal!" Eresh lief nun mit schleifenden Schritten, um sich die Sohle etwas auf dem dürren Gras abzuwischen und zugleich ihre Schwester einzuholen.

Als sie die Tür zu dem außergewöhnlich schönen Landhaus erreicht hatten, bemühte Eresh sich um eine freundliche Miene. Schließlich freute sie sich trotz allem auf die Zeit bei ihrer Großmutter. Da Dara einfach nur stehen blieb, klopfte Eresh an und rief zur Sicherheit noch laute Grüße.

Wenig später waren Schritte zu vernehmen. Sicher eine der beiden Hausdienerinnen. Dann öffnete sich die Tür und unerwartet stand ihre Großmutter vor ihnen. Sie trug eine schlichte Version des traditionellen Gewandes, das den rechten Arm und Schulter freiließ. Um ihr silbergraues Haar hatte sie ein farblich passendes Tuch gewickelt, wie es bei alten Frauen und auf dem Land üblich war. Großmutter taxierte ihre beiden Enkelinnen und runzelte die Stirn dabei.

„Sei gegrüßt, *Nanna*!“ Eresh fragte sich, ob die betagte Frau sie überhaupt erkannte. Womöglich hatte sich ihr geistiger Zustand verschlechtert in dem Jahr, in dem sie sich nicht gesehen hatten.

Ihre Großmutter legte die Stirn nur noch stärker in Furchen und grüßte sie nicht zurück.

„Wir sind es, Großmutter! Eresh und Maschdara. Wir kommen, eine Weile bei dir zu bleiben. Wie dir der Bote bereits angekündigt hat.“ Eresh atmete tief durch. Das konnte ja heiter werden die nächsten Wochen.

Plötzlich blickte ihre Großmutter Eresh mit einem seltsamen Ausdruck in den Augen an. „Eresh! Kind! Du solltest eigentlich gar nicht hier sein, sondern bei den Sternen!“

Eresh erzählt

Nachts, wenn die anderen schon längst schlafen, liege ich gerne auf dem Flachdach unseres Hauses und blicke so lange zu den Sternen empor bis mir doch noch die Augen zufallen. Aber bis es dazu kommt, habe ich viel Zeit, nachzudenken.

Ich denke nach über all die kleinen und größeren leuchtenden Punkte dort oben. Einige funkeln rötlich, andere kalt-weiß, manche golden. Sie gruppieren sich gerne zu Bildern, um uns etwas damit zu sagen. Sie werden unsichtbar, wenn die Sonne am Himmel glüht.

Doch sie umgeben unseren Mond. Ob er nun als *Nanna* – der Vollmond - oder *Sin* - die Mondsichel - am dunklen Firmament steht.

Zugleich weiß ich, dass all die hellen Punkte dort oben nicht nur Lichter sind. Sie sind Welten und einige davon sind ebenso bewohnt wie unsere, von der aus ich empor spähe und von ihnen träume.

In einer dieser fernen Welten leben meine Verwandten, meine Familie väterlicherseits. Wer kann das schon sonst noch von sich behaupten? Bevor ich Schuri kennengelernt habe, hatte ich nie mit einem anderen Halbwesen Umgang. Ich hielt mich für die Einzige weit und breit, für das letzte Überbleibsel der Verbindung zwischen *Anunnaki* und Menschen.

Von den Sternen als teilweise bewohnten Welten hat mir mein Vater bei seinem ersten Besuch erzählt, als ich noch ein kleines Kind war. Und ich habe es nie wieder vergessen. Hingegen ob auf dem Mond auch jemand wohnt, das zu fragen habe ich vergessen.

Teil vier

„Die Anunnaki hoben Fackeln empor, mit ihrem grausen Glanz das Land zu entflammen. Die Himmel überfiel wegen Adad Beklommenheit, jegliches Helle in Düster verwandelnd; das Land, das weite, zerbrach wie ein Topf."

(aus dem Gilgameschepos, ca. 2100-1600 v. Chr., mündliche Überlieferungen älter)

18. Müde und hellwach

„Aber bring uns das gute, starke Bier! Nicht dieses seichte Gebräu“, ordnete die alte Frau mit erstaunlich fester Stimme an. „Das Milde ist vielleicht etwas für Kinder und Kranke, nicht für uns.“ Auch ihr Blick war überraschend klar, als er von der jüngeren Hausdienerin zurück zu ihren Enkelinnen schweifte.

Eresh, ihre Schwester und Großmutter befanden sich gerade auf dem schattigen Platz hinter dem Haus. Einen Innenhof gab es hier nicht. Sie saßen auf bequem gepolsterten Stühlen aus dunklem Holz an einem niedrigen Tisch aus dem gleichen Material. Eresh war froh, sich ein paar Momente ausruhen zu können.

Nachdem sie vorhin ins Haus getreten waren, hatten sich die beiden Hausdienerinnen höflich vorgestellt und sie zu ihrem Zimmer geleitet. Dort waren Eresh und Dara erst einmal damit beschäftigt gewesen, ein wenig auszupacken und sich einzurichten. Ihr Zimmer für die nächsten Wochen wirkte groß, aber sehr schlicht. Gegen den muffigen Geruch in dem wohl länger leerstehenden Raum ließ sich hoffentlich etwas tun.

Eresh hatte es ausnahmsweise nicht gestört, dass ihre Schwester weiter still blieb. Zu sehr fühlte sie sich vor den Kopf gestoßen durch die Worte ihrer Großmutter. Worte, die ihr die alte Frau natürlich nicht näher erläutern wollte.

Auch jetzt noch, als die Hausdienerin den Bierkrug und die Tonbecher mit Strohhalmen auf den Tisch stellte, beschäftigte Eresh die eigenartige Begrüßung ihrer Großmutter enorm. Lediglich nebenbei registrierte sie, dass die Hausdienerin vermutlich aus Meluhha stammte, denn sie war dunkelhäutig, groß und feingliedrig.

Kaum hatte die exotische junge Frau ihnen eingeschenkt und sie alle etwas von dem ungefilterten Bier durch ihre Strohhalme getrunken, versuchte Eresh es daher erneut: „*Nanna*, was meintest du vorhin damit, ich solle nicht mehr hier sein, sondern bei den Sternen? Selbst wenn ich wollte, könnte ich erst in über einem halben Jahr mit meinem Vater mitgehen."

Anstelle einer Antwort wies die Mutter ihrer Mutter mit dem Kinn auf Dara. „Ist deine Schwester stumm geworden?"

Eresh ärgerte sich ein bisschen darüber, dass ihre Großmutter auf Dara auswich, statt auf ihren eigenen Rätsel-Spruch einzugehen. Doch so schnell würde Eresh nicht aufgeben. „*Nanna*, ich ..."

„Nein, ich bin *nicht* stumm!", kam es da unvermittelt von ihrer jüngeren Schwester.

Eresh starrte sie noch wesentlich überraschter an als ihre Großmutter. Letztere ahnte wahrscheinlich gar nicht, wie viele Tage Dara schon hartnäckig geschwiegen hatte.

Bevor Eresh oder ihre Großmutter noch etwas dazu sagen konnten, fuhr Dara bebend fort: „Bei *Ereschkigals* Dämonen! Ich bin nicht bereit dazu, mich herumschubsen zu lassen. Es wird einfach etwas für mich beschlossen und niemand ist dabei auf meiner Seite! Diesen Kerl, mit dem mich *Ama* und *Adda* verlobt haben, will ich nicht! Aber ich soll mein restliches Leben mit ihm verbringen, bloß weil seine Familie wohlhabend ist. Nein, das werde ich nicht! Ich liebe einen anderen und ich möchte meine eigenen Entscheidungen treffen“, brach es aus Dara hervor.

Eresh war der Atem gestockt angesichts der Kühnheit ihrer Schwester. Selbst wenn Eresh sie ja im Grunde verstehen konnte. Sie vielleicht. Allerdings würde nicht nur ihr Stiefvater außer sich sein, wenn er das hörte.

Aufgebracht funkelte Dara sie an. „So, wie du entscheiden kannst, ob du hierbleibst oder mit deinem Vater mitgehst, will auch ich über mein Leben bestimmen. Nicht zuletzt über das Kind, das begonnen hat, in meinem Bauch heranzuwachsen. Ich werde die bitteren Kräuter nicht nehmen, die sie mir geben wollen. Nein, ich werde das Kind austragen und behalten. Und ich werde es Hili nennen – meine Schöne.“

„Aber du weißt doch noch gar nicht, ob es ein Mädchen wird“, warf Eresh pragmatisch ein.

„Ach sei still! Eigentlich war ich dir gar nicht böse. Es tut mir leid, wenn mein Schweigen dich das denken ließ. Doch wenn du jetzt noch weiter kleinlich herumredest, *werde* ich böse auf dich.“ Maschdaras Atem ging schneller und Röte war in ihre letztens so blassen Wangen gestiegen.

Eresh sog scharf die Luft durch die Nase ein und presste die Lippen zusammen, damit ihr keine weiteren praktischen Fragen oder Bedenken herausrutschten. Sei es zu dem jungen Burschen, den Dara liebte, oder wie sie sich vorstellte, gegen den Willen ihrer Familie bei ihm zu leben. Eresh blickte stattdessen ihre Großmutter an. Die alte Frau hatte bisher noch nichts anderes getan, als Dara nachdenklich zu betrachten.

Während die 14-Jährige sich bereits energisch erhob, verkündete sie trotzig: „Ich werde mich jetzt hinlegen, ich bin müde. Bis morgen.“

Weder Eresh noch ihre Großmutter wagten es, etwas dagegen einzuwenden.

Im Grunde genommen war Eresh froh, nun mit ihrer Großmutter allein zu sein. Durch den filternden Strohhalm trank sie einiges von dem trüben Bier. Oh, es war wirklich kräftig! Dergleichen hatte sie zu Hause noch nie bekommen.

Eresh öffnete bereits den Mund, ihre Frage von vorhin zu wiederholen, als beide Hausdienerinnen eintraten und ein frühes Abendessen auftrugen. Sofort begann Ereshs Magen zu knurren. Erst jetzt, beim Anblick und Duft der Speisen, merkte sie, dass sie längst Hunger hatte. Es gab Brotfladen aus dunklem Emmermehl, einen sämigen Kichererbseneintopf mit Gemüse und Zwiebeln, zudem Ziegenkäse. Alles war eine Spur deftiger und kräftiger als Eresh es von zu Hause gewohnt war – eben ländlicher.

Beim Essen begann ihre Großmutter bald: „Und nun erzähle mir, was es alles Neues gibt! Was machen meine anderen Enkel? Wie geht es meiner Tochter Namtilla, deiner *Ama*? Ist ihr Gatte immer noch so unleidlich?“

Eresh musste schmunzeln. Dann berichtete sie, wenn sie nicht gerade beim Kauen und Schlucken war, bis Obst und Dattelküchlein gereicht wurden.

Ihre Großmutter erzählte nun im Gegenzug von dem, was sich in den vergangenen ein, zwei Jahren am Stadtrand verändert hatte.

Nach dem letzten Küchlein und dem letzten Tratsch streckte die alte Frau sich zufrieden und so ausgiebig auf dem Stuhl, dass er laut knarzte.

Eresh hingegen rutschte auf ihrem aufgeregt hin und her. Endlich würden sie einmal über die richtig interessanten Dinge reden können.

Dritter Versuch. „*Nanna*, ich …“

„Schau, es ist so, Kind …“, unterbrach diesmal ihre Großmutter sie. „Letzte Nacht hatte ich einen Traum. Einen seltsamen Traum. Du weißt schon, die Art Träume, wie sie uns die Götter manchmal schicken.“

„Nun … Ja.“ Eresh fragte sich, was das mit Großmutters eigenartiger Begrüßung vorhin zu tun hatte: Eresh solle nicht hier, sondern bei den Sternen sein.

„In diesem prophetischen Traum also“, begann die alte Frau erneut, „sah ich nur deine Schwester Maschdara allein bei mir eintreffen. Ohne dich.“ Ihre Großmutter zog nachdenklich die grauen Brauen zusammen. „Eresh, wo ich dich kurz darauf in meinem Traum erblickte, ist wundersam. Du hast dich bei den Sternen befunden, in dem Reich, von woher die Götter einst zu uns herabgestiegen sind. So wie dein Vater. Du warst bereits in seiner Welt, Kind! Daher haben wir beide uns nicht mehr wiedergesehen. Aber jetzt …“ Ihre Großmutter wirkte so ratlos, als gelte es eher an der Realität als an Träumen zu zweifeln.

Eresh fühlte sich zugleich benommen und höchst aktiviert – als seien tausend neue Gedanken und Fragen in ihr erwacht. „Womöglich hast du einen zweiten Besuch von Dara im Traum gesehen? Von ihr allein. In etwas mehr als einem halben Jahr könnte ich schließlich wirklich bei meinem Vater sein. Es wurde dir die Zukunft gezeigt. Doch wie weit man gerade in sie blickt, weiß man zuweilen nicht, richtig?“

„Hm“, machte ihre Großmutter grübelnd. „Oder etwas hat dein Schicksal durcheinandergebracht, die Pläne der Götter zerstreut.“

War so etwas überhaupt möglich? Eresh bekam eine Gänsehaut wie selten je in ihrem Leben.

Dann trat auch schon die ältere der beiden Hausdienerinnen herein. Fürsorglich lächelnd nickte sie ihrer Herrin zu.

„Ja, ja, du hast recht. Es ist Zeit, dass ich mich hinlege.“ Die alte Frau sah ihre Enkelin wehmütig und ein wenig entschuldigend an. „Weißt du, in meinem Alter muss man sich seine Kräfte einteilen. Als ich noch so jung wie du war, konnte ich mir das auch nie vorstellen. Aber ich habe meine Kraft für diesen Tag bereits verbraucht. Wir sehen uns morgen beim Frühstück, mein liebes Kind.“

Ihre Großmutter ging jetzt schon schlafen? Es war doch sogar noch hell draußen! „Bis morgen früh, *Nanna*“, erwiderte Eresh dennoch freundlich.

So blieb sie nun also allein zurück, auch mit ihren Fragen. Der Abend war gerade erst angebrochen und sowohl ihre Großmutter als auch ihre Schwester waren schlafen gegangen. Sie selbst fühlte sich gar nicht müde, weniger erschöpft als sie es nach der anstrengenden Fahrt und dem aufwühlenden Tag sein sollte. Nun, es war wohl gerade das Aufwühlende, das sie hellwach sein ließ.

Eresh verließ kurzentschlossen das Haus und machte einen Verdauungsspaziergang rund um das ländliche Anwesen. Allmählich begann es zu dämmern. Während man in der Stadt kaum allein durch eine Gasse laufen konnte, war es hier ruhig und menschenleer. Nur weit weg konnte sie Leute erspähen. Eine Frau und ein Kind sahen beim östlichen Anwesen nach Gemüse auf dem Acker. Beim westlichen kehrte ein alter Mann vor dem Bauernhaus.

Eresh fühlte sich einsam. Sie musste wieder an Schuri denken – das erste Mal heute! An den anderen Tagen, die seit ihrem letzten Treffen ins Land gezogen waren, war keine halbe Doppelstunde vergangen, ohne dass er ihr in den Sinn gekommen war. Eresh spähte in die Ferne, in die Richtung, die zu dem größeren Flussarm führt. Auch ihre Gedanken schweiften zu jenem Ufer des Euphrat, an dem Schuri sich damals für den Fischhändler abgeplagt hatte.

Für heute mochte es zu spät sein. Doch wie weit lief man wohl von hier bis zu dem Fisch-Stand, an dem sich Schuri sicher weiter sein tägliches Brot verdiente?

19. Götter und Menschen

Du weißt, wo du mich findest, hatte Schuri ihr vor zwei Wochen zum Abschied gesagt.

Das klang nun nicht gerade danach, als brenne er nur so darauf, sie wiederzusehen. Eresh seufzte enttäuscht, aber leise, um Dara nicht zu wecken. Ihre Schwester schlief noch. Eresh hingegen hatte sich schon angekleidet und kämmte gerade ihr Haar vor dem kleinen, blinden Spiegel, den es hier lediglich gab. Nun steckte sie sich die braune Flut zu einem Knoten hoch.

Nein, Eresh wurde nicht schlau aus Schuri. Wollte er sie denn nicht ebenfalls möglichst bald wieder treffen? Oder war es ihm gleichgültig? War *sie* ihm gleichgültig? Bedeutete es ihm nichts, dass sie beide von der gleichen Art waren, Halbwesen, wie es nur wenige gab? Nicht einmal das? Von ähnlichen Gefühlen, wie Eresh für ihn hatte, ging sie nicht aus. Sonst überließe Schuri es doch nicht gänzlich ihr, ob und wann sie sich wiedersahen.

Bei diesem verletzenden Gedanken stiegen Eresh Tränen in die Augen. Sie musste sich zusammenreißen! Vielleicht schlief Dara gar nicht, sondern stellte sich nur schlummernd und beobachtete sie heimlich. Es käme ihrer Schwester sicher nicht ungelegen, eine Schwachstelle bei ihr zu bemerken.

Dara würde keine Ruhe geben, bis sie ihr nicht auf den Grund gegangen war.

Und Eresh war eine schlechte Lügnerin. Es fiel ihr schon seit jeher schwer, sich zu verstellen.

Schritte waren zu vernehmen. Sie klangen klappernd wie von zu großen Sandalen. Einige Momente später stand die jüngere Hausdienerin im Zimmereingang. Höflich verbeugte sie sich vor Eresh und warf danach einen kurzen Blick auf die noch schlafende Maschdara. „Das Frühstück ist fertig. Wir nehmen es im Schatten der Bäume hinter dem Haus ein, da wir über keinen Innenhof verfügen."

„Danke." Eresh schenkte ihr ein freundliches Lächeln. „Ich versuche, meine Schwester zu wecken. Wir kommen gleich."

Nachdem aber die Hausbedienstete gegangen war, überlegte Eresh es sich anders und ließ Dara lieber weiterschlafen. Umso eher konnte sie in Ruhe mit ihrer Großmutter reden. Vielleicht noch einmal über ihren prophetischen Traum. Vor allem aber wollte Eresh ihre ihre Großmutter über das aushorchen, was sie seit einer Weile am brennendsten interessierte: Wie es einst zuging, als die *Anunnaki* noch aktiver in diesem Teil der Welt waren, auch in ihrer Heimatstadt Uruk.

Während sie hinter dem Haus im Schatten der Tamarisken saßen und ihr einfaches Morgenmahl zu sich nahmen, sprach Ereshs Großmutter bald von sich aus: „Du hast dich sicher noch manches Mal über den Inhalt meines prophetischen Traums wundern müssen, nicht wahr, Kind?" Ihre Stirn war in tiefe Falten gelegt und sie blickte ihre Enkelin einfühlsam an.

„Ja, das musste ich schon, *Nanna*." Eresh nickte nachdenklich. „Doch ich kann mir weiterhin nur vorstellen, dass du etwas träumtest, das stärker in der Zukunft lag. Denn es war nie geplant, dass ich bereits jetzt in der Welt meines Vaters bin. Frühestens in sechs

Monden wäre es möglich. Wie könnte nun also mein Schicksal durcheinandergebracht worden sein? Und von wem oder was?“

Selbst von diesen scharfsinnigen Überlegungen wirkte ihre Großmutter nicht gänzlich überzeugt. Dann aber lächelte sie beschwichtigend. „Zurecht stellst du dir diese Fragen. Nun ja, die Zeit wird es zeigen.“ Sie trank noch einen großen Schluck von der Ziegenmilch. „Ist deine Schwester immer so eine Schlafmütze?“, wechselte sie das Thema.

Eresh grinste. „Wenn sie nichts direkt dazu zwingt, aufzustehen, dann ja.“ Eresh selbst hatte von der Ziegenmilch in dem Tonbecher bisher lediglich genippt. So einen fettig-herben Morgentrunk war sie von zu Hause nicht gewohnt. Wie so manches andere hier im ländlichen Raum.

„Gut, dann brauche ich mir wohl keine Sorgen zu machen.“ Die alte Frau aß das letzte Stück ihres Brotfladens und bediente sich bei den Äpfeln. Die gab es hier in Hülle und Fülle. Bei Eresh zu Hause kamen Äpfel seltener auf den Tisch, da sie, wie das meiste andere, erst auf dem Markt gekauft oder von dort bestellt werden mussten.

„*Nanna*, ich möchte dich noch gerne darum bitten, mir alles über die *Anunnaki* zu erzählen. Alles, was du nur weißt.“

Ihre Großmutter hob erst die Brauen, dann lächelte sie mit einer kindlichen Freude, die sie gleich um viele Jahre jünger erscheinen ließ. „Gerne doch, mein Kind. Es nimmt mich ja sonst niemand ernst, wenn ich von den alten Zeiten schwatze. Aber das weißt du ja.“ Ein bitterer Zug zeigte sich um ihre Mundwinkel. „Deine Mutter möchte nichts von jenen hören, die deinem Vater gleichen. Von jenen, die dich ihr wegnehmen könnten.“ Ihre Großmutter seufzte. „Die anderen halten meinen Geist für altersschwach – ich zähle schließlich bereits 80 Sommer - und meine Erinnerungen für Märchen, ob Erwachsene oder Kinder.“

Eresh sah ihre Großmutter geknickt an. „Es tut mir leid, dass auch ich dir früher nie aufmerksamer zugehört habe. Wie dumm von mir ...“ Sie seufzte und heftete den Blick auf die Wiese vor ihnen. Überwiegend wuchs dort Schafgarbe. Das sonst so ungewohnt laute Vogelgezwitscher nahm Eresh gerade nur halb wahr.

„Wusstest du“, begann ihre Großmutter, „dass sich die Götter vor langer, langer Zeit in *Anunnaki* und *Igigi* aufteilten? Die *Anunnaki* dominierten von ihren unterirdischen Stationen aus, wo sie sich meist aufhielten, während die *Igigi* für die einfacheren Aufgaben an der Erdoberfläche zuständig waren. Die *Igigi* pendelten dabei öfter in ihren Himmelsbarken zwischen Himmel und Erde hin und her. Heute, da sich die Götter stärker zurückgezogen haben, nennt man sie oft alle einfach *Anunnaki* schriftlich hingegen neutral *Dingir*.“

"Hm", machte Eresh. "Ich habe das irgendwo schon einmal vernommen. Wahrscheinlich in den Mythen, die unser Hauslehrer mich und meine Geschwister studieren lässt." Eresh erwähnte nicht, dass sie über die unterirdischen Stationen der *Anunnaki* von Schuri gehört hatte. Ein Gedanke ließ ihren Puls schneller gehen. "Aber miterlebt hast du das alles nicht mehr, Nanna, oder?"

Die reife Frau lachte und ihr Gesicht bestand fast nur noch aus Falten. "Ich bin alt, Eresh. Aber nicht *so* alt!" Sie zwinkerte ihrer Enkelin zu. "Doch die Wahrheit ist, dass deine Vorfahren in meinen Kindertagen noch häufiger in der Stadt zu sehen waren."

"Das heißt, häufiger als gar nicht", entgegnete Eresh ironisch. "Ich habe so gut wie nie einen von ihnen gesehen, es sei denn die zwei Mal meinen Vater und dessen Töchter." So gut wie nie, hatte Eresh es genannt, da sie zum einen an Schuri als Halbwesen denken musste, zum anderen an eine auffällige Frau, die sie als Kind einmal auf dem Tempelgelände erspäht hatte. "Die *Anunnaki* konnten also einfach so deinen Weg kreuzen?" Eresh ging es durch und durch, sich das vorzustellen.

"Nun, mehr oder weniger", erwiderte ihre Großmutter. "Rund um den Tempelbezirk oder den Königspalast stiegen die Chancen, einem *Anunnaki* zu begegnen. Es kam also vor, ja. Allerdings erblickte man eher einmal jemand ..." Die alte Frau legte eine effektreiche Pause ein und wies dann mit der Hand auf ihre Enkelin. "... wie dich!"

Dieser Gedanke schenkte Eresh ein aufregendes Kribbeln im ganzen Körper. Ein bisschen fühlte sie sich aber auch verlegen. Einige Momente später blickte sie nachdenklich zum blauen Firmament. Sie überlegte, ob sie ihrer Großmutter von Schuri erzählen sollte. Eresh hätte so gerne mit jemand über ihn gesprochen.

Sie sah ihre Großmutter wieder an und öffnete bereits den Mund, ließ es dann jedoch lieber. "Hätte ich einst gelebt, wäre ich nicht so allein mit meiner Besonderheit gewesen", sagte sie stattdessen.

"Ja, mein Großvater hatte es damals noch einfacher als du." Sie lächelte versonnen.

Zunächst betrachtete Eresh ihre Großmutter verblüfft, dann dämmerte es ihr wieder. "Stimmt, du hast ab und zu etwas in dieser Richtung erwähnt! Warum habe ich bloß nicht besser zugehört und nachgehakt?" Eresh schüttelte über sich selbst den Kopf.

Die Großmutter tätschelte ihre Hand. "Mache dir keine Vorwürfe, Kind. Die Entscheidung, vor die dich dein Vater gestellt hat, hat alles erst so richtig greifbar und real für dich gemacht." Versonnen schmunzelte sie. "Ich habe meinem Opa damals auch oft nur halb zugehört. Eingeprägt hat sich mir die Geschichte seiner Abstammung nur, da er von nichts lieber erzählt hat. Seine Mutter war eine *Anunnaki*, die sich in einen Erdenmenschen verliebt hatte."

"Seine Mutter?" Eresh machte große Augen. "Das gab es auch mal so herum?"

"Aber natürlich, Kind." Ihre Großmutter zwinkerte ihr vergnügt zu. Dann bekam ihr Gesicht einen wehmütigen Ausdruck. "Je weiter wir in die Vergangenheit zurückblicken, desto mehr war alles noch anders als in diesen Tagen."

Eresh schluckte und trank geistesabwesend etwas Wasser direkt aus dem Krug, da in ihrem Tonbecher bereits die Ziegenmilch war.

Ihre Großmutter lachte kurz darüber, kommentierte es indes nicht. „Es heißt, zu Anfang der Zeiten habe es nur Götter auf der Erde gegeben. Stelle dir das einmal vor! Das muss sehr lange vor der Großen Flut gewesen sein“, rief ihre Großmutter verblüfft aus. "Noch vor der Schöpfung des Menschen."

Eresh nickte, war jedoch nach wie vor nicht sicher, wie sie zu einer Schöpfung der Menschen durch die *Anunnaki* stand. Ihr Vater und ihre Halbschwestern wirkten ehrfurchtgebietend, aber nicht wie übernatürliche Unsterbliche.

"Es gibt noch so viel mehr Erstaunliches", fuhr ihre Großmutter begeistert fort. „Je weiter es zurückliegt, desto unglaublicher ist es. Unsere Mythen und Legenden überliefern nur einen Teil davon. Sie sind bruchstückhaft. Symbolisch stehen sie allerdings für mehr.“

„Ich wüsste gerne, wie genau es vor der Großen Flut war“, bekannte Eresh. „Und was hat sie eigentlich ausgelöst?“

„Es heißt, dass die erzürnten Götter Fackeln emporhoben und damit das Land entflammten. In anderen Texten ist von einem riesigen Feuerball die Rede. Darauf folgten Katastrophen in allen uns bekannten Teilen der Welt. Sie wäre fast untergegangen. Laut den Überlieferungen bewahrte König Ziusudra den Samen der Menschen und Tiere, sonst wäre alles verloren."

„Und in der Zeit vor der Großen Flut?"

Die alte Frau goss sich von der Ziegenmilch nach und trank einen Schluck. „Vor der Großen Flut sollen die Bewohner dieser Welt unfassbar lange gelebt und uns Heutige weit überragt haben, nicht allein, was ihre Körpergröße anging. Vielleicht waren damit vorrangig die *Anunnaki* und Halbwesen gemeint. Doch alles, was ich dir aus eigener Erfahrung sagen kann, ist, dass die *Anunnaki*, denen ich als Kind begegnete, auf eine Weise genauso menschlich waren wie wir. Auch mein Großvater erzählte mir, dass sie ebenso Schwächen und Stärken hatten."

Eresh machte eine zustimmende Geste. „Das glaube ich."

Plötzlich setzte sich ihre Großmutter wieder gerade in ihrem Stuhl auf und wurde etwas blass. „Bist du sicher, dass mit deiner Schwester alles in Ordnung ist? Bitte geh und schau doch einmal nach ihr."

Eresh bekam nun auch ein mulmiges Gefühl und eilte gleich in das Zimmer, das sie sich mit Dara teilte.

Sie musste schwer atmen und fühlte, wie ihr das Blut in den Schläfen pochte.

Doch es lag nicht daran, dass Eresh so schnell gelaufen, fast gerannt war. Es war der Anblick des leeren Zimmers, der verlassenen Schlafmatte, die sie so aufwühlte. „Dara?“, rief sie und trat in den Gang zurück. Dort wiederholte sie dringlicher: „Dara!“

Es blieb still.

Eresh schlug die Hände über dem Kopf zusammen und seufzte schuldbewusst. Sie war so stark mit ihren eigenen Angelegenheiten beschäftigt gewesen, dass sie gar nicht daran gedacht hatte, ihre Schwester könne verschwinden.

Dabei hatte Dara noch gesagt, dass sie die Pläne ihrer Eltern nicht mitmachen würde. Wie naheliegend eigentlich, dass Dara in einem passenden Moment die Flucht ergriff.

Eresh kehrte in das Zimmer zurück, das sie sich bis heute mit ihrer Schwester geteilt hatte, um zu schauen, was Dara mitgenommen hatte.

Fast nichts!

Eresh schüttelte bedauernd den Kopf. Ihre Schwester musste ziemlich verzweifelt sein, so gut wie alles dagelassen zu haben, selbst ihren Lieblings-Armreif mit den bunten Schmucksteinen daran.

Eresh rieb sich die Stirn.

Hatte er Dara etwa abgeholt oder an einem Ort in der Nähe auf sie gewartet – der Kerl, mit dem Eresh ihre Schwester damals beobachtet hatte?

Es gab Eresh einen Stich.

Für ein, zwei Momente beneidete sie Dara dafür, einen Freund zu haben. Einen Freund, der sie liebte wie sie ihn.

„Sag mal, was wühlst du denn da in meinen Sachen herum? Spinnst du?“

Wie von einer Biene gestochen wandte Eresh sich um und betrachtete fassungslos die Schwester.

„Aber du ...“

„Kaum geht man kurz weg, um sich frisch zu machen, nutzt du die Gelegenheit und ...“ Daras

Gesichtszüge entspannten sich wieder. „Ich verstehe. Du hast geglaubt, ich sei weggelaufen." Sie grinste.

Auch bei Eresh lockerte sich wieder alles. „Sag bloß nicht, dass du nie daran gedacht hast! Und jetzt komm endlich zum Frühstück."

Eresh träumt

Dann hatte auch ich einmal einen Traum, der mich in die Zukunft blicken ließ. Einen Traum, von den allwissenden Göttern geschenkt. Wenn es so etwas wie allwissende Götter überhaupt gibt. Wenn es überhaupt ein Geschenk war, dieses befremdliche Nachtgesicht.

Ich sah darin die irdische Welt in tausenden von Jahren, ohne dass ich etwas davon erfahren hätte, was in all der Zeit zwischen meiner und dieser fernen Epoche passierte.

Die Menschen der Zukunft glichen immer mehr meinen außerirdischen Vorfahren, die zum Teil ja auch die ihren sind. Sie hatten sich erstaunlich ähnlich entwickelt und konzentrierten sich ebenfalls mehr auf den Geist als das Herz und die Seele. Die Menschen der Zukunft konnten bereits weit, weit hinaus spähen zum Sternenmeer. Zahllosen Sternen hatten sie Namen oder eher Nummern gegeben. Sogar den Mond und den rötlichen Planeten des Gottes *Nergal* hatten sie schon bereist.

Ihre Gelehrten waren hoch angesehen. Doch je ferner das Zeitalter, desto weniger wussten sie darüber. Trotzdem glaubten sie, sich dadurch bereits ein festes Bild über eine nicht mehr greifbare Vergangenheit machen zu können. Lange hielten sie auch die Große Flut für einen reinen Mythos.

Wenn die zukünftigen Menschen etwas fanden, das ihr Weltbild ins Wanken brachte, nahmen sie es oft nicht ernst oder verschwiegen es. Es mussten schon sehr viele, nicht mehr zu leugnende Hinweise zusammenkommen, damit sie ihre Sicht über einen Ausschnitt der Vergangenheit änderten.

So war es mit der Großen Flut. Sie fanden heraus, dass dieser riesige Feuerball tatsächlich einst auf die Erde traf und eine ganze Kette von Katastrophen auslöste, weltweit. Eine Welt ging unter und die Welt als Ganzes doch wieder nicht.

Auch wenn ihre Gelehrten dieses verheerende Ereignis, Jahrtausende vor meiner Zeit, anerkannten, ahnten oder glaubten sie trotzdem nicht, wie anders es vorher auf der Welt gewesen war. Wie anders als in ihrer Vorstellung. Sie hatten nur Mosaiksteinchen gefunden, viel zu wenige, und daraus ein falsches Bild zusammengesetzt.

Die Menschen der Zukunft glaubten, der bisherige und einzige Höhepunkt der Geschichte der Erde zu sein. Dabei interpretierten sie die alten Texte, worin von jenen vor der Großen Flut die Rede ist, als reine Übertreibung, als reinen Mythos.

Wieder einmal meinten die Menschen, alles habe sich nur auf sie zu entwickelt. Sie seien die Ersten, Besten, Fähigsten.

Hätten sie die alten Texte ernster genommen, wäre ihnen vielleicht bewusst geworden, dass alles sich wiederholt. Ein Kreislauf folgt auf den anderen, selbst wenn der vorherige weitgehend in Vergessenheit gerät. Auch die Menschen in einigen tausend Jahren werden irgendwann einer gewaltigen Katastrophe unterliegen. Je nachdem, wie stark die Verwüstung ist, bleibt womöglich auch von ihnen über weitere Jahrtausende hinweg nicht genug übrig, um den späteren Menschen ein passendes Bild von sich zu vermitteln.

20. Zufall und Schicksal

Im Laufe des nächsten Tages und erst recht durch den Abend, dann in der Nacht, während Eresh lange nicht einschlafen konnte, beschloss sie etwas. Alles, worüber sie mit ihrer Großmutter gesprochen, was die 80-Jährige ihr erzählt hatte, trug genauso dazu bei wie die Eifersucht, die sie auf Daras Liebesbeziehung empfunden hatte.

Einen Anteil machte zudem aus, dass Eresh immer noch eine Entscheidung zu treffen hatte, von der ihre gesamte Zukunft abhing. Und sie kannte sonst niemand, der ihr helfen konnte, ihren Entschluss zu fällen.

Die Abgeschiedenheit und relative Einsamkeit hier am ländlichen Stadtrand tat ihr Übriges.

Es stand also fest: Am nächsten Morgen nach dem Frühstück würde Eresh zu den Fischhändlern am Flussufer gehen und Schuri aufsuchen. Sie würde ihrer Großmutter sagen, dass sie unbedingt einmal wieder zum Markt wolle, einige der Lebensmittel schmerzlich vermisse, die sie gewohnt sei.

Ihre Großmutter war großzügig – wie die meisten Großmütter. Sie würde Eresh schon gehen lassen. Und die Gesellschaft ihrer Halbschwester hatte sie auch nicht zu befürchten. Dara ging die ständige Nähe zu ihr ohnehin auf den Geist. Erst gestern hatte sie Eresh das wieder unter die Nase gerieben.

Schuri ... Vielleicht würde es das letzte Mal sein, dass sie ihn traf. Aber sie musste ihn noch einmal wiedersehen! Sei es, um dabei zu merken, dass er am Ende tatsächlich nur ein Hochstapler war. Allzu verblüffend klang einiges, was Schuri behauptete. Eresh wälzte sich unruhig auf ihrem Nachtlager hin und her. Sie musste ihm noch einmal in die Augen schauen, und wenn es nur war, um sich zu vergewissern, dass er ihre Gefühle kein bisschen erwiderte.

Mitten in der Nacht – gefühlt war Eresh gerade erst eingeschlafen – rüttelte sie auch schon wieder jemand wach. „Lass mich, Dara!“, murrte sie schlaftrunken und hielt die müden Lider geschlossen. Doch würde Dara sie nicht grober wecken? Dann konnte es nur noch eine Person sein. „*Nanna*, was ist denn?“, brummte Eresh.

„Pssst!“, machte jemand und berührte sie nur noch sanft an der Schulter. „Sei bitte ganz leise, damit niemand wach wird.“

Diese Stimme kannte sie doch! Aber es war eine, die Eresh absolut nicht hier erwartet hätte. In der Dunkelheit des Raumes konnte man kaum die eigene Hand vor Augen sehen, doch Eresh starrte und starrte den nächtlichen Besucher an. Dabei wusste sie eigentlich bereits durch die Stimme, wer er sein musste.

„Schuri?“, flüsterte sie. „Bei allen Göttern, was machst du hier? Wie hast du mich hier gefunden?“

Das war ihr eindeutig unheimlich. *Er* war Eresh nun unheimlich.

„Das spielt keine Rolle“, sprach Schuri leise. „Steh auf und komm mit. Wir gehen ein paar Schritte, damit wir uns in Ruhe unterhalten können.“ Er trug dieselbe Kleidung wie bei ihrer letzten Begegnung. Nur war sein Bart nicht mehr nur gestutzt, sondern lediglich noch in Spuren vorhanden.

Unwillkürlich begann Eresh zu zittern. Ein Teil von ihr wollte seiner Aufforderung folgen, unbedingt hören, was er ihr zu sagen hatte. Schließlich war es nicht das erste Mal, dass sie sich zu einer Zeit trafen, in der rechtschaffene Bürger schliefen. Ein anderer Teil von Eresh hätte sich jetzt trotzdem am liebsten vor Schuri zurückgezogen und laut um Hilfe gerufen. Egal wie seine türkisfarbenen Augen glänzten, nun da ihre eigenen sich an die Dunkelheit gewöhnt hatten.

Der erste Teil von Eresh gewann. Möglichst geräuscharm stand sie auf, nahm sich ihr Schultertuch und warf es sich über. Sie folgte Schuri durch den Flur und den Hintereingang hinaus. Durch letzteren war er also hereingeschlichen.

Tausend Gedanken wirbelten Eresh durch den Kopf. Sie fand es erschreckend, dass Schuri einfach in das Landhaus ihrer Großmutter eingedrungen und in ihr Zimmer getreten war, während Eresh geschlummert hatte. War es am Ende ein Fehler, dass sie ihm jetzt auch noch in die kühle Nacht hinaus folgte? Eresh zog ihr Schultertuch enger um sich. Als sie weit genug vom Haus entfernt waren, hielt sie es nicht mehr aus und brach die Stille entzwei wie einen Brotfladen.

„Du hast Glück, dass meine Schwester schläft wie ein Stein. Bei einem so leichten Schlaf wie meinem hätte sie das ganze Haus zusammengeschrien."

Sein leises Lachen klang rau. Eine kurze Weile später, im Schutz einiger Bäume, blieb Schuri stehen und drehte sich zu ihr um. Wortlos holte er ein kleines Objekt aus dem Beutel, den er umgehängt trug, und drückte auf eine Stelle davon. Fast zeitgleich ging ein Licht an. Es brannte heller als eine Öllampe – ganz ohne Öl!

„Ihr Götter! Ihr Ahnen!", ächzte Eresh schockiert. „Was ist das für ein magisches Licht?"

Schuri lächelte geheimnisvoll und sah dabei wie stets absolut entwaffnend aus. Er hielt den leuchtenden Gegenstand so, dass er sie beide nicht blendete. „Es ist einer der alltäglichen Gegenstände von exakt jenen Göttern und Ahnen, die du gerade angerufen hast. Ich habe ihn aus Eridu.“ Wieder diese verheißungsvolle Stadt!

Eresh stockte erneut der Atem. „Warst du etwa kürzlich dort?“

„Nein, ich habe den kleinen Licht-Gegenstand schon eine Weile. Ich wusste, er würde dich interessieren. Außerdem müssen wir so nicht im Finstern sitzen.“

Eresh kam aus dem Staunen gar nicht mehr heraus.

Ein paar Momente später senkte Schuri den Kopf ein wenig und blickte sie von unten herauf an. „Es tut mir leid, wenn ich dich vorhin überrumpelt habe. Ich weiß ... letztes Mal beim Abschied habe ich gesagt, dass ich es dir überlasse, ob wir uns erneut treffen. Gewiss, dir ist bekannt, wo ich zu finden bin. Aber ich konnte einfach nicht mehr warten, ich musste dich unbedingt wiedersehen. Wenigstens noch ein Mal.“

Eresh schluckte. Das war doch genau ihr Gedanke gewesen, bevor sie irgendwann eingeschlafen konnte! Sie stand dem jungen Mann nah gegenüber und seine Worte gingen ihr durch und durch. Das Licht des Wunder-Gegenstands schmeichelte ihm - als wäre er nicht so schon attraktiv genug.

Indes zog sie mehr als alles andere an Schuri an, dass er offensichtlich ein Halbwesen wie sie war. Vertraut, verbunden und zugleich eine Rarität. Dennoch beschloss Eresh, ihm nicht zu verraten, dass sie ihn am Morgen aufgesucht hätte, wenn er ihr jetzt nicht zuvorgekommen wäre.

Eines ließ ihr keine Ruhe. „Wie hast du mich hier nur gefunden?“

„Ich habe meine Mittel und Wege.“ Schuri sah sie wieder an, so eindringlich wie selten zuvor. „Vertraust du mir nicht?“

„Ich kenne dich ja kaum“, antwortete Eresh ausweichend.

Schuri atmete tief durch und blickte kurz zur Seite weg. Dann wies er auf den Teil eines Baumstamms, der am Boden lag wie ein gefallener Krieger. „Wollen wir uns setzen?“

Eresh atmete nun ihrerseits tief ein und wieder aus, bevor sie sich neben ihm niederließ.

Schuri hatte den lichtspendenden Gegenstand so platziert, dass er sie beide nicht blendete. Es roch nach Holz und Erde und nur die gelegentlichen Rufe eines Nachtvogels unterbrachen das beständige Quaken der Frösche. Offenbar gab es nicht weit entfernt ein kleines Gewässer. Eresh fühlte sich wohl und unwohl zugleich, so nah neben Schuri zu sitzen. Außerdem musste sie wieder einmal bangen, dass ihr nächtlicher Ausflug bemerkt wurde.

„Ich spüre eine Verbindung zwischen uns“, gestand Schuri ihr dann plötzlich.

„Ja, ich auch. Gleich von Anfang an“, entfuhr es Eresh, ohne dass sie darüber nachdachte. Das konnte passieren, wenn man etwas hörte, wonach man sich insgeheim sehnte.

„Es kann kein Zufall sein. Es ist Schicksal, dass wir uns begegnet sind.“ Erst vorsichtig und zart berührte seine Hand die ihre. Als sie es zuließ, legte Schuri seine Hand ganz auf die von Eresh.

Es war, als würde ein Blitz durch ihren gesamten Körper fahren und alles in ihr zum Vibrieren bringen.

Eresh wurde trotz der nächtlich frischen Temperaturen warm und auch etwas schwindelig. „Ich denke zuweilen auch, dass unser Zusammentreffen Bestimmung sein könnte“, gestand sie ihm. „Wie gerne wollte ich all die Jahre endlich einmal Kontakt zu einem anderen Halbwesen.“

Nachdem sie eine kurze Weile geschwiegen hatten, Hand auf Hand, wurde in Eresh der Drang beinahe übermächtig, Schuri die Situation mit ihrem leiblichen Vater zu schildern, ihm die Schwere ihrer zu treffenden Entscheidung anzuvertrauen. „Ich muss dir etwas erzählen“, begann Eresh.

Dann berichtete sie ihm, wie es all die Jahre bis vor wenigen Monden zwischen ihrem leiblichen Vater und ihr gelaufen war. Danach beschrieb Eresh ihm das letzte Treffen mit ihm und seinen beiden Töchtern. „Ich bin vor ein hartes Ultimatum gestellt worden und weiß nicht, wie ich mich entscheiden soll“, schloss sie. „Du verstehst mich in der Hinsicht bestimmt besser als alle anderen. Das sagt mir zumindest mein Gefühl.“

Schuri hatte ihr die ganze Zeit sehr aufmerksam zugehört und wirkte nun nachdenklich. Er fuhr sich mit den Händen über das Gesicht. „In der Tat ist das keine einfache Lage, in die sie dich da versetzt haben.“

Eresh nickte. „Stell dir vor, du würdest von deinem *Anunnaki*-Elternteil vor die Entscheidung gestellt, demnächst für immer mit ihm zu kommen oder bis zu deinem Tod auf der Erde zu bleiben. Was würdest du tun angesichts einer solch radikalen Forderung?“

Schuris Nasenflügel blähten sich und seine Hand wurde schwerer auf ihrer. „Nun, ich bin es gewohnt, mir selbst zu helfen, wenn andere es nicht tun. Daher würde ich mir eben auch *selbst* einen Eindruck von der anderen Welt verschaffen, bevor ich meinen Entschluss fälle.“

So hätte Eresh ihn irgendwie auch eingeschätzt. „Wie sollte das möglich sein?“

Schuris Hand wurde wieder leichter und streichelte über ihre. „Ich kenne einen Weg.“ Seine türkisfarbenen Augen blitzten nur so. „Wenn du es wagen willst und mit mir einen kleinen Ausflug in die Welt unserer *Anunnaki*-Vorfahren machen möchtest – ich bin bereit.“ Er wirkte so voller Energie, Elan – und Charme. Als Händler auf einem Markt hätte er wohl jedem alles verkaufen können.

Eresh ahnte, welchen Weg er meinen könnte. „Du hast letztes Mal erwähnt, dass von Eridu aus noch Sternenschiffe starten und landen.“

„Genauso ist es. Vor allem die kleineren, wendigen Himmelsbarken. Große Sternenschiffe nur noch sehr, sehr selten. Aber ich dachte selbstverständlich an eine Himmelsbarke.“

Unruhe überfiel Eresh bei dem Gedanken. „Aber wie sollen wir das alles bloß machen? Wieso sollten sie uns mitnehmen? Wie kommen wir an etwas zu essen und trinken heran oder was wir dann in der anderen Welt brauchen könnten?“

„Ich werde mich um einiges kümmern. Vielleicht kannst du ein kleines Schmuckstück entbehren, dann wären wir die kurze Zeit dort gut versorgt.“

„Ja, das ließe sich machen.“ Eresh dachte an die Brosche, die ihr ohnehin nicht gefiel.

„Mach dir nicht solche Sorgen und freue dich lieber darauf!“

So ansteckend seine Abenteuerlust und sein Optimismus auch wirkten, Eresh sah ein weiteres Problem. „Nehmen wir an, ich wäre so waghalsig, mich darauf einzulassen ... Es wird diesmal gewiss nicht unbemerkt bleiben können, gleich wie viel Glück ich bisher hatte. Wenn wir tagelang unterwegs sind, brauche ich gar nicht mehr heimzukehren. Mein Stiefvater wird mich verstoßen und meine Mutter mich umbringen."

Wieder streichelte Schuri ihre Hand. Er blickte sie an und sprach in beruhigendem Ton: „So schlimm wird es schon nicht werden. Es steht dir zu, einen Eindruck von der Welt deiner Ahnen zu bekommen. Das müssen sie verstehen. Wenn du es nicht tust, wirst du deine Entscheidung vielleicht bereuen – egal welche du letztlich treffen wirst."

Eresh seufzte schwer. „Da ist etwas Wahres dran."

„Pass auf", meinte Schuri lächelnd, „ich komme in drei Tagen bei Morgengrauen hierher und hole dich ab. Wir reisen nach Eridu und dort kannst du dann immer noch entscheiden, ob es weiter zu *Nibiru* gehen soll oder ob du abends wieder hierher zurückkehren willst."

Eresh nickte zaghaft, aber sie nickte. „Gut, so machen wir es." Skepsis zupfte an ihrem Gemüt. Sie entzog ihm ihre Hand. „Schuri? Wieso bist du bereit, alles hier stehen und liegen zu lassen, um dich mit mir auf diese Reise zu begeben? Deine Arbeit bei dem Fischhändler wirst du bestimmt verlieren, wenn du tagelang nicht dort aufkreuzt. Außerdem kostet dich diese Reise doch auch etwas. Und wir beide kennen uns noch kaum." Konnte es sein, dass sie tief in sich drin den Wunsch hegte zu hören, Schuri tue das alles für sie, weil er sich in sie verliebt hatte?

„Ich fühle mich nicht so, als würden wir uns noch kaum kennen. Wir sind doch beide von der gleichen Art. Bitte, vertraue mir einfach."

Eresh lächelte ihn zaghaft an und erhob sich, um den Rückweg anzutreten.

21. Leuchtend und matt

Am nächsten Morgen fühlte Eresh sich hundemüde. Sie hatte den Rest der Nacht großteils wachgelegen und sich den Kopf über Schuri und sein Angebot zerbrochen. Bereits die beiden Vornächte waren unruhig gewesen. Aber diesmal hatte Eresh sich mehr auf ihrem Lager herumgewälzt als sonst etwas. Ihre Halbschwester hatte indessen weiter tief und fest geschlafen.

Dabei gab es in Daras Leben doch gerade auch einiges, das ihr den Schlaf rauben könnte. Gewiss dauerte es nicht mehr lange bis ihre Mutter kommen und sich um das „Problem“ kümmern würde. Nahm Dara denn an, sie könne sich erfolgreich dagegen wehren, zur Not mit Händen und Füßen? Wenn Eresh mit ihr darüber reden wollte, verschloss sich Dara vor ihr und wies sie ab.

Wie eine Schlafwandlerin erledigte Eresh das Nötigste bis zum Frühstück. Was schlich Schuri sich auch plötzlich in das Haus ihrer Großmutter und zu ihr ins Zimmer – zu einer Doppelstunde, während der gewöhnliche Leute schliefen? Nie hätte sie damit gerechnet. Aber Schuri war schließlich nicht gewöhnlich. Genauso wenig wie sie selbst. War es nicht gerade das, was Eresh so anziehend bei ihm fand? Sonst wäre er ja nichts weiter als ein herkömmlicher junger Mann und die hatten bisher nie ihr Interesse zu wecken vermocht.

Auf dem Weg zum Frühstück kam Eresh auch wieder der kleine Gegenstand in den Sinn, der allein durch Schuris Berührung greller als eine Öllampe geleuchtet hatte. Die angeblich ursprünglich aus der Welt ihrer Vorfahren stammenden Trockenfrüchte, die er ihr beim vorletzten Treffen gegeben hatte, waren ja schon interessant gewesen. Doch Objekte wie diese magische Leuchte waren ein Ding der Unmöglichkeit! So etwas gab es nicht mehr in dieser Welt.

„Na, du Langschläferin?“, begrüßte Dara sie spöttisch und steckte sich eine weitere Dattel in den Mund. Der Tisch war wie stets mit einem rustikalen, aber schmackhaften Frühstück gedeckt.

Eresh verdrehte nur die Augen und gab ein kurzes, ironisches Lachen von sich. Sie nahm gegenüber ihrer Großmutter Platz und wünschte einen gesegneten Tag.

„Du siehst etwas blass aus, Kind. Greif zu und iss kräftig. Brot und Datteln stärken Körper und Geist – wie bereits meine eigene Großmutter zu sagen pflegte.“

Eresh nickte lächelnd und folgte diesem Rat. Schließlich fühlte sie sich ganz matt.

Mitten in der Mahlzeit, während ihre Großmutter und Schwester über früher redeten, als Dara noch ein kleines Kind war, musste Eresh ein Seufzen unterdrücken. Es war belastend, mit niemand über das sprechen zu können, was einen gerade am meisten beschäftigte. Über Schuri, und dass er mit ihr nach Eridu und von dort aus zur Welt der *Anunnaki* reisen wollte. Allein der Gedanke kam Eresh nun, im hellen Licht des Tages, noch wahnwitziger vor als in der Nacht.

Sie schob den Gedanken vorerst zur Seite und versuchte, sich zu entspannen. Im Moment musste sie ohnehin nichts entscheiden. Eresh genoss also den Rest ihrer Mahlzeit und die beschauliche Atmosphäre. *Entspannen.* Der Morgen hier auf dem Land war so ruhig und friedlich. Die Vögel zwitscherten vernehmlicher und die frische Luft tat gut vor dem warmen Tag.

Entspannen.

„Habt ihr das auch gehört?“, fragte Dara auf einmal und blickte irritiert um sich.

„Was denn?“, kam es fast zeitgleich von ihrer Großmutter sowie von Eresh. Im nächsten Moment hörte sie es jedoch selbst. Es klopfte an die Vordertür, hörte allerdings gleich wieder auf. Eresh und ihre beiden Verwandten warfen sich verwunderte Blicke zu.

„Merkwürdig. Wer sollte das sein? Es hat sich für heute niemand angekündigt“, meinte ihre Großmutter stirnrunzelnd und rief auch gleich nach ihren beiden Hausdienerinnen. Doch noch bevor die beiden reagierten, waren draußen sich nähernde Schritte zu vernehmen, das Quietschen von Sandalen auf feuchter Erde - und schon stand die Besucherin vor ihnen.

„*Ama*!“, kam es als Erstes entgeistert von Dara. „Was willst du denn schon hier? So früh? Aber ich ... Aber es ist doch ...“

Ihre Mutter machte eine Einhalt gebietende Geste. Sie wirkte ein wenig außer Atem. „Ich komme nicht wegen dir, sondern wegen Eresh.“

Nachdem ihre Mutter sich kurz hingesetzt und erfrischt hatte, hatte sie darauf bestanden, mit Eresh unter vier Augen zu reden. Namtilla wollte zu diesem Zweck ein Stück mit ihrer Tochter spazieren gehen.

„Aber du bist gerade erst angekommen, meine Liebe. Bleib doch noch etwas sitzen“, forderte Ereshs Oma die Mutter auf.

„Worum geht es denn, dass wir es nicht erfahren dürfen, *Ama*?“, wollte Dara neugierig wissen.

Nun, da es nicht um sie ging, wirkte die 14-Jährige sichtlich erleichtert.

Eresh hingegen fühlte sich von Kopf bis Fuß verkrampft vor Anspannung. Hatte ihre Mutter etwa herausgefunden, dass auch sie sich einige Male heimlich mit einem jungen Mann getroffen hatte?

Ihre Mutter trank noch einen Schluck von dem milden Morgenbier. Dann erhob sie sich, trat zu Eresh und nahm ihre Hand. „Komm!" Sie zog ihre Tochter ein Stück weit vom Stuhl hoch. „Es gibt da ein paar Dinge, über die wir dringend sprechen müssen. Sie dulden keinen Aufschub."

Jetzt wurde Eresh erst recht mulmig zumute. Ihr Magen begann, zu rebellieren. Noch bis vor kurzem hatte sie erwartet, ein ruhiger Tag läge vor ihr, ein Tag, an dem sie über Schuris Angebot nachdenken konnte – und nun das.

Ungewohnt Hand in Hand mit ihrer Mutter verließ sie ihre verdutzte Oma und Halbschwester. Ironischerweise nahmen Eresh und ihre Mutter dabei genau den Weg, den sie in der Nacht mit Schuri gelaufen war. Doch bevor sie die geschützte Stelle mit dem Baumstamm auf dem Boden erreichten, bogen sie in eine andere Richtung ab. In der Nähe eines großen Ackers, auf dem gerade nichts wuchs, machte ihre Mutter Halt. Ein paar Apfelbäume schirmten sie auch von der wärmer scheinenden Sonne ab.

Obwohl es also nicht mehr kühl war, zitterte Eresh ein bisschen. Schließlich ruhte der durchdringende Blick ihrer Mutter auf ihr.

„Es ist etwas Unerwartetes geschehen, Kind." Namtilla seufzte und wölbte die Augenbrauen. „Dein Vater hat sich gestern bei mir gemeldet."

Eresh sackte die Kinnlade herunter und sie starrte ihre Mutter mit geweiteten Augen an. „Wie bitte? Mein ... mein Vater? Wie ...", stammelte Eresh. „Bei den Göttern! Er ist da? Er ist zu dir gekommen?" Die

Vorstellung war nahezu bizarr, dass ihr stolzer Vater aus der himmlischen Welt einfach vor der Tür seiner einstigen Geliebten gestanden hatte. Um Eresh vorzeitig abzuholen etwa?

Ihre Mutter lächelte unbehaglich. „Nein, er hat sich nicht zu mir begeben. Er hat noch nicht einmal jemand mit einer Botschaft geschickt. Dennoch hat er mich kontaktiert." Namtilla wühlte in dem Beutel herum, den sie bei sich trug.

„Auf welche Weise hat er dich denn dann kontaktiert, *Ama*?" Es war Eresh schleierhaft, wie das möglich sein sollte: weder persönlich noch durch einen Boten.

Endlich beförderte ihre Mutter einen Gegenstand aus ihrem Umhängebeutel und präsentierte ihn ihr. In Namtillas Gesicht stand eine seltsame Mischung aus Scham und Stolz. „Schau, Eresh, das ist ein Gerät der Götter. Es erlaubt einem, zu kommunizieren, egal wie weit entfernt man voneinander ist. Dein Vater hat es mir gegeben, damit wir bei Bedarf Kontakt zueinander aufnehmen können. Allein deinetwegen natürlich." Das obskure Objekt glich einer besonders großen Tontafel, nur dass es schiefergrau war.

Während Eresh den fingerdicken Gegenstand mit den rätselhaften Symbolen darauf in der offenen Hand ihrer Mutter betrachtete, traf sie ein regelrechter Erinnerungsblitz.

Hatte sie nicht erst letzte Nacht ein anderes magisches Objekt zu sehen bekommen: das lichtspendende von Schuri? Was war plötzlich los? Bis vor kurzem hatte Eresh nicht geahnt, dass es solche Artefakte der *Anunnaki* überhaupt noch auf der Erde gab. „Wie lange hast du diesen Zauber-Gegenstand schon?"

„Weißt du, meine Liebe," antwortete ihre Mutter ausweichend, „Stets, wenn ich deinem Vater gegenüber von Zauber gesprochen haben bei solchen Dingen, hat er das strikt verneint. Es sei keine Zauberei, sondern *Technik*, sagte er immer. Was dieser fremdartige Begriff auch bedeuten mag."

„Wie lange schon?", beharrte Eresh grimmig.

Ihre Mutter atmete tief durch und bekannte: „Seit vor deiner Geburt. Er hat ihn mir gegeben, bevor er unsere Welt und mich verlassen musste. Aber ich habe den Gegenstand nie benutzt." Sie lachte verlegen und blickte überall hin, einzig nicht in die Augen ihrer Tochter. „Es war schwierig, ihn all die Jahre vor deinem Stiefvater zu verstecken." Sie überreichte ihr nun das Objekt aus der anderen Welt.

Eresh nahm es entgegen und überhörte den letzten Satz ihrer Mutter. Es brach aus ihr hervor: „Du verfügst die ganze Zeit über einen Gegenstand, durch den du mit meinem Vater sprechen kannst, und hast ihn nie benutzt? Hast mir nie davon erzählt? Das darf doch nicht wahr sein, *Ama*!"

„Ich hatte nie einen triftigen Grund dazu."

Eresh stemmte die freie Hand in die Hüfte. „Vielleicht hätte *ich* den Gegenstand ja gerne einmal benutzt?!"

Ihre Mutter verschränkte die Arme vor der Brust und machte ein abfälliges Geräusch.

Eresh begann zu verstehen. „In Wahrheit warst du zu stolz dazu. Er hat dich im Stich gelassen. Daher wolltest du weder selbst Kontakt zu ihm suchen noch mir das zugestehen." Eindringlich betrachtete sie ihre Mutter. „Ist es nicht so?"

Namtilla sog scharf die Luft durch die Nase ein. Etwas trotzig sah sie aus. Dann löste sie ihre Arme wieder vor der Brust und blickte sie für ein, zwei Momente an. „Das tut jetzt nichts zur Sache."

Gleich darauf war sie wieder ganz die besorgte Mutter. „Hör zu, Eresh, gestern Abend hat dieser Knopf, den du auf dem Objekt sehen kannst, aufgeleuchtet wie ein glühender Sonnenuntergang."

Eresh betrachtete ihn. Aktuell war er matt und unscheinbar. „Und dann?"

„Dann habe ich mich rasch in mein Zimmer zurückgezogen. Glücklicherweise war gerade niemand außer Girin zu Hause, und Aya, die mit ihr im Innenhof gespielt hat. Als ich für mich allein war, habe ich den leuchtenden Knopf gedrückt und einen Wimpernschlag später vernahm ich die Stimme deines Vaters. Sie kam direkt aus dem Gegenstand. Du machst dir keine Vorstellung, was für einen Schreck mir das eingejagt hat!" Ihre Mutter schüttelte selbstironisch lachend den Kopf. „Ich muss dazu sagen, dass es ja auch zum ersten Mal geschehen ist. Das heißt, dein Vater hat all die Jahre über genauso wenig zu *mir* Kontakt aufgenommen."

Eresh nickte verständnisvoll und hakte angespannt nach: „Doch gestern hat er es, also muss es etwas überaus Wichtiges gewesen sein." Eresh bemerkte, wie erneut ein Zittern über sie kam. So sehr steigerte sich ihre Aufregung.

„Das kann man wohl sagen." Ihre Mutter fasste sie an den Schultern. „Mein liebes Kind, dein Vater hat mich gefragt, wo du seist. Angeblich hättest du längst bei ihm eintreffen sollen. Stelle dir vor, er hat jemand geschickt, dich abzuholen! Mit einem der kleinen Sternenschiffe, einer Himmelsbarke! Dein Vater entschloss sich unerwartet doch, dir deinen Wunsch zu gewähren. Du sollst deine mögliche neue Heimat kurz kennenlernen dürfen, bevor du dich entscheiden musst."

Eresh fühlte sich fassungslos. Nie hätte sie damit gerechnet, dass ihr Vater auch einmal einlenkte, weich wurde.

„Und was hast du erwidert?“, brachte sie mit ausgetrockneter Kehle hervor.

Die Mutter drückte ihre Schultern. „Ich habe dieses komische Objekt nah an meine Lippen gehalten, so wie er es mir einst gezeigt hat, und gefragt, was fehlgelaufen sein könnte. Du seist noch hier, bei deiner Großmutter am Stadtrand, erzählte ich ihm.“

Eresh war schwindelig.

„Da hörte ich die Stimme deines Vaters wieder aus dem Objekt dringen, als er mich bat, deinen Aufenthaltsort so genau wie möglich zu beschreiben. Nachdem ich das getan hatte, kritisierte er die Unzuverlässigkeit der wenigen Flugdienste, die noch zwischen seiner und meiner Welt verkehrten. Er wunderte sich über seinen sogenannten Assis ... Assistenten, den er eigens mit einem solchen Flugdienst zu dir geschickt habe. Er könne sich wohl doch nicht so auf den jungen Mann verlassen, wie er gedacht habe. Dein Vater habe keinen Kontakt mehr zu ihm bekommen. Dabei sei es schwierig, noch jemandem zu vertrauen, bei den gefährlichen Konkurrenten, die dein Vater habe. Der junge Mann hätte eigentlich vor einer ganzen Weile eintreffen und dich erst einmal vorsichtig kontaktieren, letztlich mitnehmen sollen. Er habe es in unserer Welt vielleicht so interessant gefunden, dass er sich Zeit ließe und erst einmal neugierig hier umschaue, befürchtet dein Vater.“

„Ein junger Mann?“, fragte Eresh noch bange. Dann verlor sie das Gleichgewicht und zum ersten Mal in ihren 16 Jahren das Bewusstsein.

22. Hier und fort

Als Eresh wieder zu sich kam, befand sie sich auf ihrem Nachtlager und hatte keine Ahnung, welche Tageszeit es gerade sein könnte, wie lange sie geschlafen hatte. Durch das kleine, hohe Fenster des Raums fiel etwas Tageslicht, also war es zumindest nicht nachts. Eresh versuchte, sich aufzusetzen, doch gleich übermannte sie ein Schwindelgefühl. Außerdem hatte sie Kopfschmerzen. Warum lag sie hier in diesem Zustand – mitten am Tag?

Ein paar Momente später erinnerte sie sich wieder! Eresh war draußen in Ohnmacht gefallen. Ihr war von einer auf die andere Sekunde schwarz vor Augen geworden und ohne Übergang fand sie sich jetzt auf ihrem Nachtlager wieder. Aber wieso sollte sie ... *Ah, stimmt, Ama hat mir Dinge erzählt, die ich kaum für möglich gehalten hätte*, trat es in ihre Gedanken zurück. Das allein war es allerdings nicht. *Schuri*!, schoss es ihr in den Kopf. Was Eresh den letzten Rest gegeben hatte, war die Vermutung, Schuri könne eben jener junge Mann sein, der von ihrem Vater geschickt worden war.

Und wieso hat er dann nie ein Wort davon gesagt, es nicht einmal angedeutet?, rätselte Eresh. *Oder hat er das und ich las die Zeichen nicht nur falsch, sondern gar nicht?* Schuri und sie hatten sich mehrfach gesehen und drei Mal allein getroffen. Gewiss, ihre Mutter hatte davon gesprochen, dass dieser von ihrem Vater beauftragte junge Mann sie behutsam kontaktieren sollte. Doch Schuri hatte ihren Vater kein einziges Mal erwähnt. Überdies machte er sich seit Wochen die Hände als Helfer eines Fisch-Händlers schmutzig. Wozu *das* bitte?

Eresh setzte sich auf, egal wie sich alles um sie zu drehen begann. Womöglich handelte es sich bei Schuri gar nicht um diesen ominösen Assistenten ihres Vaters. Nur, wo blieb dieser dann? Wer sollte er sein? Und war es reiner Zufall, dass Schuri und sie sich eine kurze Zeit nach Ereshs letztem Treffen mit ihrem leiblichen Vater begegnet waren? Sie und endlich einmal ein anderes Halbwesen?

In ein paar Tagen würde Schuri bei Morgengrauen in ihrem Zimmer stehen und sie nach Eridu mitnehmen wollen. Sollte Eresh es dann wagen? Womöglich gehörte es zum Plan, zunächst eine Stadt zu besuchen, in der es noch die meisten Überbleibsel der Anunnaki gab. Bevor es zu der anderen Welt weiterging, von der Schuri übrigens nie als nur noch einem letzten Posten in der alten Heimat gesprochen hatte. Eresh seufzte. Ich sollte Ama von Schuri erzählen, dachte sie.

Als Eresh gerade aufstand, hörte sie lauter werdende Geräusche, Schritte und Stimmen, die zu ihr drangen. Lauschend blieb sie stehen. Die Geräusche klangen nach Trubel und Aufregung.

Bevor Eresh darauf reagieren konnte, trat ihre Mutter auch schon in das Zimmer herein. „Eresh, ich bin froh, dass du wieder zu dir gekommen bist.“

Namtilla war außer Atem und hatte rote hektische Flecken am Hals und im Gesicht. „Aber du musst mir jetzt bitte sagen, ob du etwas von Dara mitbekommen hast! Wo sie hingegangen sein könnte! Hat sie etwas erwähnt?"

Eresh konnte ihren Ohren kaum trauen. „Dara?" Was war denn nun schon wieder mit ihrer Halbschwester? Bis eben hatte sich alles um die unerwartete Kontaktaufnahme durch Ereshs Vater und den jungen Mann gedreht, den er geschickt hatte. Dadurch ebenso um Schuri. Jetzt war auch noch Dara verschwunden? „Nein, ich habe keine Ahnung", versicherte sie ihrer Mutter. Eresh fühlte sich plötzlich wieder etwas schwach auf den Beinen und setzte sich erneut auf das rustikale Bett. Es war gerade alles ein bisschen viel für sie.

Nun kam ihre Großmutter dazu. „Deine Schwester ist verschwunden!", rief sie ihr bekümmert entgegen.

„Ja, ich weiß", erwiderte Eresh erschöpft. Musste das mit ihrer Halbschwester ausgerechnet jetzt passieren? „Und nein, sie hat mir nichts anvertraut. Dara und ich haben nicht eben das beste Verhältnis zueinander, wie ihr wisst."

„Wir haben schon das ganze Haus, Hof und Garten nach ihr abgesucht." Die Stirn ihrer Mutter war sorgenvoll in Falten gelegt und ihre dunklen Augen glänzten feucht.

Plötzlich musste Eresh an neulich denken, als sie selbst schon gedacht hatte, ihre Schwester sei zu ihrem Liebhaber geflohen. „Habt ihr auch in den Toilettenraum geschaut?"

Für zwei Momente herrschte nachdenkliches Schweigen, eine angespannte Stille. „Ja, das habe ich sogar", schien es ihrer Großmutter wieder einzufallen. „Dort war sie nicht."

„Mit den beiden Hausdienerinnen deiner Großmutter waren wir zu viert auf der Suche nach deiner

Schwester. Jede von uns hat woanders nachgeschaut", erklärte Namtilla aufgeregt. „Einer von uns hätte Dara doch irgendwo über den Weg laufen müssen!" Es zuckte um ihre Mundwinkel. „Was ist, wenn sie sich etwas antut? Sie ist oft so unvernünftig und impulsiv." Einige Strähnen hatten sich aus ihrem ordentlichen, traditionellen Haarknoten gelöst. Wie stets, wenn sie in Aufruhr war.

„Nein, das glaube ich einfach nicht." Eresh fuhr sich mit beiden Händen über das Gesicht. „Es ist naheliegender, dass sie Zuflucht bei ihrem Freund gesucht hat. Ich meine damit nicht ihren Verlobten", fügte Eresh sicherheitshalber hinzu. Vielleicht auch überflüssigerweise. Sie erinnerte sich noch lebhaft daran, wie sehr die unerwartete Ankunft ihrer Mutter Dara schockiert hatte. Eventuell war ihr das ein Weckruf gewesen, auszureißen, solange sie noch konnte. Eresh blickte ihre Mutter an. „Vielleicht hat Dara die Gelegenheit spontan genutzt, als du und ich den kleinen Spaziergang gemacht haben."

„Und als mir gerade nach einem Nickerchen war", ergänzte ihre Großmutter kleinlaut.

Ihre Mutter atmete tief durch und wandte sich Eresh zu. „Ich habe die jüngere Hausdienerin deiner *Nanna* schon losgeschickt, Daras Vater zu informieren. Er wird die Suche sicher bei diesem jungen Burschen beginnen."

Unvermittelt ereilte Eresh eine andere Idee, was mit ihrer Schwester geschehen sein könnte. Eine Idee, die ihr so gar nicht gefiel. Nein, es war zu absurd, zu unwahrscheinlich. Es sei denn, die Götter waren gerade mal wieder zu Scherzen aufgelegt. Konnte sie es auch ihrer Großmutter gegenüber offen aussprechen oder war sie noch nicht eingeweiht? „Dara war also gerade ganz allein, als sie verschwunden ist ..."

„Ja, bevor ich ein bisschen gedöst habe, hatte ich Dara zum Apfelpflücken geschickt. Damit sie nicht schon wieder den ganzen Tag untätig herumsitzt oder liegt. Ich dachte mir nichts dabei." Ihre Großmutter stöhnte gequält auf.

„Nun", begann Eresh unbehaglich.

„Was ist, Kind? Dir liegt doch etwas auf der Zunge", drängte sie ihre Mutter ungeduldig.

„Was wäre denn, wenn dieser ... Assistent, den mein Vater eigentlich für mich schickte, versehentlich Dara abgeholt hat?" Das setzte allerdings voraus, dass er *nicht* Schuri war, sondern ein völlig Fremder.

Ihre Mutter musste schlucken und starrte sie aus weit aufgerissenen Augen an. „Bei *An*! Oh, gnädige *Inanna*! Meinst du wirklich, das wäre möglich?"

„Aber Tochter", sprach Ereshs Großmutter sie an. „Dara sieht doch wie ein normales Mädchen aus. Nicht wie halb eine von *ihnen*. Wie könnte dieser Assis ... dieser Helfer von Ereshs Vater die beiden dann verwechseln?"

Eresh fiel noch ein Punkt ein, der dagegensprach. „Ja, und außerdem scheint Dara den Vater ihres ungeborenen Kindes zu lieben. Sie möchte bei ihm sein und ganz bestimmt nicht auf einem anderen Stern. Selbst wenn dieser junge Mann, den mein Vater geschickt hat, also ausgerechnet Dara antraf, ging sie gewiss nicht mit ihm mit."

Ihre Großmutter und Mutter nickten zustimmend. Damit war das Thema abgehakt.

Ein paar Momente herrschte Schweigen, dann trat Ereshs Mutter auf sie zu und legte ihre Hände auf die Schultern ihrer Tochter. Mit innigem Blick eröffnete sie ihr: „Eresh, ich werde gleich nach Hause zurückkehren, um deinen Stiefvater bei der Suche nach Dara zu unterstützen. Bitte bleib du vorerst hier. Ich hatte deinem leiblichen Vater beschrieben, wo du dich gerade aufhältst, und er hat es womöglich mittlerweile seinem Assistenten erklärt." Ihre Mutter stiegen Tränen in die Augen. „Wenn dieser junge *Anunnaki* endlich bei dir aufkreuzt, lass dein Herz entscheiden, ob du wirklich mit ihm gehen willst, um dir *Nibiru* anzuschauen. Die Entfernung zwischen unserer Welt und dem Wandernden Stern ist gerade günstig, hat dein Vater gesagt. Die Reise mit der Himmelsbarke dürfte also nicht übermäßig lange dauern. Du wirst staunen, wie schnell eine Himmelsbarke Entfernungen zurücklegen kann. Versprichst du mir bitte, dass du gut auf dich aufpasst?"

Eresh musste schlucken. „Ja, ich verspreche es, *Ama*."

23. Vertrauen und Unsicherheit

Dann war es plötzlich so weit. Kaum begann der Morgen zu dämmern, da trat auch schon jemand leise, ganz leise in ihr Zimmer.

Eresh setzte sich sofort im Bett auf und sprach in die fast ungebrochene Dunkelheit: „Schuri, du bist früh dran.“

Da Eresh bereits eine Doppelstunde wachgelegen und daher die leisen Schritte vernommen hatte, war sein Erscheinen nicht so plötzlich wie beim letzten Mal, wo es einem Geist oder Räuber geglichen hatte. Diesmal sah er sie nicht schlafen und musste sie somit nicht wecken.

„Und du bist ja schon wach“, raunte der junge Mann ihr zu.

„Du doch auch“, konterte Eresh halb im Scherz.

Schuri lächelte schief.

Lediglich die erste Zeit der Nacht hatte Eresh Schlaf bekommen, ein bisschen unruhig zwar, aber immerhin. Zu einem Drittel hatten ihre Gedanken bei Dara geweilt und ihren Eltern, die sie anscheinend noch nicht gefunden hatten. Zu zwei Dritteln war ihr das Abenteuer durch den Kopf gegangen, das vor ihr lag. Eresh wusste immer noch nicht, ob es nur ein kleines Abenteuer werden sollte oder ein riesiges, das *Nibiru* mit einschloss.

„Je früher wir aufbrechen können, desto besser“, flüsterte Schuri.

Eresh lachte kurz auf. „Du brauchst dich nicht besonders still zu verhalten. Ich bin allein im Zimmer und meine *Nanna* weiß, dass ich für eine Weile verschwinden könnte."

„Im Ernst?" Schuri machte große Augen. „Deine Großmutter ist also eingeweiht und hat tatsächlich nichts gegen unseren Ausflug? Du allein mit einem jungen Burschen wie mir? Auch nicht gegen eine Reise zu *Nibiru*?"

Eresh schüttelte den Kopf, schob die Wolldecke weg und schwang sich aus der Bettstatt. Wie viel sollte sie ihm gegenüber, der ein Halbwesen war wie sie selbst, preisgeben? Es wäre ihr lieber, wenn er endlich verriete, dass er von ihrem leiblichen Vater geschickt wurde. Wie lange wollte er diese Information noch zurückhalten?

„Wunderbar!" Schuri rieb sich die Hände. „Dann lass uns aufbrechen. Wie ich sehe, hast du dich statt im Schlafgewand in reisetauglicher Kleidung ins Bett gelegt. Klug von dir! So verlieren wir keine Zeit."

„Nun, das war mein Plan." Eresh reckte selbstsicher das Kinn.

Schuri verlagerte seinen Tragekorb, auf dem oben eine Wolldecke lag und dadurch alles andere verbarg, von der einen Hand auf die andere. „Es ist nicht weit von hier zu der Anlegestelle des Gütertransport-Schiffs, auf dem wir mitfahren können. Es wird uns den Fluss entlang bis nahe vor die Stadt bringen. Bezahlt habe ich schon dafür. Ich bin offiziell dein Gatte und wir fahren zu Verwandten nach Eridu, ja?" Schuri zwinkerte ihr verschwörerisch zu.

„Oh, ich verstehe." Eresh musste schmunzeln bei dem Gedanken. Die Vorstellung, Schuris Frau zu sein, machte sie verlegen und stolz zugleich. Eresh spürte deutlich, wie sie rot wurde und ihr das Blut in den

Ohren rauschte. „Und danke, dass du bereits bezahlt hast.“

Schuri nickte lächelnd.

Eresh verharrte noch einige Momente und musterte den jungen Mann. Er trug einen typischen Fransenrock und ein gewebtes Tuch um den Oberkörper, das die rechte Schulter frei ließ. Eresh tat ihr Bestes, sich nicht von seinen Türkisaugen mit den dichten Wimpern aus dem Konzept bringen zu lassen. Der Korb barg bestimmt auch etwas zu essen und trinken für unterwegs und sie konnte davon ausgehen, dass sein Umhängebeutel einiges an Münzen enthielt. Wenn ihr *Anunnaki* -Vater ihn geschickt hatte, war Schuri sicher von ihm mit genug Zahlungsmitteln ausgestattet worden. Welches auch immer man auf *Nibiru* verwendete ...

„Hast du ebenfalls schon einen Beutel mit dem Nötigsten gepackt?“, fragte Schuri.

Sie riss sich von seinem Anblick los. Statt einer Antwort trat Eresh zu der Holztruhe, öffnete sie und holte den Tragebeutel mit ihren Sachen heraus. Demonstrativ zeigte sie ihn Schuri. „Hast du auch wieder diesen kleinen Gegenstand dabei“, wollte sie im Gegenzug wissen, „aus dem Licht strahlt, wenn man ihn an der richtigen Stelle berührt?“

„Aber natürlich!“, verkündete Schuri. „Warte mal ab, was du noch alles in Eridu – und erst recht auf *Nibiru* sehen wirst – dagegen ist das nichts.“

Später, nachdem sie sich nebeneinander auf den Boden des Gütertransport-Schiffs gesetzt hatten, die Rücken an eines der zahlreichen Bierfässer gelehnt, musste Eresh ihn einfach noch einmal fragen: „Warum nimmst du dich meiner so an? Wieso wendest du die

Zeit und Mittel auf, diesen Ausflug mit mir zu unternehmen, womöglich sogar zu *Nibiru*?“ Sie machte eine beschwichtigende Geste. „Ich weiß, du hast mir vor ein paar Tagen auf diese Frage hin schon gesagt, dass du dich mit mir verbunden fühlst, ich dir vertrauen soll.“

„Das stimmt auch, Eresh.“ Er wandte sich ihr zu und ihre Gesichter waren einander zum ersten Mal erschreckend nah.

So nah, dass sie seinen warmen Atem auf ihrer Haut spüren und riechen konnte, dass es offenbar ein Stück Zimtrinde war, auf dem er schon eine ganze Weile herumkaute. So nah, dass sie die grünen Sprenkel in seinen blauen Augen sehen konnte, die dieses ungewöhnliche Türkis bildeten.

Zum ersten Mal fiel ihr zudem auf, dass Schuri zwar einerseits seinen stark gestutzten, braunen Bart im Gesicht trug, andererseits sonst relativ wenig Körperbehaarung zu haben schien. Zumindest, soweit man es an seinen Unterarmen und Waden sehen konnte, wenn der Fransenrock im Sitzen etwas hochgerutscht war und einen Teil davon frei ließ.

Eresh versuchte, ihre Sinne in den Hintergrund zu schieben. Sie wollte sich wieder auf die Rätsel konzentrieren, die dieser junge Mann ihr aufgab. Ein Blick auf das fließende Wasser des Euphrat, auf dem ihr Schiff dahinglitt, klärte ihren Geist ein wenig.

„Wenn ich dir vertrauen soll, musst du auch ehrlich zu mir sein“, erklärte Eresh ihm. „Solltest du von jemand geschickt worden sein ... Wenn dir womöglich jemand den Auftrag gab, dich etwas um mich zu kümmern ... Kannst du es mir dann bitte offen sagen, nun da wir uns schon mehrfach getroffen haben? Angesichts der Reise vor uns?“ Jetzt war es ausgesprochen. Nachdem er von sich aus nicht damit herausrückte – aus welchen Gründen auch immer –

musste Eresh ihm eben stärker auf den Zahn fühlen. Erwartungsvoll sah sie ihn an.

Schuri setzte gerade zu sprechen an, da erklang im Hintergrund lautes Rufen und Gerede. Ein Händler an Bord schien mit einem der Ruderer zu streiten. Worüber, war nicht so genau herauszuhören. Einer der Wildesel, die als Lasttiere mit an Bord waren, mischte sich schließlich mit lauten Schreien in den Disput ein und war am lautesten zu vernehmen.

Eresh und Schuri mussten lachen und es fühlte sich richtig befreiend an, so gemeinsam zu lachen.

Bald beruhigte sich der Aufruhr wieder.

Schuri drehte den Kopf zu ihr und blickte sie an. Er seufzte. „Es ist wahr, ursprünglich wurde ich von jemandem geschickt. Aber das ändert nichts an meiner Zuneigung zu dir. Es mindert die Verbundenheit nicht, die ich zwischen uns empfinde. Weißt du ... Dort, woher ich komme, gibt es auch nicht viele Halbwesen. Die meisten sind von gleicher Art, so wie hier. Jemand, der so wie du und ich *beidem* angehört, beziehungsweise stets *dazwischen*steht, ist auch dort eher selten."

Eresh lauschte ihm mit angehaltenem Atem.

Schuri schluckte und blickte kurz zur Seite weg, danach wieder zu ihr. „Ich gebe zu, dass ich meinen Auftrag ein bisschen in die Länge gezogen habe. Doch zum einen finde ich es sehr erfrischend, hier auf der Erde und unter Menschen zu sein. Zum anderen schätze ich es sehr, Zeit mit *dir* zu verbringen."

Vor Aufregung hatte Eresh leicht zu zittern begonnen. Schuri war also wirklich derjenige, den ihr Vater geschickt hatte! Und er empfand Zuneigung zu ihr! „Ich hoffe, mein *Adda* zürnt dir nicht zu sehr, wenn wir uns jetzt noch Eridu anschauen." Eresh schüttelte verwundert den Kopf. „Hättest du mir nicht längst verraten können, dass du für meinen Vater arbeitest?"

Schuri lächelte schelmisch. „Schon, aber hätte das unser Kennenlernen nicht belastet? Wären wir uns dann so nahegekommen wie ...“

Während Eresh noch auf weitere Worte wartete, spürte sie plötzlich seine Lippen auf ihren.

Schuri küsste sie - zärtlich, ungewohnt, warm, feucht, geschickt, alles andere um sie herum vergessen machend.

Für Eresh war es der erste Kuss von einem Jungen überhaupt und sie war gerade einfach nur glücklich, dass es Schuri war, von dem sie ihn empfing. Sie konnte sich niemand vorstellen, von dem sie ihren allerersten Kuss lieber empfangen würde. Schuri - ein Halbwesen wie sie. Ein gutaussehendes Halbwesen von *Nibiru*, dem Planeten der Kreuzung.

Zweites Buch

Teil eins

„In Eridu wuchs der schwarze Kiskanu an einem reinen Ort. Sein Glanz ist schimmernd wie Lapislazuli. Über dem tiefen Abzu breitet er sich aus. Die Lahmu-Wesen nahmen den Kiskanu in Besitz und sprachen Beschwörungen des Abzu aus.“

(sumerisch-babylonisches Beschwörungsritual)

1. Heilig und profan

„Nachdem das Königtum vom Himmel herabgestiegen war, fand man es in Eridu“, zitierte Schuri feierlich. „Das wird in der Sumerischen Königsliste berichtet. Die ersten Herrscher sollen noch Götter gewesen sein, also unsere werten *Anunnaki*, die dazu auf die Erde herabgestiegen sind.“ Er grinste. „Und das alles ereignete sich bereits lange vor der Großen Flut. Ist das nicht faszinierend?“

„Ja, das ist es“, murmelte Eresh etwas geistesabwesend. Zu sehr bannte sie der Anblick der Prachtbauten Eridus. Vor ihnen erstreckte sich einer der Heiligen Bezirke der Stadt, ähnlich und doch eine Spur anders als in Uruk.

Vor allem umweht von dem geheimnisvollen Zauber frühester Zeiten. Eindrucksvoll ragte der Haupttempel in der Ferne auf vor ihnen. Er war zugleich das Wahrzeichen der Stadt: *E-Abzu* hieß er, *Enkis* Tempel.

Bereits die Ankunft am Hafen vorhin, war für Eresh ein Ereignis gewesen, das sie so schnell nicht wieder vergessen würde. Nicht weit vom Ufer führten ringsum zahlreiche breite Stufen zu schmucken Plätzen und Gebäuden hinauf.

Moment! Eresh runzelte kurz die Stirn. Wieso hatte Schuri die Königsliste „sumerisch“ genannt, wie ein Fremder? Sie schüttelte unwillkürlich über sich selbst den Kopf. Wie hatte sie das vergessen können? Er *war* ja ein Fremder! Sie musste sich wohl erst noch an den

Gedanken gewöhnen, dass der junge Mann an ihrer Seite aus der gleichen Welt kam wie ihr Vater.

Mehr noch: dass er sein Gesandter war. Lange genug hatte Eresh ihn für einen herumziehenden Hilfsarbeiter gehalten. Für ein rares Halbwesen unter Menschen, wie sie selbst eines war.

„Du schüttelst den Kopf?“, hakte Schuri amüsiert nach.

Eresh blickte ihn zerstreut an. Verlegenheit ließ Hitze in ihr aufsteigen, rötete spürbar ihre Wangen. „Ach, ich habe nur kurz über etwas nachgedacht.“ Sie wollte lieber rasch auf die Königsliste zurückkommen. „Unser Hauslehrer ließ uns einen Teil der Königsliste auswendig lernen, nämlich die legendären ersten und die letzten Herrscher, bis zu unserem jetzigen. Wenn ich mich richtig entsinne, hieß dieser erste menschliche König *Alulim*.“

„So ist es. Und ihm wurde ein *Apkallu*, ein weiser Berater, zugesellt. Ich würde mich allerdings nicht wundern, wenn die ersten Könige eher Halbwesen wie wir waren.“ Schuri zwinkerte ihr zu. „Gleichsam ging es weiter mit dem Nachfolger von *Alulim*, einem Mann namens *Alalngar*.“

Eresh nickte ihm anerkennend zu. „Ihr scheint auf *Nibiru* gut unterrichtet zu sein in der Geschichte dieser Welt.“

Schuri streichelte ihr über den Rücken. „Sicher. Schließlich ist es ja auch irgendwie *unsere* Welt.“ Er atmete ein und tief wieder aus. „Weißt du, eigentlich hegte ich den Wunsch, Lehrer zu werden.“

Ein Schatten huschte über sein Gesicht.

„Doch man ließ mich nicht.“

Eresh blickte ihn mitfühlend und etwas erschrocken an. „Sag, liegt es etwa mit daran, dass du ein

Halbwesen bist? Ich habe noch gar nicht gefragt, ob man euch auf *Nibiru* irgendwie schlechter behandelt als die *Anunnaki*?" Nur in zweiter Linie musste sie auch mit Sorge an ihr eigenes Los als Halbwesen auf *Nibiru* denken, falls sie sich für eine Zukunft dort entschied.

Schuri machte gleich eine verneinende Geste mit den Händen. „Das allein ist es nicht. Doch sagen wir ... es gibt allgemein und auch zwischen Halbwesen und *Anunnaki* Ungleichheit in der alten Heimat, der Station *Nibiru*." Erneut verdüsterte sich sein Antlitz. „Daher visiere ich für meine Zukunft auch die neue Heimat an, nicht *Nibiru*. Aber lass uns über anderes sprechen."

„Natürlich." Eresh würde es dennoch weiter beschäftigen, was er ihr von sich offenbart hatte. Auch wenn sie verstand, dass Schuri jetzt nicht gerne über etwas reden wollte, das ihn schon lange zu belasten schien.

Sie griff sich an ihre Frisur, die ständig zu verrutschen drohte, zumindest bildete sie sich das ein. Eresh war es nicht gewohnt, ihr Haar zu flechten und als Knoten hochzustecken. Aber sie sollte wie eine verheiratete Frau aussehen und mit Schuri als junges Ehepaar durchgehen. Sonst würde man womöglich Anstoß nehmen an ihnen.

Schuri lächelte sie an. „Unsere Anreise war nicht ohne Aufwand. Doch jetzt sind wir in Eridu! Du solltest dein erstes Mal in einer anderen Stadt genießen – in der alten Metropole unserer Vorfahren."

„Ja, lass uns weitergehen", sagte Eresh unternehmungslustig.

Schuri gab ihr einen hastigen Kuss, nahm ihre Hand und führte sie gen Osten.

Eresh genoss die Wärme und Stärke seiner Hand in ihrer. Sie fühlte sich geleitet und beschützt von Schuri. Auch da sie nun wusste, dass er nicht irgendein

Halbwesen war, sondern der, den ihr Vater Eresh eigens geschickt hatte.

Der Nachmittag war vorangeschritten und die Sonne schien milder. Gerade abseits der Hauptstraßen von Eridu war etwas weniger los als gewöhnlich in Uruk.

Oft ruhten die neugierigen Blicke der Passanten auf ihnen. Auch in Eridu sah man das wohl selten: zwei Halbwesen, die Hand in Hand durch die Straßen der Innenstadt schlenderten, selbst wenn Eresh seit ihrer Ankunft schon einige Leute gesehen hatte, bei denen es sich womöglich ebenfalls um Halbwesen handelte.

Nachdem sie gerade wieder jemand ausgiebig neugierig beäugt hatte, diesmal ein Kind an der Hand seiner Mutter, warf Schuri Eresh einen amüsierten Blick zu.

„Ihr seid ein wundervolles Paar", lobte die Mutter des Kindes sie beinahe ehrfürchtig beim Vorübergehen. Sie deutete sogar eine kleine Verbeugung an.

Ein selten empfundenes Glücksgefühl rauschte durch Eresh und ihr Gesicht begann zu glühen. Allerdings weniger wegen der Ehrerbietung der Bürgerin von Eridu. Mehr, weil Eresh sich so geehrt davon fühlte, ein ansehnliches Halbwesen wie Schuri an ihrer Seite zu wissen. Jemand, der zu ihr passte, der sie ergänzte. Hatte sie davon nicht insgeheim stets geträumt?

Während sie nun durch Straßen mit Verkaufsständen und Imbissen spazierten, ereilte Eresh zum ersten Mal eine bange Frage. „Schuri?"

Seine Mundwinkel gingen nach oben, als er den Kopf zu ihr drehte, aber es stand auch Anspannung in seinen Zügen. „Ja, meine Liebe?"

„Ich frage mich, was mein *Adda* wohl dazu sagen wird?" Nervös kaute sie auf ihrer Unterlippe herum.

„Wozu?" Schuri zog die Brauen zusammen und musterte sie irritiert.

„Na dazu, dass sich seine Tochter in seinen Assistenten verliebt hat ... dass wir zusammen sind."

Schuri blickte sie weiterhin einfach nur an, obgleich jetzt nachdenklich.

Bange Sorge legte sich wie eine kalte Hand direkt um Ereshs Magen. Sie *waren* doch zusammen? Immerhin hatten sie sich geküsst, gingen Hand in Hand und Schuri schenkte ihr regelmäßig kleine Zärtlichkeiten, wie das eben so war bei jungen Paaren. Oder hatte das alles doch nicht so viel zu bedeuten? Vielleicht herrschen lockerere Sitten auf *Nibiru*.

Forschend musterte Eresh Schuri. Warum sagte er denn nichts?

Plötzlich lächelte ihr Begleiter sie beschwichtigend an. „Sicher, ich mache mir auch Gedanken. Aber keine Sorge. Wir werden schon keinen Ärger mit deinem *Adda* bekommen."

Eine Welle der Erleichterung durchflutete Eresh. „In Ordnung, wenn du meinst ..."

Für Schuri schien das Thema abgehakt.

Einige Momente später rieb er sich den Bauch. „Hast du auch solchen Hunger? Wir sollten einmal wieder etwas zu uns nehmen."

Er hatte recht.

Normalerweise war Eresh mit einem guten Appetit gesegnet, doch Schuri, die fremde Stadt, mitunter auch noch die Sorge, was mit Maschdara geschehen war ... Eresh hatte die Leere in ihrem Magen gar nicht bemerkt. Sie öffnete den Mund, um einer Mahlzeit zuzustimmen.

„Hey, ihr!", unterbrach sie da jemand von irgendwo hinter ihnen mit seinem Ruf.

Eresh erschrak und fühlte, wie Schuri ihre Hand fester in seiner hielt. Nicht allein dadurch vermochte sie die Anspannung zu spüren, die ihn befiel. Gemeinsam drehten sie sich um.

„Genau euch zwei meine ich! Kommt doch bitte näher!“ Der ältere Mann hinter dem Stand, auf dem sich verschiedene Sorten Gebäck türmten, grinste sie überwiegend zahnlos an. Die spärlichen Haare auf seinem Kopf hätte man fast zählen können, hingegen sein grauer Bart war von umso dichterem Wuchs.

Sobald sie sich dem Stand mit den Speisen genähert hatten, stiegen Eresh die verschiedensten Gerüche in die Nase: buttrig, frittiert, fruchtig, süß. Subtiler roch es nach Gewürzen wie Zimt, Nelken und Anis.

Bevor Eresh es höflich fragen konnte, wollte Schuri in barschem Tonfall wissen: „Was willst du von uns, alter Mann?“

Der Gebäck-Verkäufer ließ sich nicht verunsichern. „Stammt ihr nicht aus der Welt der Götter? Zumindest jeweils ein Elternteil von euch?“

Schuri fixierte ihn streng, die Brauen zusammengezogen. „Und wenn schon, was geht es dich an?“

Eresh war verwundert angesichts von Schuris unfreundlichem Verhalten. So kannte sie ihn gar nicht. Doch womöglich hatte er recht damit, Fremden gegenüber vorsichtig zu sein. *Wer weiß, welche Erfahrungen er bereits als der Assistent meines Vaters gemacht hat*, dachte sie.

„Ich wollte euch nicht zu nahetreten“, entschuldigte sich der alte Mann. Dann grinste er breit. „Doch wenn ihr möchtet – hier ist eine kleine Gabe für euch.“

Sofort knurrte Ereshs Magen, als sie den mit Früchtekuchen beladenen Teller erblickte, den der Verkäufer ihnen hinhielt. „Hab Dank“, sprach sie den alten Mann zum ersten Mal an. Ein Gefühl von Stolz und Freude kam über Eresh. In ihrer Heimatstadt Uruk war ihr noch nie dergleichen passiert.

Auch Schuri hatte sich merklich entspannt und ließ ihre Hand los, um den Teller entgegenzunehmen. Sie gingen ein Stück abseits der Straße, um das süße Gebäck gemeinsam zu genießen. „Einen Früchtekuchen, so reich an Butter, Frischkäse, Rosinen und Datteln bekomme ich sonst vielleicht mal an den höchsten Feiertagen. Und selbst dann nur eine, nicht zwei Scheiben." Eresh musste lachen. „So kritisch wie du dich verhalten hast, dachte ich bereits, du würdest die Gabe ausschlagen."

Schuri kaute seinen letzten Bissen fertig. „Hm", machte er nur.

„Du bist so anders, seit wir in Eridu sind." Eresh betrachtete ihren Begleiter rätselnd.

„Ich trage eine große Verantwortung." Immer noch sehr ernst strich er ihr eine braune Haarsträhne aus dem Gesicht, die sich von ihrer Hochsteckfrisur gelöst hatte. „Nämlich die Verantwortung für dich, Eresh. Hier und auf dem Wandernden Stern. Ich hoffe zumindest stark, dass du ihn mit mir bereisen möchtest."

Eresh seufzte. „Ich bin noch nicht sicher. Wann wolltest du dorthin aufbrechen?"

„Morgen gegen Mittag geht ein Flug." Schuri lächelte sie ermutigend an. „Denke daran. Es ist *die* Gelegenheit für dich, einen Eindruck von deiner möglichen künftigen Heimat zu bekommen."

Eresh nickte nur und sie setzten ihren Weg fort.

Als sie durch eine Palmenallee zu dem zweiten großen Tempelkomplex der Stadt liefen, kreuzte eine Frau in mittleren Jahren ihren Weg, die noch eindeutiger ein Halbwesen war als die zwei bisher in Eridu Gesichteten. Eresh stockte der Atem angesichts der Körpergröße und der goldbraunen Haare der Frau, die hingegen in Gedanken schien und Eresh und Schuri nicht bemerkte.

Kurz darauf verlangsamte Schuri sein Schritttempo und wandte sich ihr mit blitzenden Augen zu. „Ich möchte dir etwas zeigen.“ Er spähte kurz zum Firmament. „Es beginnt zu dämmern. Bald ist es so weit. Ich verspreche dir, du wirst ein Erlebnis haben, das du wohl nie für möglich gehalten hättest.“

„Beim Tempel der Erdgöttin *Ninhursag*?“ Eresh hob überrascht die Brauen.

Schuri blieb stehen und dadurch auch Eresh, da sie Hand in Hand gelaufen waren.

Schuri wog den Kopf hin und her. „Nun ... in etwa. Weißt du, der Tempelkomplex der *Ninhursag* ist deutlich älter als der des *Enki*. Unserer Erdgöttin war einst der erste und oberste Tempel von Eridu gewidmet, bevor *Enki* Einzug in die Stadt gehalten haben soll. Folglich befindet sich in der Nähe des Tempels der *Ninhursag* auch etwas ganz Besonderes, etwas aus der Zeit, in der sich die *Anunnaki* hier noch tummelten.“

Eresh fühlte, wie sich ihr ganzer Körper anspannte und ein leichtes Zittern sie überlief vor Aufregung. Ein bisschen auch vor Ehrfurcht angesichts der alten Zeiten und ihrer Spuren. Es war bestimmt die Abflug- und Landebahn, die Schuri ihr präsentieren wollte. So könnte Eresh schon einmal sehen, wie der Platz beschaffen war, auf dem sie morgen möglicherweise eine Himmelsbarke besteigen würde. Was es dort wohl alles zu bestaunen gab? „Ich kann es kaum erwarten.“ Eresh drückte seine Hand.

Schuri gab ihr schnell einen Kuss und sie setzten sich wieder in Bewegung.

Eresh schwärmt

Ich habe noch nie jemand angehimmelt. Nie habe ich jemals weiche Knie beim Anblick eines Jünglings bekommen oder wenn mich einer von ihnen ansah, auch nicht beim Klang seiner Stimme. Ich war noch nie verliebt.

Immer nur erlebte ich andere in diesem süßen Rausch, sowohl jüngere als auch ältere Personen. Manche erzählten mir hingegen nostalgisch davon, etwa meine Mutter, wie sie sich in meinen Vater aus der fernen Welt verliebt hatte.

Ich erkannte sie immer sofort, die Verliebten. Wie ihr Gang plötzlich schwebend, ihr Lächeln beständig und ihr Blick selig verschleiert wurde. Menschen auf den Straßen von Uruk, Menschen in meinem eigenen Zuhause.

Fast dachte ich schon, ich wäre einfach nicht in der Lage dazu, so zu empfinden, mit meinem Außenseiter-Herz, zu seinem eigenen Schutzschild versteinert. Ich realisierte nicht, dass 16 Jahre in dieser Welt erschreckend wenig sind.

Gewiss, es gab bereits Jünglinge, die mich anstrahlten oder mir zuzwinkerten und – bei *Inanna*! - einige davon sahen auch stattlich aus oder besser noch, wirkten sympathisch. Doch nie ging mein Puls schneller, nie röteten sich meine Wangen, wenn wir uns begegneten, es sei denn aus Verlegenheit, wenn sie mich vor meinen Begleitern angrinsten.

Vielleicht ist es auch gut so. Dadurch blieb mir ein Schicksal, wie das meiner Halbschwester Maschdara, erspart. Es kommt ja gar zu selten vor, dass ein Mädchen denjenigen heiraten darf, für den sie etwas empfindet.

Zumindest in meiner alten Heimat, dem Land zwischen den zwei Strömen.

Dennoch machte ich mir mitunter ein bisschen Sorgen wegen meiner Nüchternheit. Aber tief in mir drin wusste ich auch, dass mir einfach noch nicht der Richtige begegnet war. Wahrscheinlich wünschte ich mir insgeheim schon immer, dass er wie ich sei, ein Halbwesen. Jemand, der zwischen den Dingen steht, jemand der mich versteht.

Jemand wie Schuri.

2. Unvernunft und Wunsch

Eresh stand vor einem Baum, der auch schon bessere Tage gesehen hatte. Dennoch betrachtete sie ihn wie ein Wunder. Der Baum war von einer niedrigen Steinmauer umgeben, die ihn von gewöhnlichen Gewächsen abhob. Das Symbol der geflügelten Scheibe wiederholte sich in Reliefs rund um das Mäuerchen – das Symbol der *Anunnaki*.

Sie befanden sich gerade im ältesten Teil des Tempelkomplexes der Göttin *Ninhursag*. Bei der kleinen Mauer rund um den Baum lagen Opfergaben wie Blumen, Früchte und so mancher Krug Bier. Die Rinde des Baums war fast schwarz, doch wenn das letzte Licht des Tages darauf fiel, schimmerte sie tiefblau wie ein Lapislazuli.

„Ich habe diese Art von Baum schon ein paar Mal gesehen, seit wir hier sind", wandte Eresh sich an ihren attraktiven Begleiter und Beschützer. „Doch dieses Exemplar hier wirkt auf mich wie jemand, der sich an der Pforte zwischen Leben und Tod befindet." Ihr leises Lachen barg Traurigkeit mit einer Spur von Ironie. „Ist er das tatsächlich – der Heilige Baum von Eridu?"

Schuri, der neben ihr stand, legte den Arm um sie. „Er ist es. Du hast dir den *Giškin* anders vorgestellt, richtig?" Er schmunzelte sie an.

„Nun ja", erwiderte Eresh lang gedehnt, „In den Legenden heißt es, der Heilige Baum von Eridu sei der

Lebens- und Weltenbaum. Uns wurde erzählt, seine Wurzeln reichten bis in die Unterwelt und seine Baumkrone beherberge die Sonne. Doch dieser Baum hier besitzt kaum mehr Blätter und seine Äste beginnen, knorrig zu werden. Eigenartig, dass ausgerechnet dieses Exemplar der *Giškin* sein soll. Ich habe heute schon welche gesehen, die sogar diese Früchte trugen, die du mir einst getrocknet mitgebracht hast."

Schuri streichelte ihr über den Rücken. „Ja, ich erinnere mich noch gut an unser Treffen damals. Vielleicht ist es nur natürlich, dass selbst der Heilige Baum von Eridu altert. Möglicherweise ist es aber auch ein Zeichen für einen Wandel in unseren Welten. Die Erde, die Station auf *Nibiru*, die neue Heimat der *Anunnaki* ..."

Diese Vorstellung verursachte bei Eresh eine Gänsehaut. Als sie sich wieder ein wenig davon erholt hatte, hakte sie nach: „Das ist es, was du mir zeigen wolltest, den Heiligen Baum von Eridu?" Eine Spur von Enttäuschung schwang mit.

„Auch, aber ..." Schuri konnte seinen Satz nicht beenden, da sie Platz machen mussten. Leute hinter ihnen wollten endlich auch einmal zum Wahrzeichen der Stadt herantreten. Sie begaben sich zu einer der Steinbänke an der Seite des heiligen Platzes. Schuri reichte ihr zunächst den Wasserschlauch, damit sie etwas trinken konnte. Danach fuhr er fort: „Gewiss darf ein Besuch des *Giškin* nicht fehlen, wenn man in Eridu ist. Doch ich wollte dir hauptsächlich etwas anderes zeigen." Er warf wieder einmal einen kurzen Blick gen Himmel. Die Dämmerung hatte zugenommen und die ersten Sterne blitzten hell über ihren Köpfen. „Wir sitzen hier schon sehr gut. Bald ist es so weit."

Eresh fühlte sich voller Vorfreude auf das, was ihr Begleiter so verheißungsvoll verkündet hatte. Von der

Bank aus hatten sie einen schönen Blick auf den Haupttempel der *Ninhursag* und die Nebengebäude.

Während sie noch warteten, kam ihr in den Sinn: „In den Überlieferungen wird doch auch ein besonderer Garten erwähnt, der sich im Bereich des Weltenbaums befinden soll." Eresh blickte sich um und runzelte die Stirn. Der gepflasterte Platz wies nichts lebendig Wachsendes außer dem ummauerten Baum auf. Auch rundum sah es nicht nach einem Garten aus.

Schuri lächelte melancholisch. „Wer weiß schon, wie sehr sich alles im Laufe von Jahrhunderten, ja von Jahrtausenden verändert hat?"

Eresh nickte und beobachtete wieder die Leute, die auf dem Platz flanierten oder vor dem *Giškin* stehen blieben. Zuweilen brachten welche Opfergaben dar.

Kurz nachdem ein reifes Paar, das einen Bierkrug vor dem Mäuerchen platziert hatte, wieder gegangen war, erhob sich Schuri schnell. Er machte ein paar große Schritte hin und schnappte sich den neuen Bierkrug. Mit einem triumphierenden Lächeln auf den Lippen kehrte er damit zu Eresh zurück. Er bot ihr an, davon zu trinken.

Ihre Augen weiteten sich und sie starrte das Halbwesen überrascht an. Eine Opfergabe für sich selbst zu nehmen war etwas, das nur Priesterinnen und Priester in den Tempeln taten. Wobei selbst sie Regeln befolgten.

„Was ist denn? Wir können ein paar kräftige Schlucke gebrauchen, während der Baum nichts anfangen kann mit einem Krug Bier." Schuri musterte sie wie eine absolut Weltfremde.

„Ja, das weiß ich auch", erwiderte Eresh, ein bisschen gekränkt. „Es geht um das Prinzip." Noch bevor sie den Satz beendet hatte, fiel ihr wieder ein, dass Schuri ja aus einer anderen Welt mit anderen Sitten kam.

Er seufzte und trank einen kräftigen Schluck direkt aus dem Bierkrug.

„Was ist, wenn uns jemand dabei beobachtet, wie wir eine Opfergabe trinken?“ Eresh rang unbehaglich die Hände in ihrem Schoß.

Schuri schüttelte den Kopf. „Wir könnten das Bier doch auch gekauft haben.“ Er hob ein wenig das Kinn und etwas Kühles, Hartes trat in seinen Blick. „Außerdem sind wir Halbwesen und sie nur Menschen. Die werden sich nicht trauen, uns darauf anzusprechen.“ Schuri entspannte sich wieder. „Und nun mach dir nicht so viele Gedanken und probiere mal. Das Bier ist wirklich vorzüglich.“

Eresh atmete scharf ein und wieder aus. „Na gut.“ Sie nahm den Krug entgegen und trank einen Schluck. Er hatte recht, was die Qualität des Biers anging, aber ...

„Schau, es geht los!“ Schuri berührte sie am Arm und deutete mit dem Finger der anderen Hand zum Tempel der *Ninhursag*, den *E-Kur*.

Eresh brauchte einen Moment, um zu realisieren, dass er nicht wie üblich von Fackeln erleuchtet wurde, sondern von einem anderen Licht. Ihr stockte der Atem. Das Licht war nicht warm und flackernd, stattdessen gelber, heller, umfassender. Gleichmäßig illuminierte es jede Handbreit des Tempels an sich, all seine Säulen und Nischen, die Statuen der Erdgöttin *Ninhursag* und ihres Gatten *Shulpae* und es reichte noch bis zu den nächsten Nebengebäuden.

Eresh presste die Hand auf ihr Herz. „Unglaublich! Wo kommt es denn nur her, dieses Licht? Das ist ja gespenstisch!“ Ein kalter Schauer ließ sie erzittern.

Schuri legte den Arm um sie und zog sie etwas enger an sich. „Du erinnerst dich doch an meinen kleinen Gegenstand, der auf Berührung eines Symbols hin

Licht spendete? Stelle dir die Beleuchtung des Tempels ähnlich vor." Er schmunzelte sie an. „Keine Angst. Wir haben es hier nicht mit schwarzer Magie, sondern mit Technologie unserer Vorfahren zu tun." Schuri lachte kurz auf. „Du solltest einmal sehen, was damit alles auf *Nibiru* läuft."

„Tech ... Technologie?"

„Ja, und ich kann dir gar nicht beschreiben *wie* anders damit das Leben auf dem Wandernden Stern ist, Eresh."

Sie nickte unsicher. Die meisten Menschen würden weiter glauben, dass jegliches scheinbare Wunder ein Produkt überirdischer Magie ihrer Götter war. Doch sie – war einer weiteren Illusion beraubt. Bevor Eresh dem Gedanken nachgehen konnte, tat sich etwas Neues bei der Tempelanlage. Die Farbe des Lichts wechselte von Gelb zu Blau! Eresh hielt sich die Hand vor den Mund.

„Dachte ich mir doch, dass es dir gefällt", bemerkte Schuri selbstsicher. „Dieses kleine Spektakel findet stets am letzten Tag der Woche statt, nach Einbruch der Dunkelheit. Es ist ein winziger Vorgeschmack auf all das, was du bald auf *Nibiru* erleben wirst."

An Furcht grenzende Aufregung überfiel Eresh. Da wechselte die Farbe auch noch zu einem erschreckenden Rot.

„Ich weiß nicht, ob ich das wirklich möchte ... Ob ich mich schon morgen in diese andere Welt wagen soll." Eresh packte Schuris Arm und hielt sich daran fest.

Mit einem ermutigenden Lächeln sah er sie an. „Natürlich möchtest du es. Denke an die Entscheidung, die du in einigen Monden treffen musst. Und ich bin ja immer bei dir. Dir kann nichts passieren."

Eresh legte den Kopf an die Schulter ihres Freundes und sah dabei zu, wie sich das Rot plötzlich in Grün verwandelte.

Nachts in dem einfachen Zimmer der Herberge zog Eresh sich die Wolldecke bis zum Kinn hoch. Immerhin gab es eine und es befand sich ein schlichtes Bett in dem Raum. Außerdem eine Truhe für ihre Habseligkeiten und ein kleiner Tisch, auf dem ein Krug Wasser und eine Schüssel standen. Es handelte sich also bei weitem nicht um eine billige Absteige, sondern um eine würdige Unterkunft für die Nacht, die Schuri ausgesucht hatte.

Womöglich hatte ihm Ereshs Vater als sein Auftraggeber aber auch entsprechende Anweisungen erteilt. Ob er wohl an die Notwendigkeit gedacht hatte, dass sie und Schuri sich in Eridu als junges Ehepaar ausgeben mussten? Das Lustige daran war, dass Eresh langsam selbst daran glaubte, dass sie eines waren. Es trug sicher dazu bei, dass ihr der Gedanke gefiel. Stets war sie Hand in Hand mit Schuri gelaufen. Mit jemandem von ihrer Art. Mit jemandem, der sich gemeinsam mit ihr von den anderen abhob. Jemand, mit dem sie sich schon fast wie eine Einheit fühlte.

Eresh hätte am liebsten einen Schluck getrunken, doch sie verkniff es sich. Schließlich gab es keinen Toilettenraum in der Herberge. Stattdessen befand sich unter dem Bett eine Art Nachttopf und bereits die Vorstellung, ihn vor Schuris Augen nutzen zu müssen, machte sie ganz nervös.

Durch das kleine Fenster fiel ein wenig Mondlicht. Eresh warf einen Blick auf Schuri, der ein paar Schritt weit entfernt am Boden auf einer Binsenmatte ruhte. Eine kleine Öllampe brannte in der Ecke des Zimmers und sorgte eher als die Mondstrahlen für gerade genug Licht, sodass es nicht finster war.

Außerdem warf sie ihren goldenen Schein auf Schuri, auf seine gleichmäßigen Züge, den gepflegten Bart und seine türkisblauen Augen, verlieh ihnen einen besonderen Glanz. Er trug nur seinen Fransenrock und da er im Gegensatz zu ihr, nicht bis oben hin zugedeckt war, konnte sie seine breite Brust sehen und seine muskulösen Arme. Im Vergleich zu einem menschlichen Mann waren seine Arme und seine Brust leichter behaart.

Schuri wirkte dennoch mehr wie ein erwachsener Mann als wie ein Jüngling. Zählte er wirklich erst 18 Erdenjahre oder konnte man das gar nicht vergleichen, weil er eigentlich auf *Nibiru* lebte? Besonders in seinem Verhalten und in der Art wie Schuri sprach, schien oft so viel mehr Erfahrung zu stecken als bei ihr.

Nun grinste er. „Du schaust mich an, als befände sich ein Bildschirm mitten auf meinem Gesicht und darauf stünden die Ergebnisse der *Ti*-Spiele."

Eresh blinzelte verdutzt. „Was bitte ist ein Bildschirm und wie soll ich mir *Ti*-Spiele vorstellen? *Ti* bedeutet Leben, aber was hat das mit Spielen zu tun?"

„Das wirst du auf der Station noch früh genug erfahren. An manchen Dingen kommt man auf *Nibiru* nicht vorbei, selbst wenn es besser für einen wäre." Schuri seufzte. „Bildschirme wirst du allerdings schon an Bord der Himmelsbarke sehen können."

Eresh sah unbehaglich aus dem Fenster. Schuri sprach so, als sei es schon Fels gemeißelt, dass sie morgen zur Heimat ihres Vaters reisten. Wenigstens hatten seine merkwürdigen Worte und deren rätselhafte Bedeutung davon abgelenkt, dass Eresh ihn offenbar etwas zu eingehend gemustert hatte. Sie blickte wieder zu ihrem Begleiter. „Warum muss sich mein Wunsch, *Nibiru* zu besuchen, all das Neue zu erleben, so mit

Furcht mischen." Sie zog die Decke bis zu ihrer Nasenspitze hoch.

„Ist dir kalt", fragte Schuri sie sanft.

Eresh nickte. „Vielleicht fröstele ich nur vor Aufregung."

„Soll ich zu dir unter die Decke kommen und dich ein bisschen wärmen? Offen gestanden – diese Binsenmatte ist ohnehin recht unbequem."

Im ersten Moment blieb ihr fast das Herz stehen. Schuri bei ihr unter der Decke, Körper an Körper mit ihr! Doch Eresh nickte und versteckte ihr schüchternes Lächeln unter der Decke.

Kaum einen Atemzug später lag das Halbwesen auch schon neben ihr im Bett. Allein, da es nicht sehr breit war, hätte nicht viel mehr als ein Grashalm zwischen sie gepasst.

Ihre Scheu verflog im gleichen Tempo wie ihr Verlangen wuchs, Schuri so nah wie nur irgend möglich zu sein. Eresh wusste selbst nicht, wer sich zuerst an den anderen geschmiegt hatte. Er küsste sie allerdings zuerst. Seit Tagen war es wieder ein längerer Kuss, einer, bei dem sich nicht nur ihre Lippen berührten, sondern auch ihre Zungen. Es fühlte sich nach wie vor etwas ungewohnt an für Eresh, doch umso aufregender. Sie hatte schon beinahe nicht mehr damit gerechnet, auch einmal all das zu erleben, was sie die letzten Jahre lediglich von anderen mitbekommen hatte. Erst recht nicht mit ihrem Traummann.

Es war, als hätte sie etwas Berauschendes zu sich genommen, berauschender als ein Becher Dattelwein. Im Gegensatz zu ihrem ersten Kuss damals, wurde Eresh diesmal aber auch von Schuris Händen erkundet, seinen zärtlichen und manchmal auch erregend fest zupackenden Händen. Ohne darüber nachzudenken, tat sie das Gleiche bei ihm, mit leicht zitternden Fingern.

Längst war Eresh die Wolldecke zu viel bei all den süßen Flammen, die sich in ihrem Körper ausbreiteten. Noch nie zuvor hatte sie so empfunden, alle Vernunft vergessen. Überhaupt alles vergessen außer Schuri, was er in ihr auslöste, und ihre Liebe zu ihm. Sie ließ es geschehen, dass er ihr das Gewand auszog. Seine Hände und nun auch seine Lippen und seine Zunge eröffneten ihr völlig neue Empfindungen, solch eine Wärme und ein wohliges Ziehen, das sich in ihrem Unterleib ausbreiteten. Eresh stöhnte. Sie war zu allem bereit.

Da atmete Schuri plötzlich tief durch, verließ schlagartig ihr Bett und legte sich zurück auf die Binsenmatte. „Es tut mir leid", sprach er in die aufgeladene, knisternde Stille hinein.

3. Losgelassen und festgehalten

Uruk war eine riesige Stadt, aber in ihrem heimatlichen Wohnviertel und im Zentrum hatte Eresh immer ohne Schwierigkeiten ihren Weg gefunden. Schließlich war sie schon von Kind auf mit ihrer Mutter oder Aya zum Markt oder Tempel gelaufen. Seltener in Richtung der Palastverwaltung, wo ihr Stiefvater arbeitete, und nicht weit davon entfernt zu der Schule, die ihre Halbbrüder besuchten. Sogar am ländlichen Stadtrand hatte Eresh in der kurzen Zeit bei ihrer Großmutter gelernt, sich zurechtzufinden. Doch hier ...

Man konnte leicht daran glauben, dass der Gott *Enki* selbst diese komplexe Metropole geplant hatte. Eresh musste lächeln. Es hieß in den Legenden zwar auch manchmal, der weise *Enki* habe Eridu persönlich erbaut, aber selbst zuzupacken schien ja nicht gerade etwas, das Götter gern taten. Zumindest für das Grobe brauchten sie die Menschen.

Eresh ließ den Blick um sich schweifen. Sie fühlte sich gerade wie inmitten eines gut besuchten Labyrinths, etwas orientierungslos und verloren. Etwas anderes faszinierte sie jedoch. Wie profan das Treiben mit all den Händlern und Marktgängerinnen auch gerade sein mochte – über allem schwebte der ehrfurchtgebietende Geist uralter Zeiten.

Die Zeit verging und Eresh bekam Durst. *Wann kommt er endlich wieder zurück zu mir? Wie lange will er noch wegbleiben?*, fragte sie sich unruhig. Schuri hatte sie vorhin plötzlich gebeten, auf ihn zu warten, hier im geschäftigen Stadtzentrum. Er müsse noch rasch allein wohin, etwas erledigen.

Mehr als die paar Worte hatte er nicht für sie übrig gehabt, bevor er davongerauscht war. Das Wasser und Ereshs Schmuckstück hatte er mitgenommen, sodass sie mit nichts als dem Beutel mit ihren paar Habseligkeiten zurückblieb.

Seitdem flossen die Menschen von allen Seiten an ihr vorbei, wie Wasser um einen Stein. Jetzt, in der Blüte des Vormittags, da die Leute ihre Einkäufe oder sonstige Geschäfte machten - wenn sie nicht bereits ein frühes Mittagessen bei den Garküchen suchten oder in die Bierhäuser und öffentlichen Schenken gingen.

Warum hatte Schuri vorher nie erwähnt, dass er noch einmal allein wohin musste? Wieso durfte sie ihn nicht begleiten?

Eresh seufzte ungeduldig und blickte weiter suchend um sich. Schließlich war schon eine ganze Weile vergangen, seitdem Schuri gen Osten losgelaufen war, wo man den Tempelkomplex des Gottes *Enki* erspähen konnte. *Er hätte mir wenigstens sagen können, wohin er geht und was es ist, worum er sich noch kümmern muss.* Eresh verschränkte die Arme vor der Brust.

Schuri hatte bislang auch noch kein Wort über das verloren, was letzte Nacht zwischen ihnen vorgefallen *war*. Erst recht nicht darüber, was letzte Nacht *nicht* zwischen ihnen vorgefallen war. Er hatte sich mittendrin unvermittelt zurückgezogen, sich leise entschuldigt und den Rest der Nacht geschwiegen.

Eresh konnte selbst kaum fassen, was seit ihrem Aufbruch vom Anwesen ihrer Großmutter alles geschehen war. Sie war mit einem anderen Halbwesen in die alte

Zentrale der *Anunnaki* gereist, wobei sie sich als junges Ehepaar ausgaben, und ... Er hatte beinahe mit ihr geschlafen.

Mit der Tochter seines Auftraggebers, mit der Tochter des Mannes, für den er arbeitete. Wahrscheinlich war Schuri dieser Tabubruch auch Eresh gegenüber peinlich. Womöglich war er bereits so weit gegangen, wie er es sich nie erlauben wollte.

Eresh schloss für einen Moment die Augen. Ihr Herz hoffte, dass Schuri ihren Vater um Erlaubnis bitten würde, sich mit ihr verloben zu dürfen.

Wie mein Vater wohl darauf reagieren würde? Ich ...
Sie erschrak, als jemand sie anrempelte. Der Mann mit dem nicht einmal knielangen Fransenrock, der seinen niedrigen Stand verriet, entschuldigte sich immerhin und deutete kurz eine Verbeugung an. Womöglich, da er Eresh als Halbwesen erkannte.

Entschlossen trat sie ein paar Schritte zur Seite und stolperte fast über etwas. Es handelte sich dabei um eine wohl vor langer Zeit umgefallene Tafel an einer langen Stange. Die Menschen schienen solche Objekte lieber liegenzulassen. Eresh sah dergleichen nicht zum ersten Mal, seit sie in der Stadt waren. Einige wenige davon standen sogar noch aufrecht auf Eridus Plätzen und Wegen, die fremden Schriftzeichen verblasst. Schuri hatte sie Straßenschilder genannt. Eresh wünschte, sie könnte die Schrift lesen.

Sie befand sich nun abseits des Platzes, endlich nicht mehr dort, wo sich die Wege kreuzten und einem ganz schwindelig werden konnte. Schuri würde sie schon finden. Auch hier boten Händler ihre Waren feil. Vogelgezwitscher erfüllte die Luft, ein Chor von hundert kleinen Stimmen, der manchmal disharmonisch klang, sich dann aber wieder stimmig zusammenfügte. Ein Händler verkaufte die bunten Singvögel paarweise in Weidenkäfigen.

Bevor Eresh noch all die anderen Stände mustern konnte, als sie gerade eine ältere Frau betrachtete, die eine universelle Wunder-Salbe anpries, drang deutlich das Wort *Anunnaki* an ihr Ohr. Es kam von der anderen Seite, wo Eresh sich noch nicht umgesehen hatte. Schnell drehte sie sich in die Richtung.

Der Mann in der etwas kostümiert wirkenden Aufmachung erwiderte ihren Blick und erzählte ungebrochen weiter mit seiner melodiösen Stimme und seinen ausholenden Gesten. „Zu Anfang der Zeiten gab es nur Götter auf der Erde. Sie mussten sich selbst plagen, um dem Boden ihre Nahrung abzuringen. Sie mussten sich selbst dabei abmühen, Kanäle zu bauen und sie regelmäßig zu reinigen. Sie mussten sich selbst abrackern, in den Minen Kupfer, Gold und andere Rohstoffe zu fördern. Die harte Arbeit wurde ihnen zuwider. Sie hielten einen Götterrat."

Es hatte gedauert, aber nun dämmerte Eresh, wer er war oder besser gesagt, *was* er war: ein Geschichtenerzähler. In Uruk hatte sie ebenfalls schon welche erlebt. Und was der Mann in den mittleren Jahren da zum Besten gab, zählte zu den wohl verbreitetsten Geschichten. Es war eine Variante der Schöpfungsmythen.

Der Mann wandte sich ihr nun ganz zu und fuhr fort, als spräche er nurmehr zu ihr allein: „*Enki,* der Weise, den sie aus tiefem Schlaf weckten, machte den Vorschlag, Menschen zu bilden. So könnten sich die Götter wieder mehr um die Aufgaben kümmern, die angemessen für sie schienen. Und *Enki* selbst nahm Lehm, der aus der Wassertiefe auftauchte, formte Menschen daraus und hauchte Leben in sie. Doch nur so viel, dass es für ein Menschenalter reichte."

Eresh spürte, wie ihr Puls schneller ging. Nicht allein, dass der Geschichtenerzähler ihr so exklusiv zugewandt war mit seinen funkelnden dunklen Augen und seinem Lächeln auf den Lippen. Nein, es starrten sie jetzt auch die anderen Zuhörer an und so mancher, der vorbeischlenderte. Der Mann mit der volltönenden Stimme lenkte einfach zusätzliche Aufmerksamkeit auf sie. Und schließlich wimmelte es selbst in Eridu nicht gerade vor Halbwesen wie ihr.

„Als Tribut für ihre Erschaffung", fuhr der Geschichtenerzähler fort, „wurde von den Menschen verlangt, den Göttern zu dienen. Sie sollten ihre Erschaffer mit Speise und Trank versorgen und die körperliche Arbeit für sie übernehmen. Dafür gaben die Götter den Menschen das Land zwischen den Strömen."

Wahrscheinlich kannten die Leute, die stehen geblieben waren, diese Legende schon in- und auswendig. Trotzdem schienen sie Freude daran zu haben, den Worten des Geschichtenerzählers zu lauschen.

Nach einer kurzen Redepause wandte er sich also an seine Zuhörerschaft und fragte: „Möchtet ihr noch eine kleine Geschichte über unser Eridu und die Stadt Uruk erzählt bekommen?"

Eresh horchte gespannt auf. Sie nickte nur, während einige andere Umstehende laut bejahten.

„Nun, meine verehrten Bürger von Eridu, in den anfänglichen Kämpfen der alten Metropolen Eridu und Uruk spielten auch die Weisheitstafeln eine Rolle." Er strahlte sein Publikum an. „Ganz recht, ich meine die göttlichen *ME*."

Ein Raunen ging durch die Menge.

„Eridu und Uruk stritten um das Privileg, der Aufbewahrungsort der Weisheitstafeln sein zu dürfen.

Vielleicht hofften die Oberen der Städte ja auch, die göttlichen *ME* studieren zu können und so in der Lage zu sein, sich die Fähigkeiten und Machtpositionen anzueignen, die jeweils auf den Tafeln beschrieben und beschworen wurden. Doch das ist wohl keinem Sterblichen vergönnt." Der Geschichtenerzähler machte ein bedauerndes Gesicht. „Und es tut mir leid, aber ich muss euch auch berichten, dass es am Ende Uruk war, das die Kämpfe um die Vormachtstellung gewann." Er machte ein noch stärker bedauerndes Gesicht.

Die Zuhörerschaft reagierte betreten. Eresh fühlte ein wenig Stolz für ihre Heimatstadt Uruk in sich aufkommen.

„Wie ihr vielleicht wisst, geschah aber auch das nicht, ohne dass die Götter maßgeblich daran beteiligt gewesen wären. Die holde Göttin *Inanna* schaffte es nämlich durch eine List, *Enki* die Weisheitstafeln zu stehlen und nach Uruk zu bringen. In die Stadt, deren Hauptgöttin sie ist." Der Geschichtenerzähler machte eine resignierte Geste. „Somit, liebe Leute, wanderten die Weisheitstafeln von Eridu zum aufstrebenden Uruk. Etwas später versöhnten sich die beiden Städte allerdings wieder und schlossen einen Bund. Aber", er hob eine Hand, „unser Eridu ist und bleibt auf immer die Stätte *Enkis*. Nirgendwo sonst hatte er je seinen Sitz. Das ist doch auch etwas, nicht wahr?" Nachdem der durchaus attraktive Mann geendet hatte, verbeugte er sich vor ihr.

Eresh empfand Verlegenheit und wusste außer einem Nicken und einem Lächeln nicht, wie sie nun reagieren sollte. Der Geschichtenerzähler hatte seinen Blick weiterhin nur fest auf sie gerichtet, selbst während er seinen Tonbecher nahm und ihn leertrank.

Als sähe der Sumerer ihr an, wie durstig sie war – oder vielleicht einfach nur zufällig – nahm er den Krug hoch und füllte seinen Becher erneut, um ihn Eresh zu reichen. „Es wäre mir eine Ehre, wenn du mein kleines Opfer annehmen würdest." Er zwinkerte ihr zu, der Schelm.

Eresh zögerte. Neckte sie der galante Geschichtenerzähler etwa?

„Was erdreistest du dich?", donnerte auf einmal eine aufgebrachte männliche Stimme neben ihr.

Eresh wandte sich nach rechts und blickte in Schuris zorniges Gesicht. Das Halbwesen starrte den Geschichtenerzähler finster an, während er sie nur kurz und flüchtig ansah.

„Du dahergelaufener Schwätzer! Machst dich an meine Ehefrau heran, hier, auf offener Straße!" Seine Nasenflügel bebten, seine Fäuste waren geballt. „Unterstehe dich, sie noch einmal so anzuschauen, mit deinen gierig glänzenden Augen! Was glaubst du eigentlich, wer du bist?" Schuri beachtete Eresh weiterhin nicht.

Gleich wie entgeistert sie ihn musterte, auch weil er plötzlich fremdartige Kleidung trug. War es das, was Schuri noch hatte erledigen müssen?

Der Geschichtenerzähler öffnete den Mund und setzte an, etwas zu entgegnen.

Doch Schuri hob in drohender Geste seine Rechte und stierte ihn erbost an. „*Ein* Ton von dir und ich vergesse mich!"

Würde er sonst wirklich gleich auf den armen Kerl losgehen? Eresh merkte, dass sie leicht zu zittern begann.

Schuri ließ seine Hand langsam wieder sinken. „Denk daran: Du bist lediglich ein Mensch und hast Halbwesen wie uns mit nichts als Respekt zu begegnen."

Der Geschichtenerzähler beäugte Schuri verunsichert, dann die Umstehenden, die das Schauspiel beobachteten, danach senkte er die Lider und schwieg.

Eresh fühlte sich völlig perplex. Wieso hatte Schuri sich so aufspielen müssen? Sie hätte ihn das gerne gefragt, wollte ihn aber nicht zusätzlich reizen. Noch nie hatte sie ihren Begleiter so offensiv erlebt.

Herablassende Worte gegenüber Menschen hatte Schuri hingegen schon mehrfach geäußert, seitdem sie in Eridu weilten. In Uruk schien er sich aus irgendwelchen Gründen noch zurückgehalten zu haben. Eresh bekam eine Vermutung. Vielleicht hatte Schuri ein Problem damit, dass er selbst zum Teil menschliche Wurzeln besaß. Womöglich wollte er sich deshalb mit aller Kraft von den Menschen abgrenzen.

Die meisten Umstehenden zogen sich zurück und gingen wieder ihrer Wege.

Schuri nahm unvermittelt ihre Hand, fest und besitzergreifend wie nie zuvor. Ohne noch etwas zu sagen, marschierte er los.

Eresh blieb gar nichts anderes übrig, als mitzugehen, mit ihm Schritt zu halten. Selbst wenn ihr diese neue Version von Schuri Angst machte.

War es wirklich die richtige Entscheidung gewesen, ihm zu vertrauen, sich ihm mehr oder weniger auszuliefern? Aber hatte ihr Vater ihr nicht genau zu diesem Zweck seinen Assistenten geschickt? *Adda hätte mir doch keinen Unhold gesandt*!, dachte Eresh und hielt sich an dieser vernünftigen Annahme fest.

Nach einer Weile erkannte Eresh, dass sie in diesem Teil von Eridu vorher noch nicht gewesen waren. Es befanden sich außer ihnen nur sehr wenige andere Leute unterwegs in dem Viertel.

„Wir werden bald den Flug- und Landeplatz erreichen“, erklärte Schuri - wieder ruhig und gefasst. „Du wirst staunen! Er ist ein Überbleibsel der alten Zeit, das nach wie vor funktioniert.“ Seine gute Laune schien zurückgekehrt. Als hätten sich die dunklen Wolken verzogen und die Sonne leuchte wieder freundlich an einem blauen Himmel.

Eresh war ganz verdutzt.

„Wegen vorhin ... Ich möchte dich nur beschützen. Du musst mich verstehen, Eresh. Ich trage die Verantwortung für dich.“

Sie ließ es zunächst gelten und nickte. Hätte Schuri sie heute nicht so schockiert, wären es bestimmt die göttlichen *ME* gewesen, über die Eresh jetzt rätselte, nicht das unberechenbare Halbwesen an ihrer Seite. Sie hätte sich zum Beispiel gefragt, ob die Weisheitstafeln immer noch in Uruk aufbewahrt wurden.

Doch nun fragte Eresh sich eher, was eigentlich mit Schuri los war.

4. Halb und ganz

„Bei den Göttern, was ist das?“ Eresh blieb vor dem merkwürdigen Objekt stehen, das mit Staub bedeckt einem gestrandeten Fisch glich. Einem sehr großen, eiförmigen Fisch. Sie waren auf dem Weg zum Flugplatz am Straßenrand darauf gestoßen. „Ich schätze, es handelt sich dabei um ein weiteres Überbleibsel aus der Zeit, in der die *Anunnaki* hier noch präsenter waren?“

Schuri bückte sich und wischte etwas von dem Sand und Staub von einem Teil der Oberfläche. „Ja. Es heißt, sie nutzten diese Dinger früher, um damit schnell durch die Stadt und auch von einem Ort zum anderen zu schweben. Etwa zwei Personen fanden darin Platz.“

Die Vorstellung, dass einst Leute in solchen eiförmigen Schwebe-Wägen durch Stadt und Land gehuscht waren, befremdete und begeisterte Eresh zugleich. „Gab es wenige, die unterwegs waren oder wimmelte es gar davor?“

„Viele waren es wohl zuletzt vor der Großen Flut auf der Erde.“ Schuri hielt den Blick weiter auf die transparente Oberfläche des Objekts geheftet. „Dieses Teil hier ist vielleicht 100 Jahre alt. Da dürfte es auf der Erde bereits nur noch wenige in jeder Region gegeben haben.“

Schuri trat leicht gegen das halb versunkene Flugobjekt. „Ich weiß gar nicht, warum die *Anunnaki* dergleichen hier verrotten lassen. Auf *Nibiru* könnte man so etwas in Museen ausstellen.“

Eresh runzelte die Stirn. „Mu... Museen?"

Schuri wandte sich plötzlich von dem Objekt ab. „Ich erkläre es dir ein anderes Mal. Wir sollten uns etwas beeilen." Er nahm wieder ihre Hand.

Eresh sah ein, dass auch die erneut in ihr aufkommende Frage, was Schuri vorhin erledigt hatte, noch eine Weile warten musste.

Wenig später näherten sie sich einer hohen Mauer, die ein Gelände eingrenzte und so massiv war, als hätte nur ein Halbgott wie Gilgamesch sie errichten könnennen. „Der Raumflughafen", erklärte Schuri knapp. „Unglaublich, dass man ein Areal wie dieses vor ein paar hundert Jahren ungeschützt und für jeden Menschen zugänglich gelassen hat."

„Das schienen noch andere Zeiten. Eine solche Mauer ist ein Zeichen dafür, wie sehr sich die *Anunnaki* zurückziehen und abschotten", gab Eresh mit gemischten Gefühlen zu bedenken. War es vielleicht auch langsam besser so?

Vor dem Tor in der Mauer stand breitbeinig ein Mann, der an die kräftigen Palastwachen von Uruk erinnerte. Allerdings war er nicht so adrett gekleidet, trug einen ungepflegten Bart - und er stützte sich auf keinen Speer. Stattdessen glitzerte ein beachtlicher Dolch an seinem Gürtel. „Den Göttern zum Gruß", rief er ihnen tonlos entgegen.

„Den Göttern zum Gruß", wiederholte Schuri, wohl bewusst ebenso tonlos. Er ließ Ereshs Hand los und ging selbstsicher voran. Seine energischen Schritte wirbelten etwas Staub auf.

Eresh folgte ihm schüchtern.

„Halt!" Der Wächter machte einen Schritt nach vorne und stellte sich Schuri in den Weg. „Ihr könnt nicht so einfach auf das Gelände marschieren." Der große, stämmige Mann mit dem nur knielangen Fransenrock, der seinen nicht eben hohen Rang verriet, musterte sie kritisch. „Halbwesen hin oder her."

Schuri atmete tief ein. „So etwas muss ich mir von einem *Menschen* sagen lassen? Ich glaube nicht!", knurrte er ihn an. „Und nun lass uns hinein. Ich habe zwei Plätze in der nächsten Himmelsbarke reserviert."

Im ersten Moment schockierte es Eresh wieder, wie herablassend Schuri sich einem Menschen gegenüber verhielt. Im nächsten vermutete sie, dass er sich hart und souverän geben *musste*. Sonst würde der mürrische Wachmann sie nicht an sich vorbeilassen. Nervös rang sie die Hände.

Überraschenderweise kuschte der Wachmann nicht, im Gegensatz zu dem Geschichtenerzähler davor. Er reckte stolz das Kinn. „Es ist mir gleich, wie du über uns Menschen denkst. Du stammst ja selbst zur Hälfte von uns ab." Er lachte zynisch. „Also zeig mir das Siegel eines *Anunnaki* oder ihr beiden kehrt schleunigst um."

Das Siegel eines *Anunnaki*? Was bitte sollte das sein? Eresh stellte sich schon darauf ein, dass Schuri den Wächter angreifen oder sie doch beide wieder gehen mussten. Wohl Letzteres, denn ihr Begleiter drehte sich zu ihr um. Dann jedoch wühlte Schuri in seinem Umhängebeutel und beförderte einen Anhänger ans Licht, den er zuerst ihr zeigte. „Ich habe ihn von deinem Vater, als Zeichen dafür, dass ich für ihn arbeite und in seinem Namen handeln kann."

„Die geflügelte Sonnenscheibe!", staunte Eresh. Ein achtstrahliger Stern füllte die silberne Scheibe aus. Seine Mitte erinnerte Eresh auch an ein Auge. Zu beiden Seiten waren Schwingen ausgebreitet und unter der Sonnenscheibe verlief noch etwas wie Schwanzgefieder.

Schuri drehte sich wieder zu dem Wächter um und hielt ihm das gefragte Siegel unter die Nase. Wortlos und mit ungerührter Miene öffnete der stämmige Sumerer ihnen das Tor.

Eresh folgte Schuri hindurch und fühlte sich dabei wie eine Prinzessin oder Priesterin, die in Bereiche vordringen durfte, die anderen verwehrt blieben. Sie verspürte auch eine gewisse Erleichterung, denn wenn ihr Vater Schuri nicht vertrauen würde, hätte er ihm nicht dieses Siegel seiner Autorität als *Anunnaki* mitgegeben.

Als sie das Gelände betraten, nahm Schuri erneut ihre Hand in seine, warm und Sicherheit vermittelnd. „So weit wären wir schon einmal."

Eresh lächelte ihn nervös an. Mit Herzklopfen und neugierig um sich blickend lief sie mit ihrem Begleiter über den Flugplatz. Ein paar schlichte, kastenförmige Gebäude befanden sich an den Rändern des Geländes. Nur wenige, eigenartig gekleidete Personen waren auszumachen. Ihre einteiligen Gewänder ähnelten sich und überraschenderweise sogar auch etwas dem, was ihr Vater und dessen Töchter bei deren Besuch getragen hatten.

Plötzlich überfiel Eresh eine Frage an Schuri. „Wieso hast du mir den Anhänger von meinem Vater nicht schon früher einmal gezeigt?"

„Was?" Schuri verlangsamte sein Schritttempo und sah sie an, als habe sie ihn aus Gedanken und Plänen gerissen. „Ach so, das. Nun, ehrlich gesagt dachte ich vorher nie daran. Erst, als ein Siegel der *Anunnaki* gefordert war."

Er streichelte ihr über den Rücken. „Es tut mir leid. Ich hätte daran denken sollen, wie viel es dir bedeutet, den Anhänger zu sehen." In seinem Gesicht stand eine aufrichtige Entschuldigung.

„Schon in Ordnung.“ Eresh spähte wieder geradeaus. In etwas Entfernung erstreckte sich ein breiter, weißer Weg, an dessen Ende ein riesiges sanduhrförmiges Objekt stand – oder lag? Davor hielten zwei der merkwürdig gewandeten Personen die Stellung. Ereshs Augen weiteten sich und sie zeigte mit dem Finger in die Richtung. „Ist das dort etwa die Himmelsbarke?“

„Genau das ist sie“, bestätigte Schuri, während sie hinliefen. „Beeindruckend, nicht wahr?“

Eresh nickte und vergaß fast zu atmen. Noch nie hatte sie eine der Flugmaschinen ihrer Vorfahren zu Gesicht bekommen. Selbst jene, mit der ihr Vater und seine Töchter zwei Mal zu ihnen gereist waren, hatte sie nie gesehen.

„Du musst dir die früheren Flugplätze und erst recht die auf *Nibiru* wesentlich größer vorstellen“, erklärte ihr Schuri. „Es kommt ja fast einem Wunder gleich, dass überhaupt noch Flüge von der Erde aus starten und dort landen.“ Schuri seufzte. „Die meisten Passagiere müssten übrigens schon an Bord sein.“

Sie hatten sich der Himmelsbarke bis auf wenige Meter genähert. „Bei den Göttern, sie ist gigantisch!“, entfuhr es Eresh verblüfft. Von außen war die sanduhrförmige Himmelsbarke nicht einzusehen.

Aus welchem Material sie wohl erbaut war? Es glänzte jedenfalls wie Perlmutt und changierte in Pastelltönen. Gespenstische violette Lichter blinkten jeweils zu beiden Seiten der Flugmaschine.

Der Mann und die Frau, die vor der Himmelsbarke wachten, trugen diese komische einteilige Kleidung und waren, ihrem Äußeren nach zu urteilen, Halbwesen. Die Frau war besonders hochgewachsen und die Haare des Mannes glänzten goldbraun. Diese Tatsache zusammen mit ihrem freundlichen Lächeln nahm Eresh ein wenig Angst.

„Bist du bereit?“, wollte Schuri gut gelaunt von ihr wissen.

„Wie bereit sollte ich mich fühlen?“, fragte Eresh ihn unsicher scherzend.

Schuri legte den Arm um sie und gab ihr einen Kuss auf die Stirn. „Es ist völlig normal, dass dir bange ist.“ Er wandte sich an die beiden Halbwesen. „Es ist ihr erster Flug. Wir sind gleich so weit.“ Schuri holte erneut den Anhänger mit der geflügelten Sonnenscheibe hervor, das Symbol der *Anunnaki*, und zeigte es der Frau und dem Mann vor der Himmelsbarke.

Die Halbwesen nickten lächelnd und traten beiseite.

Eresh heftete ihren unruhigen Blick auf das, was anscheinend die Tür der Flugmaschine war. Man konnte sie nur bei näherem Hinsehen erkennen.

Dann blickten sie ihren Begleiter an. „Wenn du schon von mir verlangst, dass ich mich in eine Himmelsbarke trauen soll, die mich hoch hinauf in die Lüfte bringt, so versprich mir, dass du mich nicht einfach bei meinem Vater ablieferst und wir uns danach nicht wiedersehen.“

Schuri betrachtete sie, als habe sie ihn aus dem Konzept gebracht. Es zuckte ein wenig um seine Mundwinkel. „Versprochen“, erwiderte er jedoch einige Momente später und etwas Weiches, Verletzliches trat in seine Züge.

Eresh atmete noch mehr innerlich als äußerlich auf. Er empfand also ebenso etwas für sie wie sie für ihn! Sonst hätte Schuri es wohl kaum versprochen oder er hätte es nur leichtfertig dahingesagt.

Ein weiterer Schritt darauf zu, und die Tür der Himmelsbarke öffnete sich mit einem leisen Zischen und wie von Geisterhand.

Eresh ließ es gerne zu, dass Schuri ihre Hand erneut in seine nahm und mit ihr durch die Türöffnung des

Flugschiffes schritt. Dennoch wurde ihr Mund ganz trocken und sie zitterte wie dürre Zweige im Wind.

War sie wirklich gerade im Begriff, die Reise zu einer anderen Welt anzutreten?

Etwas, das man normalerweise nur nach seinem Tod tat?

5. Lichter und Dunkelheit

Ein erstauntes „Oh!“, konnte Eresh sich nicht verkneifen. Sie meinte damit nicht allein das nie zuvor gefühlte Vibrieren unter ihren Füßen, sondern alles, was auf sie einstürmte und sie nahezu überwältigte.

Ein violettes Leuchten im gleichen Farbton wie die Lichter außen an der Himmelsbarke, nur sanfter, erhellte den Raum. Einen Raum, der mit Leuten gefüllt war, die noch fremdartiger gekleidet waren, als Eresh es je gesehen hatte. Die Männer trugen im Grunde ähnliche Kleidung, wie Schuri seit neustem, doch in bunten Tönen. Sowohl Männer als auch Frauen waren so farbenfroh und prächtig gekleidet, wie es Eresh höchstens von den Gewändern sumerischer Adliger kannte.

Einige der Leute hielten einen eigentümlich geformten, transparenten Trinkbecher in der Hand, andere kleine Schalen mit Knabbereien. Und die Passagiere redeten in einer fremden Sprache miteinander.

Obwohl man von außen kein bisschen in die Himmelsbarke hineinschauen konnte, vermochte man von drinnen seltsamerweise hinauszublicken. Sogar so gut, als besäße die Himmelsbarke gar keine Wände.

Zudem stieg Eresh gleich beim Einsteigen ein Geruch in die Nase, den sie nicht einordnen konnte. Er wirkte nicht direkt unangenehm, doch er ließ sich mit nichts in Verbindung bringen, was sie je gerochen hatte.

Im geräumigen Inneren des Flugschiffs gab es zu beiden Seiten je zwei Sitze. Nach vorne und hinten trennten Wände den Bereich mit den Passagieren von etwas anderem ab – eine blickdichte Wand diesmal. In der Mitte führte ein schmaler Gang entlang, den Eresh gerade mit Schuri ablief. Es waren noch mehr als die zwei Sitzplätze für sie beide frei.

Die Blicke der Passagiere, die offenbar bereits eine Weile auf den Abflug warteten, wandten sich ihnen kurz oder teilweise auch etwas länger zu. Womöglich wunderten sie sich, dass jemand mitreiste, die zwar ebenfalls ein Halbwesen schien, die allerdings ganz und gar wie eine Einheimische gekleidet war.

Eresh fragte sich, ob die Halbwesen und *Anunnaki* allein deswegen etwas auf sie herabsahen.

„Hier sind unsere Plätze", verkündete Schuri. Woran auch immer er das erkannte. Die beiden Plätze dahinter waren schließlich ebenfalls noch frei.

Kaum hatten sie sich hingesetzt, schloss sich von selbst eine Art Gürtel um Ereshs Körpermitte. Sie erschrak und konnte sich ein schockiertes „Ah!" nicht verkneifen. Sie fühlte sich gefesselt, gefangen.

Dann hörte sie, wie einige der anderen Passagiere leise über sie lachten. Schuri und alle, die Eresh sehen konnte, waren ebenfalls durch diese Art Gürtel gebunden, also würde es schon nicht so schlimm sein. Sie atmete tief durch.

Bevor das peinliche Gefühl zunehmen konnte, nahm das Vibrieren unter Ereshs Füßen stark zu. Alles zitterte und wackelte nun dermaßen, dass es sie an eine holprige Fahrt in einem von Tieren gezogenen Wagen erinnerte. Und doch war es anders.

Schuri legte den Arm um sie. „Keine Angst, das gehört einfach dazu. Das Vibrieren wird wieder abnehmen, sobald wir in der Luft sind."

Jetzt begann die Himmelsbarke merklich vom Boden abzuheben.

Plötzlich überfiel Eresh Panik. „Mir ist das nicht geheuer! Ich glaube, ich will wieder aussteigen!", klagte sie mehr zu sich selbst als zu Schuri. Aber mit jeder Sekunde gewannen sie an Höhe, und was Eresh draußen sah, verkleinerte und entfernte sich.

„Liebes", raunte Schuri ihr zu. „Es ist nicht mehr möglich, auszusteigen. Doch das macht nichts, denn du schaffst das!" Er hatte noch den Arm um sie gelegt und streichelte ihre Schulter.

Eresh blickte ihn an und sah die Zuversicht in seinen türkisblauen Augen. Sie fühlte seine schützende Nähe und seine Berührungen.

Er nickte ihr zu. „*Wir* schaffen das."

Als Eresh erneut durch die transparente Wand nach draußen blickte, umgaben sie bereits die Wolken - nichts als Wolken und Himmel waren mehr auszumachen.

Sie fühlte sich wie der mythische *Etana*, der Hirte aus den Geschichten, der zum Himmel aufstieg. Um sich etwas von diesem doch sehr ungewohnten Anblick abzulenken, wandte Eresh sich nach rechts und betrachtete die beiden Sitze auf der anderen Seite.

Lediglich jener direkt an der durchsichtigen Wand war besetzt, und zwar von einer Frau in mittleren Jahren mit einem silbrig glänzenden Gewand. Ihre Haare waren genauso mittelbraun und ihre Augen so grau-blau wie die von Eresh, nur wirkten ihre Glieder länger, ihre gesamte Gestalt schmaler. Insgesamt betrachtet, mochte sie ebenfalls ein Halbwesen sein.

Obwohl die Frau allein dort saß, redete sie fast beständig vor sich hin. Ob das wohl die Sprache war, mit der man auf *Nibiru* miteinander kommunizierte? Die Redepausen nutzte die Dame, um rasch etwas von der Knabberei in der zierlichen Schale in ihrer Hand zu essen. Jetzt lachte sie plötzlich los. Worüber nur?

Eresh spürte, dass sie sich wieder etwas entspannt hatte. In der Himmelsbarke zu sitzen, fühlte sich inzwischen recht ähnlich an wie in einem Floß auf dem Euphrat. Seitdem sie hoch aufgestiegen waren, war es auch viel angenehmer und fließender als in einem von Eseln gezogenen Wagen. „Ich glaube, es gefällt mir doch, in diesem Flugschiff zu reisen." Eresh legte ihren Kopf an Schuris Schulter.

Bald öffnete sich die hintere Wand im Innenraum der Himmelsbarke – genauso von selbst wie die Außentür vorhin – und ein Mann trat in den Gang. Im Gegensatz zu den Passagieren trug er das schlichtere einteilige Gewand wie bereits die Leute auf dem Gelände.

Sobald er nahe genug zu Eresh herankam, fiel ihr verwundert auf, dass hinter dem Mann etwas wie ein Wagen schwebte. Das Objekt war mit den sonderbaren Trinkbechern, den kleinen Schalen, Flaschen und Beuteln beladen, wobei es dennoch elegant ein Stück über dem Boden des Gangs entlang glitt.

„Ebenfalls ein Bissen von das und das?", bot der Mann Eresh und Schuri in gebrochenem Sumerisch an. Danach zu urteilen, dass sein Kopf fast an die eigentlich recht hohe Decke stieß und er ungewohnt helle Haare hatte, mochte er ein *Anunnaki* sein. Dafür war es wiederum erstaunlich, dass er überhaupt ihre Sprache beherrschte.

Und, dass er ihnen als Halbwesen Dienste erwies! Eresh fehlten gerade die Worte.

„Gib mir zu den Gläsern bitte die ganze Flasche von diesem dort", forderte Schuri hingegen selbstbewusst. „Und ja, auch etwas von dem *Dranalan*."

Schuri beeindruckte Eresh einmal wieder.

Fasziniert beobachtete sie nun den *Anunnaki*-Mann dabei, wie er ihnen erst die merkwürdigen Trinkbecher reichte, danach Schuri eine schwarze Flasche, daraufhin wieder ihnen beiden eine der zierlichen Schalen, gefüllt mit kleinen Kügelchen.

Das musste dieses *Dranalan* sein, wie Schuri es genannt hatte.

Nachdem der *Anunnaki* und sein schwebender Wagen sich entfernt hatten, goss Schuri ihnen etwas von der schwarzen Flasche in die Trinkbecher. „Probiere mal! Der Geschmack könnte dir bekannt vorkommen", verriet er mit einem Augenzwinkern.

Eresh nippte an ihrem Becher. Der Trank schmeckte fruchtig und leicht vergoren. Sie nahm einen größeren Schluck und lächelte ihren Begleiter freudig an. „*Tanasch*-Früchte! Ist das etwas wie ein Wein, der aus ihnen gekeltert wurde?"

Schuri streichelte ihr über die Wange. „Ganz richtig. Und nun koste von dem *Dranalan*."

Eresh ließ sich das nicht zweimal sagen und steckte sich gleich drei der Kügelchen in den Mund. „Mhhh", machte sie. „Erstaunlich, diese Knabberei schmeckt zugleich süß und salzig."

Schuri grinste. „Ja, ob es einen nun nach etwas Süßem oder Salzigem gelüstet, beides wird dadurch zufrieden gestellt. Gut, nicht wahr?"

Eresh aß gleich ein paar Weitere der Kügelchen und spülte sie mit dem Wein hinunter. Auch in Kombination mundete beides vorzüglich.

Da sie abgelenkt war, merkte Eresh erst jetzt, dass es draußen nun stockdunkel geworden war und drinnen dafür heller. „Sind wir etwa ..."

„Ja, wir befinden uns bereits im All", bestätigte Schuri.

Eresh stellte Trinkbecher und Knabber-Schale ab und klebte nur noch an der durchsichtigen Wand. Erlebte sie das gerade tatsächlich oder war es nichts weiter als ein Traum? Eresh starrte auf eine immer kleiner werdende blau-grün-braune Kugel, wobei das Blau dominierte. „Bei den Göttern, ist das *Ki*, die Erde, unsere Welt?“

Schuri streichelte legte wieder den Arm um sie. „Deine *einstige* Welt.“

Für einige Momente empfand Eresh wieder alles als zu viel. Ihr drohten die Sinne zu schwinden. Erst recht, da sie das Erlebnis eher nicht für einen Traum hielt.

„Und das ist *Nanna*, der Mond.“

„Diese kleine hellgraue Murmel bei der Erde?“ Eresh schüttelte fassungslos den Kopf. Nachdem sie sich halbwegs am Mond sattgesehen hatte, brachte sie den Mut auf, zu bemerken: „Ich glaube, ich muss mal in den Toilettenraum. Es gibt hier doch einen?“

„Aber natürlich.“ Schuri führte sie hin.

Eresh fühlte sich unwohl in dem Toilettenraum und wagte es nicht, den Riegel vorzuschieben. Sie wollte nicht in dieser kleinen, engen Kammer eingesperrt sein. Die kalten Farben und der seltsame Geruch sorgten bei ihr für zusätzliches Unbehagen. Die eine metallene Schüssel schien zum Sitzen und sich Erleichtern gedacht und die kleinere oben auf dem weißen Schrank zum Händewaschen. Eresh erledigte beides möglichst schnell und ignorierte den seitdem rot leuchtenden Schalter über der größeren Schüssel. Rasch verließ sie den kleinen Raum.

Kaum war sie zurück neben Schuri auf ihrem Platz, öffnete sich erneut eine der beiden Wände und der *Anunnaki*-Mann machte mit seinem schwebenden Wagen eine weitere Runde. Diesmal reichte er jedem von ihnen einen ungewöhnlich kleinen Trinkbecher aus einem fremdartigen, glänzenden Material, gefüllt mit einer ölig glänzenden, kupferfarbenen Flüssigkeit.

Eresh beäugte den Trank kritisch und fasziniert zugleich.

Bevor der *Anunnaki*-Mann wieder verschwand, rief er zunächst etwas in der fremden Sprache. Danach sah er zu ihr und Schuri hinüber. „Haben gut Schlaf!", wünschte er in gebrochenem Sumerisch.

Wäre sie nicht so irritiert darüber gewesen, hätte Eresh schmunzeln müssen. „Dieser kleine Trank lässt uns nun schlafen?", wandte sie sich unsicher an Schuri.

„Ja, meine Liebe, und auch das gehört einfach dazu bei solchen Flügen. Die Zeit würde dir sonst viel zu lang, glaube mir."

Eresh seufzte. „Aber wie soll ich dann endlich all die Sterne aus der Nähe betrachten, die ich sonst von fern bewunderte?"

„Keine Sorge, du wirst trotzdem gleich Sternchen sehen." Schuri nickte ihr zwinkernd zu und trank seinen kleinen Becher in einem Zug leer.

Eresh zögerte noch kurz, dann tat sie es ihm gleich.

Teil zwei

Als er ihn eine Wegstunde höher trug, sagte der Adler zu ihm, zu Etana: „Schau, mein Freund, wie das Land jetzt ist. Sieh dir das Meer an, suche seine Grenzen. Das Land ist hügelig. Das Meer ist ein Strom geworden“.
Als er ihn eine zweite Wegstunde hochgetragen hatte, sagte der Adler zu ihm, sagte zu Etana: „Schau, mein Freund, wie das Land jetzt ist! Das Land ist ein einziger Hügel.“
Als er ihn eine dritte Wegstunde hochgetragen hatte, sagte der Adler zu ihm, sagte zu Etana: „Sieh, mein Freund, wie das Land jetzt ist! Das Meer ist zu einem Gärtnergraben geworden.“

(Etana-Epos, ca. 2100 v. Chr.)

6. Erhebend und erschreckend

Eresh kämpfte gegen die Schwere ihrer Lider und die Trägheit ihres Geistes an und bemühte sich, die letzten Traumbilder zu verscheuchen. Etwas in ihr drängte verzweifelt danach, in Erfahrung zu bringen, wo sie sich gerade befand. Noch am ländlichen Stadtrand im Haus ihrer Großmutter? Nein, dort läge nicht so ein fremder Geruch in der Luft. Und wer sollte im Hintergrund reden, lachen und murmeln?

Ihre Halbschwester Maschdara bestimmt nicht, denn sie war vor vielen Tagen spurlos verschwunden. Verdrängte Sorge nagte erneut an Eresh. Was war nur mit Dara geschehen? Hatten ihre Eltern sie gefunden?

Wie dem auch sei, Eresh musste zunächst darauf kommen, *wo* sie gerade halb liegend, halb sitzend aufzuwachen versuchte. Eridu! Richtig, sie war ja mit Schuri nach Eridu gereist und hatte dort mindestens eine Nacht in einer schlichten Herberge verbracht. Eine aufregende Nacht. Eine Nacht, die sie fast beide in Bedrängnis gebracht hätte.

Es mochte die zweite Nacht sein, die sie nun hinter sich gebracht hatten. Eresh blinzelte, noch immer schlaftrunken. „Schuri? Schuri!“, wollte sie rufen, doch mehr als ein leises Krächzen bekam sie nicht zustande. „Mit was hast du mich gestern Abend nur betrunken gemacht?“ Ein seltsamer, ölig-süßer Trank kam Eresh wieder in den Sinn. Aber er war doch so winzig gewesen!

„Guten Morgen, meine Liebe“, drang es zu ihr.

Endlich wach, blickte Eresh in ein türkisblaues Augenpaar. Sie fühlte, wie Schuri ihr über die Wange streichelte.

Er lachte. „Ich habe dich doch nicht betrunken gemacht! Wir haben ausnahmslos alle an Bord diesen Schlummertrunk eingenommen.“

Jetzt erinnerte Eresh sich wieder. Richtig, sie befand sich ja an Bord der Himmelsbarke auf dem Weg zu *Nibiru*. Sie ließ ihren Blick kurz um sich schweifen. Das violette Licht, der Geruch, die anderen Halbwesen und *Anunnaki* auf ihren Sitzen ... Wobei die Frau rechts verschwunden war.

Im ersten Moment fühlte sich Eresh peinlich berührt gegenüber Schuri und eventuellen Mithörern, da sie das alles beinahe vergessen hatte. Im zweiten jedoch überfiel sie wieder etwas, das an Panik grenzte. „Ihr Götter! Ich befinde mich nun dermaßen weit draußen in der Schwärze des Alls ...“ Ereshs Stimme hatte sich noch nicht erholt. Kein Wunder, so staubtrocken wie ihr Mund und ihre Kehle waren. „Werde ich je wieder sicher zur Erde zurückgelangen?“

Anstatt etwas Passendes zu erwidern, reichte Schuri ihr einen der eigenartig geformten Trinkbecher. „Bitte trink, Eresh. Das ist nur Wasser. Aber der Körper braucht jetzt dringend Flüssigkeit, nachdem wir so lange geschlafen haben.“

Eresh leerte den transparenten Trinkbecher in einem Zug. Dann stieß sie atemlos hervor: „*Wie* lange haben wir geschlafen? Ein paar Doppelstunden?“

Schuri füllte ihr Wasser nach und lächelte nachsichtig. „Einen ganzen Tag und eine ganz Nacht lang haben wir geschlafen. Aber schau doch!“ Er wies nach draußen. „Wir befinden uns gar nicht mehr im All. Wir sind vorhin sicher gelandet.“

Erst jetzt erkannte Eresh, dass es zwar nachtdunkel draußen war, doch wie Lichter einen weiten Platz und ungewohnt geformte Gebäude in einen matten Schein hüllten. In etwas Entfernung wuselten hochgewachsene und *sehr* hochgewachsene Leute in fremdartiger Kleidung herum.

Schuri legte die Hand auf ihr Knie. „Wir sind auf einem Flugplatz, ähnlich dem in Eridu, nur wesentlich größer und moderner."

Eresh schüttelte verblüfft den Kopf. „Ich kann es kaum fassen. Mir war fast schon in Eridu alles aufregend genug. Aber nur fast!" Sie grinste.

„Draußen wartet die Station *Nibiru* auf uns – die Heimat deiner Familie väterlicherseits." Schuri machte eine einladende Geste die transparente Wand hinaus.

Eresh war so freudig erregt bei dem Gedanken, dass sie aufstehen und hinaustreten wollte, doch Schuris Hand auf ihrem Knie drückte sie wieder in den Sitz. „Worauf warten wir?", wollte Eresh wissen. „Die Leute dort gehen auch gerade hinaus."

Schuri lachte kurz auf. „Die Leute dort haben auch bereits etwas zu sich genommen. Ich will nicht, dass du mir draußen gleich zusammenbrichst, weil dein Kreislauf noch nicht stabil ist. Zumal die Schwerkraft anders ist, als du es gewohnt bist." Schuri betätigte einen Knopf, der ihr bisher noch nicht aufgefallen war.

Bald darauf kam noch einmal der höfliche *Anunnaki*-Mann mit seinem schwebenden Wagen und reichte ihnen davon ein großes Stück Gebäck sowie erneut einen Trank, nicht mehr so klein wie der Schlummertrunk. Erst jetzt merkte Eresh, dass sie Hunger hatte. Sie aß das luftige, süße Gebäck und trank den ungewohnt bitteren, aber ebenfalls süßen Tee. Wenn es denn ein Tee sein sollte. Noch vor Schuri hatte sie beides zu sich genommen.

Da ihr Begleiter seine Ärmel hochgekrempelt hatte, sah Eresh noch einmal die verheilende Wunde an seinem linken Oberarm.

Als Schuri es bemerkte, zog er seine Ärmel rasch wieder nach unten. Sein Gesicht nahm einen höchst angespannten Ausdruck an. „Wir sollten nun gehen", mahnte er tonlos. „Du brauchst möglichst bald angemessene Kleidung. So fällst du ja auf wie ein *Schonnalah*-Vogel."

Eresh verkniff sich die Erkundigung, was für ein Vogel das sein sollte und lächelte nur verlegen.

Schuris Züge entspannten sich. „Die Tier- und Pflanzenwelt *Nibirus* ist der irdischen im Prinzip ähnlich. Nur hatten sich dort natürlich wieder andere Arten entwickelt. Was jedoch heute auf der Station *Nibiru* herumschwirrt und herumkriecht, ist zum Teil nicht echt. Es sind lediglich Bilder. Zum anderen Teil wird bei der Flora und Fauna künstlich nachgeholfen. Aber was das alles bedeutet, würde jetzt zu weit führen."

Eresh verstand nicht einmal die Hälfte von dem, was ihr Begleiter ihr gerade erzählt hatte. Doch vielleicht würde sie einiges davon künftig selbst herausfinden.

Sie nutzte noch einmal den Toilettenraum mit dem grellen Licht, in dem es so scharf roch. Wie letztes Mal schob sie den Riegel nicht vor, da sie Angst hatte, er könne klemmen und sie wäre in dem scheußlichen Raum gefangen.

Danach verließ Eresh mit Schuri die Himmelsbarke und betrat zum ersten Mal den Boden einer anderen Welt.

„Himmel! Dieser Flug- und Landeplatz hat ja kaum noch etwas gemeinsam mit dem in Eridu", bemerkte Eresh ihrem Begleiter gegenüber entgeistert an.

Schuri nahm wieder ihre Hand in seine. „Nun, so wenig wie Eridu mit der Nördlichen Kapitale gemeinsam hat.“ Schuri lächelte ihr aufmunternd zu. „Du hast doch vorhin die Worte über den gesamten Platz hallen gehört?“

Eresh nickte verunsichert.

„Sie lauteten *Herzlich Willkommen in der Nördlichen Kapitale!*“

„Nördliche Kapitale?“ Eresh erinnerte sich nicht daran, dass ihr Vater je einen solchen Ortsnamen erwähnt hätte. „Hat die Stadt denn keinen Namen?“ Eresh legte die Stirn in Falten. Hatte ihr Vater überhaupt je einen Ortsnamen erwähnt?

„Das ist der offizielle Name. Es gibt aber noch viele inoffizielle.“

„Es ist ein Jammer, dass ich die Sprache meiner Familie väterlicherseits nicht beherrsche.“ Eresh seufzte, während sie auf eines der hell erleuchteten und eigenartig leicht schräg geformten Gebäude auf dem weiten Gelände zuhielten. Es war lediglich eines von vielen, die den Flug- und Landeplatz im Halbkreis umgaben und bunte Lichtoasen im nächtlichen Dunkel bildeten.

„Du wirst die Sprache noch lernen. Sie unterscheidet sich leicht, je nachdem ob man in der Nördlichen, Südlichen, Östlichen oder Westlichen Kapitale ist. Die gesamte Station ist in diese vier Riesen-Städte aufgeteilt.“ Schuri zwinkerte ihr zu. „Für den Anfang wird dir dein Vater ohnehin ein kleines Gerät geben, das für dich übersetzt.“

Ein Gerät, das für sie übersetzte? Eresh wusste, dass die Zeit nicht reichen würde, alles zu erörtern, was ihr Rätsel aufgab. Etwa die Frage, woher all die Leute kamen und gingen, die auf dem Flug- und Landeplatz herum wuselten, Gebäude betraten und sie wieder verließen. Ihre Aufmachung mutete wie die der Passagiere der Himmelsbarke an. Nicht wenige von ihnen sahen Schuri und vor allem Eresh länger an, als es höflich war.

Zuweilen wich sie den neugierigen Blicken der Halbwesen und *Anunnaki* aus, indem sie zum Sternenhimmel hinauf spähte. Sie hatte ihn sich ganz anders vorgestellt. „Wo sind denn all die Sterne hin und warum erscheinen die wenigen, die noch vorhanden sind, so blass?“

Schuri führte sie zielsicher zum Eingang eines der Gebäude, dessen breite Tür von sich bewegenden, leuchtenden *nibiruanischen* Schriftzeichen gekrönt war. Es konnte einem ganz schwindelig werden bei dem Anblick. „Nun, es heißt, früher sah man die Sterne kaum, da die Luft so verschmutzt war. Heute liegt es an der Schutzhülle, die *Nibiru* umgibt. Ohne sie wäre das Leben hier nicht mehr möglich.“

Im Inneren des Gebäudes waren erstaunliche Mengen der hiesigen eigenartigen Kleidung aufgereiht und aufeinandergestapelt. Eresh schnappte nach Luft. Auch, da sie hier mehr denn je von fremden Gerüchen und grellen Lichtern überfallen wurde. Wenigstens gehörten Schuri und sie zu den wenigen potenziellen Käufern in diesem Teil des Ladens. Schuri verlor keine Zeit und suchte überraschend schnell eine Garderobe für sie zusammen. Damit schickte er Eresh dann in einen kleinen Raum, dessen Tür sich selbstständig schloss, sobald sie eingetreten war.

Sie kam gar nicht dazu, etwas wie Klaustrophobie zu empfinden. Hinter ihrem Rücken trat plötzlich eine hochgewachsene Frau hervor und begann, sie zu entkleiden. Dabei war Eresh sicher, dass diese Dienerin sich noch nicht in dem Raum befunden hatte, als sie ihn betreten hatte. „Aber ich kann das doch selbst machen!“, protestierte Eresh.

Doch die gespenstische *Anunnaki*-Frau lächelte nur zuckersüß und sagte ein paar Worte in ihrer Sprache. „*Scha. Scha Nunnaro ki.*“

Eresh verstand sie nicht und ließ es eben zu, dass die Dienerin ihr die von Schuri ausgewählte Kleidung mit flinken Fingern anlegte. Eresh drehte sich zur Seite, wo sich ein Spiegel an der Wand befand.

Für einen Moment erschrak sie fast vor sich selbst, so bizarr sah sie jetzt aus. Im nächsten musste Eresh lachen.

Die *Anunnaki*-Frau drückte ihr etwas wie eine Papier-Tasche in die Hand, worin sich sauber gefaltet ihr sumerisches Gewand und Untergewand befand. Sie lächelte noch einmal wie die Freundlichkeit in Person, dann löste sie sich in Luft auf und die Tür öffnete sich von selbst.

Eresh war ganz schwindelig von der ganzen Prozedur. Sie sah gleich Schuri, der in der Nähe auf sie wartete.

Er nickte anerkennend. „Fantastisch! Du siehst nahezu wie eine Einheimische aus.“ Dann machte Schuri einen großen Schritt auf sie zu und löste, ohne zu fragen, ihre Frisur. „Besser“, befand er. „In der Nördlichen Kapitale trägt man das Haar aktuell offen.“

Eresh fühlte sich etwas überrumpelt. In ihrer Heimat mütterlicherseits galt es für Frauen als unschicklich, die Haare in der Öffentlichkeit gelöst über die Schultern fallen zu lassen. Doch sie erinnerte sich, sowohl in der Himmelsbarke als vor allem auch auf dem Flug- und Landeplatz kaum Männer und Frauen gesehen zu haben, die ihr Haar nicht offen trugen.

Nachdem sie das Kleidungsgeschäft gemeinsam verlassen und eine Weile gelaufen waren, wandte Eresh sich an Schuri. „Bringst du mich jetzt zum Anwesen meines Vaters?“

Schuri reagierte nicht sofort, dann jedoch überraschend heiter. „Bist du bereit für einen Flug durch die Nacht?“ Es blitzte in Schuris türkisfarbenen Augen. Aber erneut machte sich auch eine gewisse Anspannung bei Schuri bemerkbar.

Eresh blickte nervös um sich, dann lachte sie ironisch. „Schon wieder?“

7. Schwarz und Grün

All die vielfarbigen Lichter leuchteten um die Wette und machten die Nacht fast zum Tag. Manchmal wurde das bunte Leuchten mitten in der Luft lebendig und bildete direkt vor dem Sichtfeld der Leute andere Leute ab – seltener sogar Tiere! - die ihnen freundlich lächelnd etwas anboten. Oder eher etwas verkaufen wollten, wie Schuri augenzwinkernd erklärt hatte.

Weitere Lichter ließen teils merkwürdig geformte, teils himmelhohe Gebäude erstrahlen. Die einzigen Bauten der Stadt, die Eresh als wirklich schön anzuschauen empfand, ähnelten den ihr vertrauten Stufenpyramiden, den *Zikkurat*.

Es gab jedoch noch etwas weiteres Vertrautes in der Nördlichen Kapitale: Unter all den kryptischen Zeichen und Symbolen tauchte zuweilen eine geflügelte Sonnenscheibe auf, die von einem achtstrahligen Stern ausgefüllt wurde. Abgesehen von diesen beiden Elementen fand Eresh nichts, aber auch gar nichts, das vergleichbar mit irdischen Städten wie Uruk gewesen wäre. Selbst die Bäume und Sträucher sahen hier anders aus. An grünenden Pflanzen mangelte es allerdings nicht in der Metropole. Hier wuchs viel mehr davon als in Ereshs Heimat. So befremdlich es auch war, dass Pflanzen die Wände von Gebäuden hoch wucherten und buschig flache Dächer zierte.

Das Erstaunlichste mochte aber sein, dass die Stadt sich über mehrere Ebenen erstreckte. Sie breitete sich nicht nur auf dem Boden aus, sondern auf mehreren ausladenden Plattformen, die in der Luft zu schweben schienen. Von den Unterseiten der Plattformen wuchsen und hingen wiederum allerlei Pflanzen herab und bildeten ein florales Dach für die Plattformen darunter.

Eresh hatte von dem durch die Lüfte gleitenden Wagen aus, in dem sie mit Schuri saß, einen guten Blick auf all diese Absonderlichkeiten.

Wenn sie hingegen freie Sicht genoss und zum Firmament hoch spähte, warteten gleich drei Monde auf sie! Einer von ihnen sah deutlich größer aus als der Mond, den man von der Erde aus erblickte, die beiden anderen in etwa vergleichbar. Alle drei wirkten allerdings eher fahl als leuchtend - genau wie die Sterne. Kein Vergleich zu dem funkelnden Spektakel, das Eresh gewohnt war.

Immer wieder drangen laute Geräusche von draußen zu ihr und Schuri in den fliegenden Wagen. Als wäre die Musik, die ohne erkennbare Quelle drinnen bei ihnen erklang, nicht schon bizarr genug. Von harmonischen Melodien schien man auf *Nibiru* nichts zu halten – oder nichts zu verstehen?

Ich werde Zeit brauchen, um das alles zu verarbeiten, dachte Eresh, *viel Zeit*! Sie fühlte sich etwas überfordert von all dem Neuen, das die letzten Tage in geballter Wucht auf sie einstürmte.

Eresh sah kurz zu Schuri hinüber und atmete erleichtert auf. Ihr leiblicher Vater hatte gut daran getan, ihr so einen Begleiter an die Seite zu stellen. Ein anderer wäre bestimmt gleich mit der Tür ins Haus gefallen und hätte sich nicht die Zeit genommen, sie so langsam an alles heranzuführen. Sei es durch den Ausflug nach Eridu, sozusagen als Vorbereitung für *Nibiru*.

Schuri berührte sanft ihre verkrampfte rechte Hand. „Du brauchst dich nicht den ganzen Flug über festzuhalten, meine Liebe. Dieser Griff ist eher dafür gedacht, wenn der Flug einmal turbulent wird."

Eresh ließ den Griff noch nicht los, aber lockerer. Sie war peinlich berührt, jedoch froh über Schuris Aufmerksamkeit und Fürsorge. „Nun ja, ich schätze der Mann, der unseren fliegenden Wagen steuert, weiß, was er tut." Eresh hatte zwar einzig beim Einsteigen das Gesicht des Mannes gesehen, während sie jetzt auf seinen Rücken blickte, aber er wirkte kompetent.

Schuri schien gerade mit sich zu ringen. Was hatte er nur? „Um ehrlich zu sein", presste Schuri dann hervor, „ist er gar kein echter Mann und er steuert auch nicht, sondern der Gleiter fliegt von selbst."

Eresh brauchte einige Momente, um diese unerwartete Information halbwegs in sich aufzunehmen. Ihre Hand krampfte sich wieder fester um den Griff neben dem Fenster. „Wozu, bei den Göttern, ist dieser ... dieses Etwas dann da, wenn er uns nicht fliegt?"

Schuri grinste schief und kratzte sich am Kinn. „Um uns ein gutes Gefühl zu geben, denke ich."

Eresh starrte ihren Begleiter für eine Weile irritiert an, dann wandte sie sich wieder dem Ausblick zu.

Indessen setzte die Morgendämmerung ein. Der Nachthimmel wurde von orangen und rosa Streifen durchzogen.

Etwas später ließen sie die urbane Umgebung hinter sich. Eresh konnte jedoch in der Ferne gleich wieder hohe, seltsame Gebäude und zahlreiche andere fliegende Wägen ausmachen.

Der, in dem sie saßen, begann, sich in verringertem Tempo über eine weite Landschaft hinweg zu bewegen. Hier gab es keine Plattformen mehr übereinander. Endlich einmal nichts als den dämmrigen Himmel über ihnen. Die nahezu baumlose Gras- und Buschlandschaft unter ihnen wirkte mindestens so weitflächig wie eine sumerische Metropole, inklusive ländlichem Stadtrand. Allerdings nicht so schier endlos wie etwa die Schwemmlandebene von Ereshs irdischer Heimat. Diese *nibiruanische* Landschaft hier mutete begrenzter, eingegrenzter an.

„Dort unten befindet sich eines der beliebtesten Ausflugsziele der Nördlichen Kapitale“, kommentierte Schuri heiter.

Eresh genoss den Ausblick auch aus der Perspektive, die diese neue Information bot. Da fiel ihr plötzlich etwas ein. Es glich mehr einer blassen Erinnerung. Doch hatte sie nicht als Kind, beim ersten Besuch ihres Vaters, einmal den Begriff *Südliche Kapitale* aufgeschnappt?

„Schau mal!“, riss Schuri sie aus ihren Gedanken. „Die *Nahaschamley* dort unten sind die Wahrzeichen des Naturparks.“

Von oben spähten sie auf eine Herde von großen, gedrungenen Tieren mit hellem Fell herab. Sie bewegten sich langsam und gleichmäßig durch die steppenartige Landschaft.

Eresh deutete auf die beeindruckenden Tiere. Gut zwei Dutzend musste die Herde umfassen. „Ich kenne keine vergleichbaren Tiere. Sie sind gigantisch! Finden sie dort auch genug Futter?“

Schuri schmunzelte sie an. „Mache dir keine Sorgen um die *Nahaschamley*. Sie sind nicht echt.“

Eresh hob verwundert die Brauen.

„Da sie aber vor Jahrtausenden einmal die häufigsten Tiere im nördlichen Teil *Nibirus* waren, gelten sie trotzdem als Wahrzeichen dieses Naturparks.“

Eresh nickte nachdenklich.

Als sie über den letzten Ausläufern der fast baumlosen Gras- und Buschlandschaft durch die Luft glitten, erblickte Eresh weitere imposante Tiere. Die braun gefiederten Vögel wiesen verblüffend lange und doch stämmige Beine auf. Sie ragten gewiss so hoch auf wie selbst groß gewachsene *Anunnaki* kaum.

„Gefährlich sind diese Riesenvögel aber nicht?“, fragte Eresh leicht schaudernd, indem sie auf die Tiere hinab zeigte.

Schuri lachte kurz auf. „Schon vergessen? Viele Tiere auf unserem Wandernden Planeten sind von den N*ibiruanern* erschaffen worden. Die Riesenvögel dort unten sind nicht echt.“

„Unechte Tiere, Wagenlenker und Verkäuferinnen auf einem unechten Planeten, der eigentlich eine künstliche Station ist. Das ist also meine Heimat väterlicherseits“, erkannte Eresh sarkastisch.

„Du hast es erfasst.“ Schuri grinste und gab ihr einen Kuss auf die Stirn.

Etwas später tippte Eresh leicht mit dem Finger gegen das Fenster. Auf der anderen Seite davon saß ein unscheinbarer Falter und bewegte beständig die Fühler. „Ich nehme an, auch er ist nicht echt?“, wandte sie sich an Schuri.

„Doch, der schon“, erwiderte er lakonisch und musste einen Moment später richtig lachen.

Nachdem sie erneut eine Weile zwischen urbanen Plattformen hindurch geflogen waren, fiel Eresh auf, dass Schuri unruhig wurde. Sie sah, wie er ständig seine Sitzposition veränderte, an seiner merkwürdigen Kleidung herum zupfte oder sich durchs Haar fuhr. Das steigerte ihre eigene Nervosität nur noch.

Es half ihr außerdem nicht gerade, dass Schuri seit einer Weile sehr wortkarg war.

„Wir sind gleich da“, verkündete er dann.

Ereshs Blick suchte ein Anwesen in der naturbelassen aussehenden Landschaft, einen auffälligen Tupfer in all dem Grün und Braun.

Sie hielt Ausschau nach einem Gebäude, nach etwas wie einem pompösen Haus oder vielleicht einem Palast. Dabei erwartete sie ja schon die seltsamsten Formen und Farben, mit sich auftürmenden Stockwerken.

Schließlich musste man hier auf der Station *Nibiru* wohl mit allem rechnen. Was das Zuhause ihres leiblichen Vaters anging, musste Eresh erst recht mit allem rechnen, denn sie kannte ihn und die Art, wie er lebte, kaum.

Eresh seufzte. Das Anwesen ihres Vaters in der nun baumreicheren Landschaft zu erspähen, glich dem Versuch, ein Emmerkorn in einer Schale mit Gerste zu finden.

Wieso eigentlich? Von hier oben müsste sie doch etwas ausmachen können!

Erst recht, da der Tag angebrochen war und die Morgensonne zuweilen grell zwischen den Wolken hindurch leuchtete.

Warum war nicht wenigstens eine Spur ihres möglichen künftigen Zuhauses zu erblicken?

„Ein Dach dürfte das Haus meines Vaters ja wohl besitzen. Ob flach oder spitz zulaufend wie eine *Zikkurat*", murmelte Eresh halb vor sich hin, halb zu Schuri. Sie schenkte ihm ein ironisches Lächeln. „Sofern dein Brotherr und Auftraggeber nicht in einer Höhle haust. Oder in einer Holzhütte, die mit Bäumen zu einer Einheit verschmolzen ist."

Beide Vorstellungen wirkten unwahrscheinlich, wenn Eresh sich noch einmal die edlen Erscheinungen und das erhabene Gebaren der drei *Anunnaki* ins Gedächtnis und vor das innere Auge rief. Ihr Vater und seine beiden Töchter lebten bestimmt nicht schlichter als

Adelige in Uruk. Schließlich waren sie die Götter der Adeligen von Uruk.

Schuri hatte nichts erwidert, nicht einmal gegrinst. Zu vertieft schien er in seine eigenen Gedanken. Er sah aus wie die Anspannung in Person. Fürchtete er, dass sein Arbeitgeber, Ereshs Vater, ihn rügen oder gar entlassen würde, da sein Assistent sich nicht an seine Anweisungen gehalten hatte? Schuri hatte den Auftrag schließlich auf seine Weise ausgeführt und sich unter anderem mehr Zeit gelassen als angeordnet.

Während der fliegende Wagen, in dem Eresh sich nach wie vor nicht ganz sicher fühlte, stetig an Höhe verlor, wandte sie sich erneut an Schuri.

An einen unruhigen, in sich gekehrten Schuri.

„Ich habe mir das Heim meines Vaters immer wie einen strahlenden Palast inmitten einer himmlischen Stadt vorgestellt." Sie lachte kurz auf.

Erst als sie landeten, gab Schuri wieder etwas von sich. „Unsere Vorstellungen stimmen leider selten mit der Wirklichkeit überein. Als Kind dachte ich einmal, alles sei mir möglich und das ganze Glück der Welt biete sich mir dar, ich brauche nur danach zu greifen. Jetzt weiß ich, dass ich mir alles erkämpfen und mitunter auch Opfer bringen muss." Er blickte sie nach wie vor nicht an.

„Alles erkämpfen und Opfer? Du sprichst, als seist du tatsächlich ein armer, geplagter Hilfsarbeiter ohne Eltern, der seinen Lebensunterhalt mit der Drecksarbeit für einen Fischhändler verdient. Dabei lebst du in jener Welt, die für die Menschen der Himmel ist, aus der ihre Götter kommen! Auf dem Wandernden Stern!" Eresh räusperte sich und begann, sich in ihrem Enthusiasmus zu bremsen. „Zumindest aber lebst du an einem Ort, an dem Wunder zum Alltag gehören. Ganz anders als auf der Erde."

Schuri schnaubte leise. „Als Halbwesen hat man es trotzdem nicht leicht. Auch auf der Station *Nibiru* nicht“, entgegnete er bitter.

„Dann können wir uns doch jetzt gegenseitig beistehen.“ Eresh sah ihn hoffnungsvoll an.

Schuri wich ihrem Blick aus und schwieg, auch während sie ausstiegen.

Eresh wurde nicht schlau aus ihm. Und wenn sie je anders gedacht hatte, war es nichts weiter als eine Illusion gewesen.

Auf dem Fußweg von dem unauffälligen Landeplatz zum Anwesen ihres Vaters fühlte sich Eresh angesteckt von Schuris Melancholie. In zweiter Linie irritierte es sie und sie rätselte darüber, dass immer noch keine Mauer, kein Tor, kein Hof, einfach nichts außer Natur zu sehen war.

Plötzlich blieb Schuri stehen und sah sie aus trüb gewordenen Türkisaugen an. „Hör zu, ich möchte mich bei dir entschuldigen.“

Eresh war ebenfalls stehen geblieben und betrachtete ihn mit gutem Willen. „Nun ja, ich weiß, wie frustrierend es zuweilen sein kann, als Halbwesen überall zwischen den Stühlen zu stehen. Und ich verstehe, dass du angespannt bist.“ Sie seufzte. „Mein Vater ist nicht gerade ein zugänglicher, warmherziger Mann.“ Eresh lächelte ironisch. „Fürchtest du Strafe oder Entlassung, da du seinen Auftrag nicht so ausgeführt hast, wie er es dir geboten hatte?“

Schuri atmete tief durch und schüttelte den Kopf. „Nur noch ein paar Schritte und wir sind da“, verkündete er, anstatt auf ihre Worte einzugehen.

8. Hin und weg

„Das ... das kann einfach nicht wahr sein!“, stieß Eresh atemlos hervor. Kaum waren sie noch ein paar Schritte gelaufen, hatte sich ein unglaublicher Zauber vollzogen.

Wie aus dem Nichts war das Anwesen ihrer *Anunnaki*-Verwandten vor Eresh aufgetaucht, gleich einer himmlischen Erscheinung. Wo zuvor noch genauso Gräser, Büsche und Bäume zu wachsen schienen wie überall sonst, waren ein weitläufiger gefliester Vorhof und ein beeindruckendes Gebäude schier aus dem Erdboden geschossen. Wie erwartet, wies auch das Haus ihrer *nibiruanischen* Familie eine merkwürdige Form und Farbe auf. Es war hellblau und niedriger als die hohen Bauten, die Eresh auf dem Flug gesehen hatte, außerdem gerundet wie eine riesige Halbkugel. Selbst die Fenster waren rund! Eresh musste schmunzeln. Ihre Verwandten schienen noch einmal einen besonders exzentrischen Geschmack zu haben. Dafür sprachen auch die klobigen Pflanzenkübel, die den gefliesten Vorhof flankierten.

„Es muss befremdlich auf dich wirken“, sprach Schuri tonlos und mehr vor sich hin als zu ihr. Nun, wenigstens gab er überhaupt einmal wieder etwas von sich.

Eresh verschränkte die Arme vor der Brust und sah ihren Begleiter mit zusammengezogenen Brauen an. „Du hättest mir sagen können, dass das Heim meines

Vaters und seiner Familie mit einem Zauber belegt ist, der es verbirgt. Ich habe mir vorhin die Augen aus dem Kopf gestarrt, um es von oben zu entdecken!“

„Ja, es ist gut getarnt“, erwiderte Schuri nur geistesabwesend.

Als sie vor dem runden Tor angelangt waren, öffnete es sich wie von Geisterhand und gab den Blick ein Stück weit frei auf eine Halle in gedeckten Tönen.

Die Stille, die sie bislang umfangen hatte, blieb ungebrochen. Keine Schritte, keine grüßenden Rufe.

Eresh bekam eine Gänsehaut. Sie wies zum Tor. „Schuri, das ist mir langsam zu viel der schwarzen Magie.“ Dann hob sie relativierend die Hände. „Oder was auch immer es ist.“ Eresh erinnerte sich an die Objekte, die sie in den letzten Wochen für Zauber-Gegenstände gehalten hatte, bei denen ihre Mutter und Schuri jedoch von „*Technik*“ gesprochen hatten.

Schuri atmete nur merklich aus.

„Aber nicht nur, dass das Anwesen wie eine Vision vor uns auftaucht und sich niemand auf dem gesamten Gelände tummelt“, begann Eresh aufs Neue. „Das Tor öffnet sich auch noch von selbst - und weiterhin ist keiner zu sehen. Weder draußen noch drinnen. Selbst wenn es spuken würde wie bei alten Gräbern, wäre mehr zu sehen, seien es Gespenster und Dämonen!“, brach es aus ihr hervor. Eresh schnaufte.

„Glaube mir, das ist alles kein Hexenwerk.“ Schuri nahm ihre Hand. „Nun komm, ich bin ja bei dir.“ Er musste schlucken. Sein melancholisches Lächeln berührte sie tief im Inneren. Ob er vielleicht auch deshalb so seltsam traurig wirkte, da sie sich nicht mehr wiedersehen würden, nachdem er sie abgeliefert hatte? Schon allein, weil ihr Vater dagegen war?

Sobald Eresh und Schuri die Schwelle in das Haus übertreten hatten, kamen ihnen zwei Personen entgegen und andere tauchten plötzlich in der Halle auf. Alle waren sie hochgewachsen und so fremdartig gekleidet und frisiert, wie es in der Nördlichen Kapitale auf *Nibiru* üblich zu sein schien. Eresh erkannte zwar noch niemanden, den sie je gesehen hätte – aber da war er: ihr Empfang, ihre Begrüßung, ihr ...

„Willkommen!" Der Mann und die Frau mit den überaus gleichmäßigen Gesichtszügen lächelten sie freundlich an. „Ihr werdet bereits erwartet. Schön, dass ihr da seid."

Kribbelnde Aufregung und vorsichtige Vorfreude stiegen in Eresh auf. Sie und Schuri wurden von dem Mann und der Frau tiefer in die Eingangshalle hineingeführt. Ja, auch die vier anderen *Anunnaki*, die dort standen und ihnen ein Lächeln schenkten, waren Eresh unbekannt. Ihr erster Eindruck bestätigte sich also.

Ein bisschen verunsichert warf sie Schuri einen fragenden Blick zu. Doch er starrte stur geradeaus zu den *Anunnaki*. Konnte er sie einander denn nicht vorstellen?

Eresh zog die Brauen zusammen. Sie hatte mit ihrem Vater und dessen Töchtern gerechnet, die sie einst auf der Erde besucht hatten. Ein wenig auch mit der Frau des Hauses - ob sie Eresh nun wohlwollend empfing oder eher distanziert. Sie musste zugeben, dass sie vor der Begegnung mit der Gattin ihres Vaters insgeheim schon länger Angst hatte. Doch im Moment wäre Eresh alles lieber gewesen als diese unverbindlich lächelnden Fremden. „Wer sind diese Leute", flüsterte sie Schuri neben sich zu.

„Diener", erwiderte er.

„Sag bloß, dass es sich bei ihnen wieder um unechte Männer und Frauen handelt! Sind sie solche, wie der

Lenker unseres fliegenden Wagens und die Frau in dem Laden mit der Kleidung es waren?“ Während Eresh vergeblich auf eine Antwort von Schuri wartete, hatten sich die sechs Bediensteten um sie beide versammelt und reichten ihnen etwas zu trinken.

Nachdem Eresh von dem – zugegeben köstlichen – Getränk probiert hatte, erkundigte sie sich direkt bei den Bediensteten: „Wann werden sich mein Vater und seine Familie zu uns gesellen? Oder führt ihr mich zu ihnen? Habt ihr nicht vorhin gesagt, dass wir bereits erwartet werden?“ Eresh fühlte sogar etwas wie verletzten Stolz, dass sie von fremden Bediensteten, anstatt ihrer *nibiruanischen* Familie empfangen worden war. Das ging ja schon einmal gut los mit ihren hiesigen Verwandten ... Dabei hatte Eresh eine weite, weite Reise auf sich genommen. Von einer Welt zur anderen!

Sie blickte forschend in die höflich-neutralen Gesichter der Bediensteten, harrte einer Antwort, als etwas Unerwartetes geschah. Jemand drückte ihr plötzlich ein Tuch auf Nase und Mund und Eresh blieb nichts anderes übrig, als einen beißenden Geruch einzuatmen. Einer war unbemerkt hinter sie getreten und tat ihr an, was sich einfach nur entsetzlich falsch anfühlte.

Mehr von ihrem Instinkt als von sonst etwas getrieben, entwand Eresh sich dem Griff und dem stechenden Geruch in der Nase, indem sie sich blitzschnell nach unten wegduckte und an Schuri vorbei zum Tor rannte. Vorbei an Schuri, ja, an Schuri, der tatenlos zugeschaut hatte, wie einer dieser Bediensteten sie mit seinem Tuch in die Mangel genommen hatte. Sie eilte zum Tor, das sich erstaunlicherweise öffnete, sobald Eresh ihm nahe genug kam.

Schon war sie draußen auf dem gefliesten Hof und nahm die Beine in die Hand, wie schon lange nicht mehr. Wahrscheinlich zuletzt als Knirps in den Gassen von Uruk, wenn sie mit anderen Kindern um die Wette gerannt war. Durch ihre verhältnismäßig langen Beine hatte Eresh die anderen oft abhängen können.

Schnell verscheuchte sie die Erkenntnis, dass nun sie es war, die die kürzeren Beine hatte.

Alle Gedanken mussten warten, alle Fragen mussten warten, alle Furcht mussten warten – bis Eresh sich weit genug von dem verfluchten Anwesen entfernt hatte, um wieder aufatmen zu können.

Sie brauchte jetzt ihre gesamte Kraft und ihren ganzen Mut, um überhaupt eine Chance zu haben. Ohne einen Blick zurückzuwerfen, suchte sie Deckung zwischen den Büschen und Bäumen, schlug Haken wie ein Hase und erlaubte sich keine Verschnaufpausen. Dabei rechnete ein Teil von ihr jeden Moment damit, erfasst zu werden.

Eresh bemühte sich, diesen Teil von sich schweigen zu lassen, sonst konnte sie gleich aufgeben. Ein, zwei Mal stolperte sie beinahe über einen Stein oder einen dicken Ast auf dem Boden. Bei den fremdartigen Insekten redete sie sich ein, dass sie nicht echt waren, wie die meisten Tiere in diesen Landschaften. Als Eresh langsam Durst bekam und merkte, wie ihr Hals rau und ihr Mund stetig trockener wurden, versuchte sie, es zu ignorieren. Ebenso wie das Seitenstechen.

Würde in dieser Wildnis irgendwann wieder ein Anwesen vor ihr auftauchen? Wo eines war, konnten mehrere sein. Würde man ihr öffnen, wenn sie vor einem Tor um Einlass bat und um Zuflucht?

Wie weit war es wohl bis zum nächsten Stadtteil der Nördlichen Kapitale? Irgendwann blieb Eresh doch nichts anderes übrig, als eine Rast einzulegen. Sie setzte sich auf den moosbedeckten Boden nahe einem Baum und lehnte den Rücken an seinen Stamm. Endlich konnte sie sich etwas ausruhen und wieder zu Atem kommen. Wenigstens waren die Temperaturen in dieser Gegend viel milder als mitten am Tag auf den Straßen von Uruk. Dort hätte sie wahrscheinlich längst einen Hitzschlag erlitten. Hier konnte das nicht passieren, aber damit erschöpfte sich das Positive auch schon.

Eresh ließ den Blick um sich schweifen und fühlte sich am Rande der Verzweiflung. Sie saß allein, mit nichts bei sich außer den Kleidern am Leib, in einer fremden Welt, umgeben von Niemandsland und verfolgt von Wesen, die wer-weiß-was mit ihr vorhatten.

Für einen Augenblick erwog Eresh zwar, dass dieses beißend riechende Tuch vielleicht zu nichts Üblem geführt hätte wie der Schlummertrunk in der Himmelsbarke. Sie erwog, dass doch noch alles gut geworden wäre und ihre Familie sich ihr gezeigt hätte. Doch ihre Intuition verwarf diese Spekulation. Es war absolut nicht mit rechten Dingen zugegangen.

Und Schuri hatte sie in diese schreckliche Lage gebracht. Er hatte sie an den falschen Ort geführt, dieser falsche Assistent ihres Vaters. Das spürte Eresh.

Wie sollte sie je wieder jemandem vertrauen, nach dem, was Schuri ihr angetan hatte? Ein Schluchzen entwand sich ihrer Kehle. Sie fragte sich auch, was mit dem echten Assistenten ihres Vaters geschehen war. Er konnte ja nicht spurlos verschwunden sein! Schuri hatte ihn doch nicht ... Es lief ihr eiskalt den Rücken hinunter.

Da hörte Eresh irgendwo in ihrem Rücken Äste knacken und Laub rascheln. Ihr blieb vor Schreck beinahe das Herz stehen. Noch bevor sie sich erheben und umdrehen konnte, erschöpft wie sie war, traten drei Personen zu ihr.

9. Draußen und drinnen

„Eresh, Tochter des Enthar Schar Thos.“ Es klang einen Hauch mehr wie eine Feststellung als nach einer Frage.

Eresh zuckte innerlich und äußerlich zusammen. Den vollen Namen ihres leiblichen Vaters vernahm sie gerade erst das zweite oder dritte Mal. Sie war mittlerweile aufgestanden, hatte sich aufrecht hingestellt und die Hände in die Hüften gestemmt, um sich stabiler und selbstbewusster zu fühlen als sie es war.

In Wirklichkeit spürte sie nichts als Erschöpfung und Angst, hielt sich auf weichen Knien. Um wen handelte es sich nur bei diesen drei Leuten?

„Nun?“ Es war weiterhin die Frau, die sprach. Sie stand zwischen den beiden Männern vor Eresh.

Ein freundliches Lächeln trugen sie alle drei auf den Lippen, ebenso wie die merkwürdige landestypische Kleidung.

Ihrem Äußeren nach zu urteilen, mussten sie *Anunnaki* sein. Obgleich Halbwesen nicht auszuschließen waren, denn mitunter konnten auch sie so helle Haare haben wie diese drei. Wahrscheinlich auch so eigenartige Frisuren: zwar verschieden, aber alle ungewohnt kurz.

Eresh entschied sich zu einem zaghaften Nicken. Als die Frau jedoch einen Schritt auf sie zu machte, zog Eresh sich instinktiv zurück wie eine Gazelle, die von einem Löwen bedroht wurde. Nach allem, was geschehen war, lagen ihre Nerven blank. „Wer seid ihr? Wie habt ihr mich gefunden?", brach es aus ihr hervor.

Die hochgewachsene blonde Frau, fast gleich gekleidet wie die beiden Männer an ihrer Seite, streckte ihr die offene Hand hin. „Komm, wir können dir helfen." Wenn man sie etwas länger betrachtete, fiel auf, dass ihre Gesichtszüge nicht so perfekt und gleichmäßig waren wie die der beiden recht alterslosen Männer.

Ob die Männer, im Gegensatz zu der Frau, vielleicht wieder einmal unechte Leute waren? Wie hoch war der Anteil von ihnen wohl auf der Station *Nibiru* im Vergleich zu den *Anunnaki* und Halbwesen? In allen Positionen, die mit Dienstleistung zu tun hatten, schienen diese künstlichen Leute jedenfalls vorzuherrschen. Hätten die *Anunnaki* damals schon über sie verfügt, wäre es ihnen vermutlich nicht notwendig erschienen, Menschen zu erschaffen, die sich für sie abrackern sollten.

Eresh blieb weiter auf der Hut und machte sich bereit, jeden Moment wieder wegzurennen.

„Wir wollen dir nichts Böses", sprachen die beiden hellhaarigen Männer zum ersten Mal und nahezu synchron.

Eresh bekam eine Gänsehaut. Glaubten die drei tatsächlich, sie wäre vollends naiv? Andererseits ... Wenn sie das Gleiche mit ihr vorhatten wie Schuri und die angeblichen Bediensteten, wieso ergriffen sie Eresh dann nicht einfach? Warum wiederholten sie nicht ihr Manöver mit dem beißend riechenden Tuch? „Ihr habt gleich als Erstes gefragt, wer ich bin. Euch selbst stellt ihr allerdings nicht vor."

„Wir wollten nur die Bestätigung, dass du es bist. Es ist unser Auftrag, dich in Sicherheit zu bringen", beschwichtigte sie die Frau. „Wie genau *wir* heißen, spielt dabei doch keine Rolle."

Das nun leuchtete Eresh in einem gewissen Maß ein. Als einer der beiden Männer auf Geste der Frau hin etwas zu trinken aus seiner Tasche holte, spürte Eresh erst wieder so richtig, wie durstig sie war.

Ein Hoffnungsfunke erglomm in ihr. „Schickt euch mein *Adda*?“

Plötzlich war ein feines Summen zu hören. Eresh spähte erst um sich, dann instinktiv zum Himmel. Hoch oben schwebte ein Flugobjekt. Es sah weder so aus wie der fliegende Wagen, in dem sie selbst über die Landschaften geschwebt war, noch wie die Himmelsbarke, in der Eresh diese Welt erreicht hatte. Jetzt flog das Flugobjekt eine Schleife. Aus den Augenwinkeln sah sie, dass die drei Fremden es ebenfalls beobachteten, die Hälse gereckt.

„Trink einen guten Schluck und dann machen wir uns auf den Weg“, schlug die Frau ihr mit einem ermutigenden Lächeln vor, jedoch mit einer Spur von Ungeduld in der Stimme.

„Habt ihr eine Vermutung, wer sich in dem Flugobjekt dort oben befinden könnte?“ Eresh blickte noch einmal hinauf.

Die Frau atmete seufzend aus. „Wer sie auch sind, wir sollten uns im Schatten der Bäume halten und vor allem: weitergehen.“ Sie hielt ihr immer noch das Trinkgefäß entgegen.

Eresh ereilte der erschreckende Gedanke, Schuri und diese angeblichen Bediensteten würden sie mit dem Flugobjekt aus der Vogelperspektive suchen. Gut möglich, denn einfach gehen lassen würde Schuri sie bestimmt nicht, nach allem, was er schon getan hatte, um sie für sich zu gewinnen und hierher zu bringen. Kurz entschlossen nahm Eresh das eigenartige Trinkgefäß entgegen, stillte ihren gröbsten Durst und folgte den drei freundlichen Fremden. Besser, als noch eine Weile verloren hier herumzuirren, bevor sie von den anderen geschnappt wurde.

* * * * *

Sie wählten ihren Weg nun wirklich so, dass sie zwischen Bäumen hindurch und nahe am Gestrüpp vorbeigingen.

Wenn ihre Orientierung Eresh nicht völlig im Stich ließ, musste das die Richtung weg von dem Haus sein, in das Schuri sie gebracht hatte.

Sehr gut! Nur möglichst weit fort von diesem abstoßenden Anwesen und von diesem betrügerischen Herzensbrecher!

Die beiden blonden Männer liefen voran, während Eresh ihnen an der Seite der Frau folgte. Die drei sprachen weder weitere Worte zu ihr noch redeten sie etwas untereinander. Sie wechselten nicht einmal Blicke.

Mit zusammengebissenen Zähnen und schmerzenden Füßen marschierte Eresh durch die Wildnis und versuchte, sich nicht so sehr von dem Schweigen verunsichern zu lassen. Dabei musste sie noch froh sein, dass die Frau und die beiden Männer sie gefunden hatten. Wer, außer ihrem leiblichen Vater, sollte ihr diese Helfer geschickt haben?

Nach einer Weile reichte ihr die Frau erneut das Trinkgefäß. Dankbar nahm Eresh es entgegen und genoss ein paar wohltuende Schlucke von dem, was wie verdünnter Saft schmeckte. Gegen einen Happen zu essen hätte sie ebenfalls nichts einzuwenden gehabt. Doch im Hause ihres Vaters würde es sicher nicht an Speise mangeln. Bei dem Gedanken daran knurrte ihr Magen.

Eresh spürte die Anstrengung der letzten Zeit, in jeder Faser ihres Körpers. Zumal sie bereits seit gestern ein Ziehen und Drücken im Unterleib fühlte, da ihre Blutungen bald einsetzen würden.

Sie hoffte inständig, dass der Ort, an den sie gingen, nicht mehr weit entfernt lag. „Wohin genau bringt ihr mich?“, konnte sie sich nicht länger verkneifen zu fragen. „Und sagt bitte nicht einfach nur: in Sicherheit.“ Ein bitteres Lachen entfuhr ihr.

„Keine Sorge, es ist nicht mehr weit“, beruhigte die Frau sie.

Etwas später war nach einer Zeit der Stille wieder das seltsame, feine Summen zu vernehmen. Eresh blieb instinktiv stehen und spähte nach oben. Da spürte sie die Hand der Frau an ihrem Unterarm.

„Komm, schnell!“ Ihr Griff wurde fester und die Frau zog sie an ihrem Arm weiter.

Eresh wehrte sich nicht dagegen. Erst recht nicht, als ein breiter Lichtstrahl von oben herabfiel und das Territorium östlich von ihnen abtastete. Schuri und die anderen wollten sie in der beginnenden Dämmerung besser ausmachen können!

Die drei Fremden erhöhten ihre Laufgeschwindigkeit und rissen Eresh förmlich mit sich, gleichgültig wie erschöpft sie bereits war und wie sehr es ihr an Kraft fehlte, mit ihnen Schritt zu halten. Wenn ihr nicht so bange gewesen wäre, von jenen gefangen zu werden, die sie jagten, hätten die drei sie mit sich schleifen oder tragen müssen.

Nachdem Eresh schon ein paar Mal gedacht hatte, sie könne sich nicht mehr auf den Beinen halten, geschah etwas Unerwartetes.

Ihre drei Retter nickten sich fahrig zu und blieben stehen. Nur ein paar Momente später tauchten zum zweiten Mal am Tag Haus und Hof um sie herum auf.

„Es gibt also mehrere auf diese Weise verborgene Anwesen!“, rief Eresh verblüfft aus. Sie stutzte. „Dann gleichen sie sich auch noch aufs Haar!“

Nun, in Uruk sehen die Villen der Noblen einander auch recht ähnlich, erinnerte sie sich.

Die Frau nickte nur knapp und wechselte jetzt doch einmal einen schwer deutbaren Blick mit den beiden Männern.

Eresh musste unwillkürlich gähnen. Nun da sie bei dem Refugium angekommen waren, hätte sie auf der Stelle einschlafen können. Ein Verdacht kratzte kurz an der Oberfläche ihres Geistes. Dieses Getränk hatte doch nicht schon wieder eine betäubende Wirkung besessen? „Könnt ihr mir jetzt vielleicht endlich einmal sagen, ob das dort das Heim meines Vaters ist?“ Eresh deutete auf das Anwesen.

„Lass uns hineingehen“, antwortete die Frau nur im neutralsten Ton, der denkbar war.

Während sie zu viert auf das Tor zuschritten, wurde dieser Bereich in künstliches dämmriges Licht getaucht. Auch das Tor öffnete sich von selbst, als sie davor angelangten.

Eresh und ihre drei Retter traten ein und wurden von einer Eingangshalle empfangen, die jener des vorigen Anwesens ebenfalls stark ähnelte. Einige Leute, womöglich Dienerinnen, kamen ihnen entgegen. Dabei hatte Eresh fast schon mit Schuri gerechnet. Es stand schließlich nicht fest, ob er sich in dem Flugobjekt mit dem suchenden Lichtstrahl befunden hatte. Womit sie nicht zu rechnen wagte, war, dass ihr *nibiruanischer* Vater und dessen Familie auf sie zukamen. Aber auf ein weiches Bett und eine großzügige warme Mahlzeit hoffte Eresh inständig.

Möglicherweise könnte sie noch ein warmes Bad nehmen. Endlich wieder!

Während die drei Bediensteten sich in der fremden Sprache mit den drei Helfern von Eresh austauschten, wartete sie mit zunehmender Ungeduld. Dann fiel es ihr wie Schuppen von den Augen. Zwei der drei Hausdienerinnen kamen ihr bekannt vor – verdammt bekannt. Bisher war es Eresh nicht aufgefallen, denn diese *Anunnaki* - oder eher deren Nachbildungen - sahen für sie schließlich alle einfach hochgewachsen, tendenziell athletisch und ungewohnt gekleidet aus. Doch Eresh war sich nahezu sicher, dass sie diese beiden schon in dem anderen Anwesen gesehen hatte, als man sie betäuben wollte.

Rasch wandte Eresh sich um und wollte genauso fliehen wie vor ein paar Doppelstunden. Doch das Tor blieb diesmal fest verschlossen und die sechs Fremden saßen ihr bald im Nacken. Mit vereinten Kräften zerrten sie Eresh zur Treppe und diese hinauf.

„Aber wir befinden uns doch in einem anderen Anwesen, an einem anderen Ort als zuvor?“, entfuhr es Eresh schrill.

„Weder noch“, erklärte die Frau trocken. „Wir sind einfach im Kreis gelaufen. An deinem Orientierungssinn solltest du noch arbeiten.“

Eresh hatte ganz andere Probleme, als sich jetzt beleidigt zu fühlen. „Was wollt ihr von mir? Wo bin ich hier? Und wo ist Schuri, dieser elende Betrüger? Er ist doch hier irgendwo in der Nähe, richtig?“ Eine Mischung aus Wut und Verzweiflung schnitt ihr ins Herz wie ein Dutzend Pfeile.

Keiner von den sechs Leuten ließ sich noch dazu herab, ihr zu antworten. Die fünf womöglich künstlichen *Anunnaki* ohnehin nicht und die Frau auch nicht mehr.

Kurz darauf wurde Eresh durch einen Türeingang geschoben und in einem Zimmer eingesperrt.

Eresh betet

Inanna? *Inanna*, hörst du mich? Man nennt dich doch die Königin des Himmels, verehrt dich als Morgen- und Abendstern! Du bist auch die Göttin der Liebe. Warum schreitest du dann nicht ein, wenn wir in trügerischem Taumel den Falschen vertrauen, wenn Herzen gebrochen werden?

Ninhursag? *Ninhursag*, hörst du mich? Es heißt doch, du seist die Mutter aller Götter und auch aller Kinder überhaupt! Du bist auch die Göttin der Gebirge und der Einöde, hast ein Auge auf die wilden sowie gezähmten Tiere des Feldes. Wieso hast du dann auf mich nie geachtet?

Ereschkigal? *Ereschkigal*, hörst du mich? Du giltst doch als die Herrin der Unterwelt, fährst auf einem Boot zwischen dem Reich der Lebenden und der Toten hin und her! Du bist auch die Göttin der Weite und von dir kommt mein Name. Warum bin ich dann nicht deine Schutzbefohlene, wieso ließest du mich in die Falle und Gefangenschaft geraten?

Ich bete zu euch weiblichen Gottheiten, da ich von den männlichen erst recht nichts erwarte. Und es fühlt sich komisch an, dass ich überhaupt wieder bete. Seitdem mir klar wurde, dass jene, die als Gottheiten verehrt werden, lediglich anders, nicht allmächtig und unsterblich sind, glaubte ich, nie wieder beten zu können. Glaubte, meine gen Himmel gesandten Worte verlören sich wie Staubkörnchen im Wind. Glaubte, sie blieben ungehört, unbemerkt, unerwidert.

Doch nun sitze ich hier fest, in diesem goldenen Käfig, in diesem unpersönlichen, kaltherzigen Exil. Ich kann mir noch keinen Reim darauf machen, zu welchem Zweck man mich in diesem Zimmer einschließt, Tag und Nacht. Mein Körper muss nicht darben, aber mein betrogenes Herz blutet und meine Seele grämt sich in Ungewissheit.

Weiß meine Mutter, ahnt mein Vater überhaupt, wie es mir geht und was mit mir geschehen ist? Wartet *Ama* nicht auf eine Nachricht auf dem merkwürdigen Gerät, das sie einst von meinem Vater bekam? Auf das gute Zeichen meiner sicheren Ankunft bei ihm, das er ihr viel zu lange nicht zu senden vermag. Unternimmt mein *Adda* nicht langsam etwas, da seine Tochter einfach nicht bei ihm ankommt?

Oh, ihr Gottheiten – wenn es euch denn gibt ... Ich verstehe nicht, wie Schuri mich so verraten und verkaufen konnte. Er ist doch ein Halbwesen wie ich! Irgendwann habe ich ihm fast alles *zu*getraut, warum habe ich ihm noch *ver*traut? Was ist mit der Verbindung, die er zwischen uns zu spüren vorgab? Was ist mit seinen Küssen, Blicken, den Berührungen? Wahrscheinlich waren sie für ihn nichts als Mittel zum Zweck. Schuri hat nur seinen Auftrag erfüllt und sich aus dem Staub gemacht.

So es euch also gibt – ihr guten Mächte – helft mir! Ich glaube nicht, dass ihr seid, wie die Menschen euch in ihren Sagen und Legenden darstellen. Zu viel wird darin vermischt und auch verwischt. Aber mein Gefühl sagt mir, dass es euch trotzdem gibt. Nicht in einer Welt, die man mit einer fliegenden Maschine bereisen kann, sondern jenseits davon. Und vielleicht steckt in euch auch etwas von *Inanna*, *Ninhursag* und *Ereschkigal*.

10. Himmel und Hölle

Außer dem warmen Bad stand Eresh jetzt zur Verfügung, wonach sie gestern noch so starkes Verlangen verspürt hatte. In ihrem „Gästezimmer“, wie es jene nannten, die sie gefangen hielten, befand sich ein großes, weiches Bett. Zweitrangig, dass der Raum schlicht und in betrüblich kühlen Tönen eingerichtet war. Zumal Eresh ihren eigenen Toilettenraum mit fließendem Wasser hatte. Etwas, das in ihrer irdischen Heimat nur der König und seine engsten Angehörigen besaßen.

Vor ihr auf dem ungewohnt hohen Tisch verströmte eine dampfende Mahlzeit ihren Duft. Neben der Schüssel mit dem stückigen Eintopf und dem Teller mit den rundlichen, dunklen, kleinen Broten stand ein transparenter Trinkbecher und ein Krug mit einem von winzigen Gelee-Flöckchen durchsetzten Getränk. Ihr Durst hatte Eresh dazu getrieben, bereits ein paar Schlucke davon zu probieren. Das einheimische Gebräu musste heute natürlich ausgerechnet nach *Tanasch*-Früchten schmecken und sie somit an ihre ersten Treffen mit Schuri erinnern. Was war sie schon damit für Risiken eingegangen! Als sie noch naiv und verliebt war. Als sie noch dachte, ihm läge etwas an ihr. Eresh schüttelte den Kopf, wie um ihre Gedanken an diesen Verräter ein für alle Mal zu vertreiben.

Sie saß auf einem Stuhl, der ebenso absurd hoch aufragte wie der Tisch. Beides schien für mindestens einen

Kopf größere *Anunnaki* gemacht. Ereshs Füße kamen nicht auf dem Boden auf, solange sie darauf saß. Also ließ Eresh sie baumeln.

Sie war als Halbwesen ja schon hochgewachsener als die meisten Menschen ihrer irdischen Heimat. Wie komisch müssten sich erst etwa ihre Halbschwestern auf diesem Stuhl oder in diesem Bett fühlen: wie im Zimmer eines Riesen.

Eresh rührte mit dem Löffel in dem Eintopf herum. Bald würde er abgekühlt sein. Sie hätte Speise und Trank wahrscheinlich besser aus Protest verweigert, einfach stehen gelassen bis wieder einer von diesen wortkargen Leuten kam. Aber sie brachte es auch diesen Abend nicht über sich. Zu sehr knurrte ihr Magen und ihr Durst hatte sich ebenfalls zurückgemeldet.

Ob sich diese überwiegend künstlichen Hausangestellten – oder was genau sie waren – überhaupt von unangetastetem Essen beeindrucken ließen, war zudem fraglich. Da müsste sie vermutlich schon lange durchhalten, viele Male hintereinander die morgendliche sowie abendliche Mahlzeit ausschlagen. Dabei hatte Eresh, wenn sie ehrlich war, selten je so schmackhaften Gerichte gekostet wie seit gestern Abend.

Während sie sich also das Essen schmecken ließ und sich ein wenig schuldig deswegen fühlte, ging ihr Blick mal wieder zu den kleinen, runden Fenstern. An der Süd- und Westseite des Raumes reihten sich jeweils drei davon mit Abstand aneinander. Allerdings war ein solches Fenster viel zu klein, um auch nur zu überlegen, ob man vielleicht hindurch passen könnte.

Daher hatte Eresh diesen Morgen einen Fluchtversuch durch die Tür gewagt. Als sich der wohl künstliche *Anunnaki* weit genug im Zimmer befunden und ihre Mahlzeit abgestellt hatte, war sie schnell durch die halb offene Tür gehuscht. Das hatte allerdings lediglich dazu geführt, dass ein Weiterer dieser Hausbediensteten sie unten an der Treppe abgefangen hatte. Wie hatte er nur gleich bereitstehen können? Eresh verkrampfte ihre Finger allzu fest um den Löffel. Wie viele von diesen nachgebildeten Leuten gab es eigentlich auf dem Anwesen?

Nicht lange, nachdem sie fertig gegessen hatte, öffnete sich fast geräuschlos die Tür, wie immer. Eine der Hausbediensteten trat ein, unangekündigt und ohne zu fragen, wie immer.

Aber mit einem höflichen Lächeln auf den vollen Lippen, wie ... fast immer.

Ihr meist freundlicher Gesichtsausdruck schien genauso typisch für diese künstlichen Leute wie ihre angenehme Stimme – wenn sie denn mal ein paar Sätze sprachen - und ihr gefälliges Äußeres. Die Kleidung, Frisuren und Haarfarben empfand wohl auch nur Eresh mit ihrem irdisch geprägten Geschmack als befremdlich und unvorteilhaft.

Die dauerlächelnde Frau räumte das leere Essgeschirr auf ihr Tablett und wischte den Tisch ab – beides, ohne hinzusehen. Stattdessen tastete ihr prüfender Blick den Raum ab. Wahrscheinlich, um sicherzugehen, dass Eresh nichts angestellt hatte. Die Frau nahm das Tablett auf, drehte sich um und prüfte auch die anderen Winkel des Zimmers, einzig den Toilettenraum ließ sie seltsamerweise aus.

Bereits auf dem Weg zurück zur Tür gab die Frau noch ein wohlklingendes „Wünsche einen schönen Abend" von sich. Ihr Sumerisch klang ein bisschen ungelenk, aber immerhin! Erstaunlich, dass diese Wesen sogar Ereshs Muttersprache im Repertoire hatten.

„Warte!“, rief sie der Hausbediensteten rasch zu. Eresh wollte nicht, dass sie einfach wieder verschwand. Was sie wollte, waren endlich ein paar Antworten und nicht bis zum nächsten Morgen allein in diesem stillen Zimmer zu hocken.

Die künstliche *Anunnaki* drehte sich noch einmal um und sah sie mit schräg gelegtem Kopf an.

Fang mit etwas Unverfänglichem an, ermahnte Eresh sich. „Sprechen alle von euch meine Sprache oder nur speziell ihr in diesem Haus?“

Die Frau bewegte ihren hübschen Kopf und legte ihn auf der anderen Seite schräg, als erwäge sie, ob sie darauf antworten dürfe. „Uns stehen allen jegliche auf der Station *Nibiru* bekannten Sprachen zur Verfügung.“

Eresh nickte anerkennend. *Schuri. Ich muss irgendwie Schuri ins Spiel bringen, um die Chance zu haben, etwas über ihn zu erfahren*, dachte sie. Dann lachte sie trocken auf. „Ich glaubte schon, Schuri hätte euch meine Sprache beigebracht. Schließlich spricht er sie perfekt für jemand, der von *Nibiru* kommt.“

Die Hausbedienstete zog ihre Augenbrauen hoch. „Wer ist Schuri? Mir ist niemand bekannt, der diesen Namen trägt.“

So ist das!, erfasste Eresh mit einem bitteren Geschmack im Mund, *sogar sein Name war falsch.* Als sie bemerkte, dass die künstliche Frau sich umzudrehen begann, da sie offenbar endlich gehen wollte, wechselte Eresh noch einmal rasch das Thema. „Einen Moment noch bitte!“

Wie es ein Mensch oder sonst ein beseeltes Wesen auch wäre, wirkte die Frau etwas hin- und hergerissen.

„Wer ist der Besitzer dieses Anwesens“, erkundigte Eresh sich schnell. Vielleicht hatte sie mit dieser Fragestellung mehr Glück als mit der schon hundert Mal gestellten, in wessen Auftrag sie hier gefangen gehalten wurde.

Für eine Weile wirkte die Hausbedienstete unentschieden, ob sie dazu etwas sagen durfte. Als es schon unwahrscheinlich schien, sprach sie in ihrem neutral-höflichen Tonfall: „Dieses Ferienhaus gehört dem Hohen Verwalter der Nördlichen Kapitale, einem der vier Machthaber der Station *Nibiru*.“

Eresh stockte der Atem angesichts dieser Aussage.

„Du blutest“, merkte die künstliche *Anunnaki* noch nüchtern an, bevor sie sich umdrehte.

Verstört sah Eresh die Blutstropfen auf dem hellen Teppich unter sich. Sie brauchte kurz, um zu verstehen, warum sie sich dort angesammelt hatten. Nur nebenbei bekam Eresh mit, wie die Frau durch die Tür verschwand und sie von draußen auf eine Weise ohne Schlüssel abschloss, wie gewöhnlich.

Ferienhaus. Hoher Verwalter. Einer der vier Machthaber. Diese Worte wirbelten durch ihren Kopf und wollten sinnvoll zugeordnet werden. Doch Eresh verstand im Moment einfach gar nichts mehr. Alles, was sie sich bisher zusammengereimt hatte, fiel in sich zusammen wie brüchiges Schilfrohr.

Ihr wurde so schwindelig, dass sie zum Bett taumeln und sich auf dessen Rand setzen musste. Es war Eresh gerade gleichgültig, wie sehr sie nach dem Teppich auch die helle Bettdecke mit ihrer Monatsblutung rot färben würde. Sie hatte weitaus schwerwiegendere Probleme. Die Ungewissheit über ihr künftiges Schicksal war nicht gemildert, sondern nur mit neuen, verwirrenden Stichworten verziert worden.

Eresh fuhr sich mit beiden Händen durch das Haar und schnaubte frustriert. Was mochten die Aussagen der Hausbediensteten bedeuten? Wie sollte Eresh sie nur verstehen? Wozu, bei allen Göttern, ließ dieser sogenannte Hohe Verwalter Eresh hier festhalten? An ihn hatte Schuri – oder wie auch immer dieser Dreckskerl in Wirklichkeit hieß – sie also verkauft! Aber wie kam dieser Hohe Verwalter überhaupt auf sie?

Teil drei

„Nibiru, der die Übergänge von Himmel und Erde besetzt halten soll, weil jeder oben und unten Nibiru befragt, wenn sie den Durchgang nicht finden. Nibiru ist Marduks Stern, den die Götter am Himmel sichtbar werden ließen. Nibiru steht als Posten am Wendepunkt. Zum Posten Nibiru mögen die andern sagen: "Der die Mitte des Meeres ohne Ruhe überschreitet, sein Name sei Nibiru, denn er nimmt die Mitte davon ein". Die Bahn der Sterne des Himmels sollen unverändert gehalten werden."

(Babylonische Keilschrifttafel)

11. Wunsch und Verwünschung

Eresh blickte aus einem der kleinen, runden Fenster ihres Zimmers. Die Sonne schickte sich schon an, unterzugehen. Das Tageslicht war einmal wieder von einer kühlen Helligkeit geprägt gewesen – kein Vergleich zu dem warmen Glanz, in den *Utus* sengende Strahlen alles tauchten zwischen Euphrat und Tigris.

Heimweh stieg in Eresh auf wie eine mächtige Woge, die sie mit Sehnsucht erfüllte, und mit Bedauern. Bedauern darüber, dass sie sich auf dieses Abenteuer eingelassen hatte. Doch wie hätte sie auch ahnen sollen, dass diese Reise ihr zum Verhängnis werden sollte? Sie hatte mit Befremdung gerechnet, mit Ablehnung, arroganten Verwandten und vielleicht der einen oder anderen Gefahr, der sie mit Schuri trotzen würde.

Aber das?!

Eresh konzentrierte sich auf den Ausblick, um sich abzulenken. Sie hatte keine Lust darauf, schon wieder weinen zu müssen. Nichts als Natur erstreckte sich dort draußen. Es war noch einmal deutlich weniger los als am ländlichen Stadtrand bei ihrer Großmutter – nämlich gar nichts.

Eresh betrachtete Büsche und Bäume, von denen sie nicht wusste, wie man sie nannte. Sie befand sich nun in einer ganz anderen Klimazone als in Uruk und auch die dunklen *Giškin*-Bäume von Eridu wuchsen hier offenbar nicht. Obwohl sie eigentlich aus dieser Welt stammten und in ihr angeblich weit verbreitet waren.

Dafür gediehen in diesem Teil *Nibirus* fedrige gelbe Blumen, die bei der kleinsten Brise erzitterten, und robustere weiße, für die es schon stärkeren Wind bräuchte, um sie zu bewegen. Aber mehr als eine sanfte Brise wehte hier nie. Dafür hatte es bereits zwei Mal geregnet, gleichmäßig und lang.

Wenn einmal ein Insekt, ein Vogel oder gar ein kleines Nagetier zu erspähen war, fragte sich Eresh stets, ob es echt oder künstlich war. Womöglich nur ein Abbild und damit künstlicher als die Hausbediensteten hier, die sie zweimal täglich mit ihren kurzen, wortkargen Besuchen beehrten. So viel gesprochen wie die Frau neulich, hatte bislang keiner mehr.

Doch vor ein paar Tagen hatte ihr einer von ihnen immerhin etwas dagelassen, was Eresh helfen sollte, nicht völlig in Langeweile zu versinken. Es handelte sich bei der milden Gabe um etwas wie eine merkwürdig große, flache Tontafel, auf der Worte in Keilschrift standen. Immer wenn Eresh unten rechts auf ein Symbol drückte, bildete sich eine neue Geschichte in Keilschrift auf der magischen – nein, wohl technischen! - Tafel ab. Davor hatte sie manchmal tatsächlich schon geglaubt, verrückt zu werden, wenn sie noch länger ohne die geringste Beschäftigung in diesem Zimmer herumsaß. Schließlich wurde Eresh schon seit einer Woche hier festgehalten. Seit einer vollen Woche! Noch zählte sie die Tage. Würde sie das irgendwann aufgeben?

Eresh bekam in dieser Abgeschiedenheit ja gar nicht mit, ob sich etwas tat, das sie ihrer Befreiung näherbrachte. Wenn sie darauf überhaupt hoffen durfte ...

Auch dieser sogenannte Hohe Verwalter, der Schuri offensichtlich beauftragt hatte, sie zu verschleppen, blieb eine obskure Gestalt in ihrer Vorstellung. Wie ein riesiger, hagerer Schatten hatte der Machthaber der

Nördlichen Kapitale Eresh letzte Nacht in ihrem Alptraum überfallen. Sie schauderte. Würde dieser Hohe Verwalter eines Tages wirklich hier auftauchen und grausam enthüllen, wozu er ausgerechnet *sie* hier festhielt?

Nachdem Eresh noch eine ganze Weile aus dem Fenster gestarrt hatte und sich gerade wieder den Geschichten auf der Tafel zuwenden wollte, klopfte es plötzlich an der Tür. Sie zuckte zusammen.

Im nächsten Moment entschied sich ihr Körper erst einmal dazu, reglos stehen zu bleiben. Während sie angespannt auf weitere Geräusche lauschte, fragte Eresh sich irritiert, wer bei allen Göttern das sein sollte.

Die Hausbediensteten hatten doch noch nie geklopft oder sich sonst wie bemerkbar gemacht. Sie waren immer nur wie selbstverständlich hereingekommen mit ihrem vollbeladenen Tablett, leichtfüßig und höflich lächelnd.

Als Eresh bereits glaubte, es sich lediglich eingebildet zu haben, klopfte es erneut, etwas lauter diesmal. *Der Hohe Verwalter kommt! Ich habe ihn mit meinen Gedanken auch noch angezogen!*, dachte sie entsetzt. Das Herz schlug ihr bis zum Halse und eine Gänsehaut überzog ihren ganzen Körper. Am liebsten hätte Eresh sich unter dem Bett verkrochen. Allerdings ... Wieso sollte ein Machthaber wie er erst höflich anklopfen? An der Tür seiner Gefangenen!

"Eresh?", drang nun eine Stimme von der anderen Seite der Tür zu ihr. Ein lautes Rufen war das nicht, eher gedämpft. "Eresh, schläfst du?"

Als sie realisierte, wem diese Stimme gehören musste, verlor sich ihre Starre und Eresh eilte aufgeregt zur Tür.

"Nein, ich schlafe nicht! Und jetzt öffne die Tür und komm herein, wenn du dich traust!", forderte Eresh ihn heraus. Vorsichtshalber hatte sie ihn angezischt, anstatt ihn anzuschreien. Womöglich durften die Hausbediensteten nichts davon mitbekommen.

"Das werde ich mal schön sein lassen", erwiderte Schuri sarkastisch. "Ich will ja nicht, dass du mich in Stücke reißt." Ein paar Momente später erklärte er: "Außerdem habe ich keinen Schlüssel. Doch wir können ungestört reden, das Personal ist derzeit anderweitig beschäftigt."

"Ach ja? Alle?", brummte Eresh ungläubig.

"Einige von ihnen kümmern sich gerade um den Hof und ein paar andere regenerieren sich momentan im Erdgeschoss. Die im Hof haben mich zwar gesehen, aber ich habe ihnen weisgemacht, ich hätte etwas im Haus vergessen. Zum Glück sind diese künstlichen Leute nicht allzu misstrauisch." Schuri gab ein leises Lachen von sich.

"So wie ich, nicht wahr? Sonst hättest du mich ja nicht nach Strich und Faden belügen und betrügen können." Eresh ballte wütend die Fäuste und spürte, wie ihr das Herz gegen den Brustkorb trommelte. Als sei es so wütend wie sie selbst. Und doch hatte sie sich diese Begegnung insgeheim gewünscht.

Schuri seufzte und man konnte Bedauern heraushören - wenn man wollte. "Ich habe mich doch schon bei dir entschuldigt." Er seufzte erneut. "Habe ich nicht bereits versucht, es dir zu erklären?"

Eresh lachte bitter. "Du meinst die paar vagen Worte neulich? Bevor du mich in die Falle gelockt hast und dann abgehauen bist?"

"Ach Eresh, nimm das doch alles bitte nicht so persönlich. Es war ein Auftrag für mich." Schuri schluckte und schwieg ein paar Sekunden.

"Ich mag dich. Wirklich!", sprach er beschwichtigend. "Aber ich möchte vorankommen im Leben. Ich will es auch als Halbwesen niederer Herkunft zu etwas bringen. Nie habe ich eine Chance bekommen. Also muss ich sie mir eben selbst nehmen! Besser gesagt *kaufen*, und zwar mit dem Lohn, den ich für diesen Auftrag erhalten habe."

Er sprach immer nur von sich, weil er immer nur an sich dachte. Wie es ihr bei dem Ganzen erging, schien Schuri nicht sonderlich zu interessieren. Hätte er sonst nicht auch einmal gefragt, ob sie Eresh gut behandelten? Sie fühlte sich so hintergangen und benutzt, dass ihr Tränen in die Augen stiegen.

Zugleich wuchs aber auch ihre Verachtung für Schuri. Wie oft hatte sie ihn nicht verwünscht, seitdem sie wegen ihm hier festsaß. Wenn er vor ihr gestanden hätte, ohne die Tür zwischen ihnen, hätte sie ihm wohl eine Ohrfeige verpasst.

Mindestens.

"Eresh? Du bist so still. Ist alles in Ordnung bei dir?"

Was für ein Heuchler, dachte sie. "Das fragst du noch? Du gibst vor, mich zu mögen. Und trotzdem hast du mich für deinen Ehrgeiz geopfert. Normalerweise würde es mich wundern, dass jemand dann noch die Dreistigkeit besitzt, bei einem netten Plausch an der Tür zu versuchen, sein Gewissen zu erleichtern. Doch bei dir wundert mich gar nichts mehr", fuhr Eresh ihn an, ohne sich weiter um Vorsicht gegenüber den Hausbediensteten zu bemühen.

Jetzt war es Schuri, der schwieg. Betreten?

"Gib es zu – das war alles nur Süßholzgeraspel, als du mir sagtest, du würdest eine Verbindung zwischen uns spüren!"

"Nein, in dem Punkt habe ich nicht gelogen", beeilte sich Schuri, zu sagen.

Mit aller Kraft unterdrückte sie ein Aufschluchzen, das ihrer Kehle entweichen wollte.

Warum vermochte es dieser Dreckskerl immer noch, ihr Herz zu rühren? Eresh schloss kurz die Augen und atmete tief durch. Sie würde es nicht zulassen, dass er sie schon wieder um den Finger wickelte. "Wieso bist du überhaupt hier? Was willst du?" Eresh war stolz auf sich, dass ihr das so kühl und hart über die Lippen gekommen war.

"Nun, ich ... Ich ..." Schuri schien tatsächlich ein kleines bisschen aus dem Konzept gebracht. "Ich wollte dich ein wenig über deine Situation aufklären. Ein paar Dinge solltest du noch wissen."

Eresh horchte auf und fühlte sich höchst angespannt. Abwechselnd ging ihr Atem schnell oder sie vergaß ganz, Luft zu holen.

"Du hast dich wahrscheinlich schon gefragt, was mit dem echten Assistenten deines Vaters geschehen ist. Ich ... Ich ..." Es schien Schuri nicht leicht zu fallen, es auszusprechen. "Ich musste ihn ausschalten, um seinen Platz einzunehmen."

Mit einem Mal fiel Eresh wieder die große Wunde an Schuris linkem Oberarm ein, die sie damals ein paar Mal stutzig gemacht hatte, zudem die Blutflecken einst an seinem Gewand.

"Du hast also nicht nur mich geopfert, sondern bist auch noch über Leichen gegangen", stellte Eresh erschüttert fest.

"Er verfolgt mich jede Nacht in meinen Träumen, glaube mir. Und ich weiß, dass ich das mehr als verdient habe", bekannte er gequält. Er schluckte hörbar und schwieg. Einige Momente später fuhr Schuri gefasster fort: "Hör zu, du befindest dich hier im abgelegensten Anwesen des Hohen Verwalters dieser Kapitale, meines Auftraggebers."

Eresh verkniff es sich zu erwidern, dass sie das bereits wusste. Sie wollte Schuris Version davon hören und hoffte auf zusätzliche Informationen.

"Du brauchst dich nicht zu fürchten, Eresh. Man wird dir hier kein Leid antun. Auch vor dem Hohen Verwalter dieser Kapitale musst du keine Angst haben. Sein Interesse gilt dir einzig deshalb, weil du die Tochter eines seiner größten Rivalen bist. Ich versichere dir, dass du meinen Auftraggeber nie zu Gesicht bekommen wirst. Dafür ist er viel zu beschäftigt." Schuri pausierte einige Atemzüge lang. "Wusstest du, dass dein Vater der Hohe Verwalter der Südlichen Kapitale ist?", fragte er sie dann.

"Nein", antwortete Eresh erstaunt und verunsichert zugleich. Allerdings verstand sie jetzt endlich, wieso ihr die Südliche Kapitale durch ihre Kindheitserinnerungen vage ein Begriff war.

"Nun, dorthin hättest du eigentlich geleitet werden sollen, in die südliche Hauptstadt von *Nibiru*. Aber mein Auftraggeber ließ mich dich hierherbringen, wo du verwahrt werden sollst, bis dein Vater klein begibt. Er soll sein Amt niederlegen. Nach und nach will der Hohe Verwalter dieser Kapitale genauso die Hohen Verwalterinnen der Westlichen und Östlichen Kapitale dazu zwingen, ihre Ämter niederzulegen, um Alleinherrscher der ganzen Station *Nibiru* zu werden."

"Warum enthüllst du mir das alles?" Eresh fühlte sich ganz zittrig vor Aufregung.

"Ich wollte dich über die Hintergründe einfach nicht in Unwissenheit lassen."

Eresh stützte sich an der Wand neben der Tür ab. "Dieser Hohe Verwalter erpresst also meinen Vater mit mir? Ausgerechnet mit mir, die ich ihm doch fast nichts bedeute? Wie ..."

Eresh hörte Geräusche und brach ab.

Die Laute durchschnitten die relative Stille, die bislang um Schuri und sie herum ausgebreitet war.

"Lebe wohl, ich muss gehen." Danach waren nur noch seine sich schnell entfernenden Schritte zu vernehmen.

Eresh blieb wie versteinert zurück. Dabei hatte sie das eigenartig sichere Gefühl, dass sie Schuri nie mehr wiedersehen würde.

12. Besucht und heimgesucht

Noch zählte Eresh die Tage, achtete auf jeden Aufgang der Sonne am Morgen, des Mondes am Abend, zählte die Wochen. Seit Schuris überraschendem Besuch an der Tür war eine vergangen, insgesamt befand sie sich schon seit zwei Wochen in diesem Haus mit gut einem halben Dutzend dieser künstlichen *Anunnaki*.

Eresh hatte sich mittlerweile daran gewöhnt, dass es morgens relativ früh und abends recht spät eine üppige Mahlzeit gab, dazwischen nichts. Zu Hause hatte sie gerne einmal etwas geknabbert, sei es Trockenobst, frische Früchte oder das typische eingelegte Gemüse, das daheim auch bei keiner Mahlzeit fehlen durfte.

Daheim ... Vor ihrem geistigen Auge entstand ein Erinnerungsbild, wie ihre Mutter im Zuge von Festtagen *Qullupu* buk, die typischen mit Dattelpaste und Gewürzen gefüllten Kekse. Wie hatten sie sich als Kinder immer um das noch heiße Backwerk gedrängt, in der Hoffnung, schon ein paar der Kekse zu ergattern. Eresh hatte sich einmal mit Galsal darum geprügelt.

Ahnte ihre irdische Familie, in welch einer Falle sie saß und wie sehr sie gerade litt? Vielleicht war wieder ein prophetischer Traum über Ereshs Großmutter gekommen. Die vorige nächtliche Vision der alten Frau hatte schließlich recht behalten. Eresh hätte damals tatsächlich längst bei den Sternen sein sollen – wenn der echte Assistent ihres Vaters sie vorgefunden und mitgenommen - und Schuri den armen Kerl nicht kaltblütig ermordet hätte.

Womöglich hatte ihr Vater Ereshs Mutter über dieses eigenartige Kommunikations-Gerät darüber in Kenntnis gesetzt, dass sie entführt worden war. Doch selbst für den Fall, dass ihre irdische Familie es wusste – was konnten ihre Verwandten in Uruk, auf der Erde, schon für sie tun? Sie würden sich nur Sorgen machen. Wie sie sich bereits wegen Ereshs Halbschwester die Haare gerauft und mit Kummer ihr Brot gegessen hatten.

Nicht zum ersten Mal in den letzten Wochen fragte sie sich, wie es eigentlich Maschdara ging. War ihre Halbschwester zurück zu Hause oder mit dem Vater des Kindes an einen geheimen Ort geflohen? Trug sie dieses Kind denn noch unter dem Herzen oder hatte Dara sich der Forderung ihrer Eltern beugen und es abtreiben lassen müssen?

Ausgerechnet über die Person in Ereshs irdischer Familie, mit der sie sich stets am schlechtesten verstanden hatte, machte sie sich die meisten Gedanken. Sogar noch mehr als über ihre Mutter, die ihr immer am nächsten gestanden hatte. Wie merkwürdig sich doch alles entwickeln konnte.

Natürlich hatte Eresh in der letzten Zeit auch öfter daran denken müssen, dass sie die Tochter einer der vier mächtigsten Personen von *Nibiru* war. Welch eine erstaunliche und zuweilen skurrile Vorstellung! Ausgerechnet sie! Und selbstverständlich hatten sie einmal wieder alle im Dunkeln darüber gelassen. Weder ihre Mutter noch ihr Vater selbst hatte ihr je etwas davon gesagt. Eresh hatte ihn immer für irgendeinen gewöhnlichen Beamten auf *Nibiru* gehalten.

Ihr forderndes Magenknurren unterbrach ihre Gedanken und ließ sie zu den Speisen abschweifen, die Eresh hier serviert bekam. Im Gegensatz zu den

Getränken waren sie relativ nah angelehnt an das, was sie von ihrer irdischen Heimat her kannte. Sicher, es gab stets auch einmal etwas Befremdliches, etwa eine ihr unbekannte gehackte Frucht oder eine Suppe aus einem weißen Gemüse, das sie nicht kannte. Doch im Großen und Ganzen schienen sie hier sogar Rücksicht zu nehmen auf ihre gewohnten Mahlzeiten. Es sei denn, die Küche *Nibirus* hatte wirklich so viele Gemeinsamkeiten mit der sumerischen.

Nachdem ihr Magen noch gefühlte hundert Mal geknurrt hatte, tat sich etwas jenseits der Tür. Endlich würde ihr das Abendessen gebracht werden. Waren sie heute nicht ohnehin ein bisschen spät dran oder trog sie ihr Zeitgefühl?

In froher Erwartung ihrer abendlichen Mahlzeit setzte Eresh sich schon einmal auf einen der hohen Stühle an den ebenso hohen Tisch.

Sie hörte, wie die Tür sich öffnete, vernahm aber nicht das leichte Klappern des Geschirrs auf dem Tablett. Ein erster, kleiner Schreck.

Ihr Blick begegnete dem des fremden Mannes und irgendwie wusste Eresh sofort, um wen es sich dabei handelte. Nicht ihr Kopf wusste es, sondern ihr schneller schlagendes Herz. Ein zweiter, größerer Schreck.

Aber das konnte nicht sein! Eresh hatte sein Erscheinen doch all die letzten Tage als ausgeschlossen betrachtet. Seit einer Woche keine Alpträume mehr von ihm des Nachts, dafür nun diesen bei Dämmerung. Im Zwischenzustand, nicht mehr richtig Tag, noch nicht Nacht, bei Halblicht trat er näher und diesmal wünschte sie, nur zu träumen.

"Das ist sie also: Die Mischlingstochter des *großen* Enthar." Die letzten beiden Worte hatte er theatralisch betont.

Eresh hielt nichts mehr auf dem Stuhl.

Sie gab ihrem inneren Drang nach und stand auf, versuchte, dem Eindringling tapfer entgegenzublicken.

"Ich hatte mir dich ganz anders vorgestellt." Der Mann grinste und blieb ein paar Meter vor ihr stehen.

Geht mir genauso. In meiner Vorstellung warst du ebenfalls ganz anders, nämlich ein riesiger, hagerer Schattenmann, dachte Eresh bei sich und versuchte, ihre Nervosität so gut es ging zu verbergen. *Nun ... wie hat er sich mich denn vorgestellt?*, ging es ihr ein paar Momente später verunsichert durch den Kopf. Sie presste jedoch ihre Lippen fest zusammen und schwieg.

"Man sieht zwar, dass du nicht direkt einer von den Schwarzköpfen bist." So nannten sich die Sumerer, das Volk ihrer Mutter, selbst. "Aber du bist deinem Vater nicht gerade wie aus dem Gesicht geschnitten." Der untersetzte Mann, kaum größer als Eresh, betrachtete sie mit leicht schräg gelegtem Kopf.

Er trug einen merkwürdigen Hut, völlig verschieden von jenen spitz zulaufenden Hüten mit den Hörnern, die man auf den Götterbildern ihrer Heimat sah. Verständlich, dass sich auch bei den *Anunnaki* die Mode änderte. Ein langes Gewand mit Stufen oder Fransen, wie die himmlischen Besucher auf den Rollsiegeln und Reliefs, hatte der Fremde schließlich auch nicht an. Stattdessen etwas, das Schuri damals einmal "Hose" genannt hatte, darüber ein langes Obergewand.

Wie lange will er mich denn noch so unverschämt anstarren?, fragte Eresh sich.

Der Mann rieb sich das Kinn. "Weißt du, es hat offensichtlich Vorteile, dass du eher deiner Mutter ähnlich siehst", durchschnitt seine verwirrend wohlklingende

Stimme die Stille. Wie die Hausbediensteten sprach auch er in erstaunlich gutem Sumerisch. Da war doch bestimmt wieder eines von diesen kleinen, unscheinbaren, aber zaubermächtigen "Technik"-Geräten im Spiel.

Eresh überging sein indirektes Kompliment. "Und was verschafft mir die Ehre? Ich dachte, ein mächtiger Mann wie du würde sich niemals die Mühe machen, mich mit seinem Besuch zu beehren." Trotz ihrer Angst hatte Eresh sich die Erwiderung nicht verkneifen können. Der Sarkasmus dabei half ihr womöglich ein wenig gegen ihre Furcht.

Schließlich musste sie jetzt damit zurechtkommen, dass das Ereignis, das Schuri vor einer Woche noch als absolut undenkbar, ja ausgeschlossen bezeichnet hatte, eingetreten war. Sein Auftraggeber, der Erpresser ihres Vaters kam einfach so in ihr Zimmer spaziert!

Der Hohe Verwalter der Südlichen Kapitale lachte amüsiert auf. "Da sieht man einmal, dass du ein Kind der Erde bist. *Nibiruaner* würden es niemals wagen, mich mit Worten anzusprechen, die vor Ironie nur so triefen."

Sollte das etwa wieder ein Kompliment sein? Eresh hütete sich dennoch, erneut etwas zu kontern.

Der für einen *Anunnaki* recht kleine, etwas rundliche Mann mit dem dunkelblonden Bart und Haupthaar lachte ein weiteres Mal kurz auf und schickte sich an, näher zu ihr zu treten. "Aber kommen wir zur Sache, junge Dame!"

Eresh eilte reflexartig einige Schritte rückwärts und verbarg sich hinter dem Tisch. Was hatte dieser grinsende Kerl vor? Wenn Schuri schon völlig danebengelegen hatte damit, dass der Hohe Verwalter sich nie zu ihr bemühen würde, konnte Eresh auch nicht auf seine Versicherung vertrauen, man werde ihr hier kein Leid antun. Einen Grund musste es ja immerhin haben, dass so ein mächtiger Mann sich die Zeit nahm, sie aufzusuchen! Würde es doch so werden wie in ihren Alpträumen? Wie sollte Eresh sich gegen ihn verteidigen?

Auf der anderen Seite des Tisches blieb der Hohe Verwalter vorerst stehen und holte ein wundersames metallisches Instrument aus einer Tasche an seiner Kleidung. "Das hätte eigentlich mein Sohn erledigen sollen. Doch auf dieses Weichei ist ja kein Verlass. Schon vor einer Woche hätten wir den Druck auf deinen werten Vater erhöhen können. Aber nein! Mein Sohn kommt unverrichteter Dinge zu mir zurück und bittet mich, einen anderen zu schicken. Da dachte ich mir: Mache ich es eben selbst."

Eresh verstand die Welt nicht mehr. Sein Sohn? Vor einer Woche? Er meinte doch nicht etwa ... Aber dieser Mann ähnelte ihm doch kaum!

Der Machthaber schnaubte und schüttelte den Kopf. Dann lachte er kurz auf. "Zugegeben, etwas neugierig war ich auch auf dich, Enthars Mischlingskind." Die letzten beiden Worte hatte er in verächtlichem Ton ausgesprochen.

Eresh hielt sich an den Tischkanten fest. Sie fühlte sich etwas zittrig und das Blut pochte in ihren Schläfen. Mischlingskind nannte dieser Kerl sie. Und ganz nebenbei hatte er von seinem eigenen Mischlingskind geredet, Schuri, seinem Sohn.

Oh, richtig, Schuri heißt er wahrscheinlich gar nicht. Ereshs Fingernägel krallten sich in das Holz. Auch darin hatte dieser Betrüger sie also belogen. Er hatte das alles vermutlich verbrochen, um seinem Vater zu gefallen, nicht für den finanziellen Lohn eines fremden Auftraggebers. Unglaublich ...

Der Hohe Verwalter spielte mit dem ihr unbekannten silbrig glänzenden Objekt in seinen Händen herum. Ein

Folterinstrument? *Mache ich es eben selbst*, hatte er vorhin verkündet.

Eresh fröstelte und ihre Augen weiteten sich. "Was hast du vor? Willst du mir etwas antun, das dein Sohn nicht übers Herz brachte?"

"Schlaues Mädchen." Sein Lachen, das ebenso wohlklingend wie seine Stimme klang, passte nicht zu einem solch kaltblütigen Monster. "Mein Sohn hat sich als allzu verweichlicht herausgestellt."

Eresh machte sich bereit, ihm weiter auszuweichen, sobald er um den Tisch herumkommen würde. "Verweichlicht? Dein Sohn hat mich unter falschen Vorwänden entführt! Und er hat einen Mann getötet, der ihm dabei im Weg war!", entfuhr es Eresh.

"Ja und?" Der Hohe Verwalter wirkte verdutzt und runzelte die ohnehin schon faltige Stirn. "Jemanden aus dem Weg zu schaffen, gehört nun einmal dazu, wenn man zu wahrer Macht gelangen will. Wer das nicht versteht, hat schon verloren. Wie meine beiden Rivalinnen aus der Östlichen und Westlichen Kapitale. Und natürlich dein Vater." Er lächelte süffisant.

Mit einer Schnelligkeit und Wendigkeit, die sie ihm nicht zugetraut hätte, sprang der Mann auf sie zu und hielt sie grob am Arm fest. Ereshs Kehle entwich ein Schrei, wie schon lange nicht mehr. Nicht einmal in ihren schlimmsten bisherigen Momenten – und davon hatte es die letzten Wochen einige gegeben - hatte sie sich dermaßen ausgeliefert und bedroht gefühlt. Warum schaffte sie es nicht, sich seinem Griff zu entwinden? Es musste ihre Furcht sein. Sie machte Eresh schwach. Noch ein Schrei entfuhr ihr, als ihr Peiniger mit dem metallischen Instrument vor Ereshs Gesicht herumzufuchteln begann.

"Ich muss gestehen, ich bin auch deshalb gekommen, mich selbst um dich zu kümmern, da es mir schlichtweg Spaß macht." Das widerwärtige Grinsen des Mannes spiegelte ganz gewiss seine schwarze Seele wider.

Wie spitz das silbern glänzende Instrument aussah! Wofür war es gemacht? Um in unschuldige Haut zu schneiden? In ängstlich flehende Augen zu stechen? Eresh fühlte sich wie einer der Vogelstrauße, die sie vor Jahren bei einem Ausflug mit ihrer Familie außerhalb der Stadt gesehen hatte - in den scharfen Klauen eines Löwen. Zum Glück waren sie damals in sicherer Entfernung zu den Raubtieren gewesen.

Als Eresh es gerade geschafft hatte, der klammernden Klaue dieses zweibeinigen Monsters ihren Arm zu entreißen, fasste er rasch nach und hielt sie nun an ihrem Haar fest. Es ziepte unheimlich. "Und welche wie du werden für Götter gehalten?", schrie sie ihm mit dem Mut der Verzweifelten ins Gesicht. "Ihr seid nicht mal Dämonen! Ihr seid einfach nur machtgierige, skrupellose Menschen, bloß dass ihr aus einer anderen Welt stammt und es euch schon länger gibt."

Der Hohe Verwalter lachte amüsiert. Dann machte er sich kurz und überraschend schmerzlos mit dem Instrument an ihrem Haar zu schaffen. "Das wird deinem Vater hoffentlich Feuer unter dem Hintern machen", triumphierte er, während er mit einer dicken Haarsträhne von ihr in der Hand wieder zurückwich.

"Mein Haar!", hörte Eresh sich mehr wie von außen jammern, als dass sie es bewusst von sich gegeben hätte. Doch im Grunde fühlte sie sich erleichtert, dass nichts Schlimmeres passiert war.

Der Herrscher der Südlichen Kapitale befand sich bereits zurück bei der Tür. "Du kannst mir fast leidtun bei so einem Vater. Bisher war er nicht einmal zu Gesprächen bereit. Du scheinst ihm ja herzlich gleichgültig zu sein, Mädchen." Er schüttelte abfällig den Kopf.

Das schmerzte Eresh noch viel mehr als der Verlust einer breiten Strähne ihres Haars.

"Mir geht allmählich die Geduld aus und ich habe nicht vor, dich noch weitere drei Wochen durchzufüttern. Wenn deine Haarsträhne nichts bewirkt, schneiden wir dir eben etwas anderes ab, auf das dein Vater vielleicht eher reagiert." Er drehte sich um und ging durch die Tür hinaus. Gleich war ein Geräusch zu vernehmen, das vom Abschließen der Tür stammte.

Eresh stand noch immer zitternd zwischen Tisch und Wand. Wäre es doch nur einer ihrer Alpträume gewesen! Kaum hatte Eresh nicht mehr an sie geglaubt, wurden sie wahr. Der sie gefangen hielt, war zwar nicht so düster wie in ihren Alpträumen, dafür aber niederträchtiger.

Eresh fasste sich an die Stelle in ihrem Haar, die sich nun kurz von ihrer langen Mähne abhob. Sie fühlte sich so gedemütigt! Dabei mochte das erst der Anfang sein.

Von Panik erfasst, schaffte Eresh es gerade noch zum Bett, um nicht auf dem Boden zusammenzubrechen.

Eresh resümiert

Ich bin nicht mehr dieselbe wie noch vor einem Monat, erst recht nicht wie noch vor einem Jahr. Das Ultimatum meines Vaters hat mich verändert. Schuri hat mich verändert. Und wiederum auch sein Vater hat mich verändert.

Ich wurde vor die Wahl gestellt, Wünsche wurden mir verwehrt, gewährt. Auch von meiner Mutter, als sie mir zeigte und erzählte, was sie all die Jahre vor mir verborgen hatte. Die Geheimnisse, die sie lieber allein gehütet hatte als mit mir zusammen.

Ich wurde geködert, mit Charme und Zusammengehörigkeitsgefühl gefüttert, von türkisblauen Augen eingelullt. Er hat mich verliebt gemacht, von Sinnen. Ich hatte mich mit ihm auf Reisen begeben, war bereit dazu, mich ihm ganz hinzugeben. Doch jener, dessen echten Namen ich gar nicht kenne, hat mich betrogen und geopfert.

Der, auf dessen Altar es geschah, verstümmelte mich. Aber noch schlimmer ist: Er begaffte mich, verhöhnte mich, erniedrigte mich. Das alles mit einer Selbstverständlichkeit, als sei ich nichts als ein Insekt. Nutzlos bis lästig. Der Vater dessen, der mir das Herz brach, betrachtet alle so. Entweder sie nützen ihm oder sind ihm eine Last, die er aus dem Weg schaffen will. Ausgerechnet ihm bin ich ausgeliefert. Vor einem Jahr dachte ich noch, ich hätte Probleme. Ich fühlte mich nicht am rechten Platz, als Außenseiterin, von den meisten nicht geliebt, sondern nur geduldet. Ich bin ein Halbwesen, halb von ihren Göttern abstammend. Doch selten suchten sie meinen Segen, irgendetwas von mir, viel öfter wurde ich von ihnen gemieden.

Und jetzt? Nichts davon hat sich verändert.

Ich bin lediglich in einer anderen Welt, in die ich wohl ebenso wenig gehöre. Hätte ich das nicht genauso feststellen müssen, wenn ich sicher bei meinem Vater und seiner Familie eingetroffen wäre? Hätte seine neue Frau mich etwa wirklich mit offenen Armen empfangen? Seine stolzen, kühlen Töchter vielleicht? Sein mir unbekannter Sohn?

Vor allem aber bin ich nun auf *Nibiru* gefangen. Nichts mit hehrer, himmlischer Welt! Ich diene lediglich als Druckmittel für meinen Vater, der mich vergessen hat. Niemand kontaktiert mich, niemand sucht und findet mich. Wie auch: in einem unsichtbaren Haus?

Meine Gefängniswärter sind unbestechliche, schweigsame Kunstwesen. Erschaffen von denselben, die angeblich auch die Menschen erschaffen haben – und offensichtlich auch aus denselben Beweggründen, zum gleichen Zweck. Die armen Herzlosen. Meine ich damit nun die künstlichen Hausbediensteten oder die *Anunnaki*? Ich bin nicht sicher.

Und wenn der Abend kommt, fürchte ich mich wieder vor ihm. Spätestens dann.

Jedes Mal, wenn die Tür aufgeht und mir nur wieder einer der Hausbediensteten das Abendessen bringt, empfinde ich große Erleichterung. Ich danke unwillkürlich *Inanna* und meiner Namensgeberin *Ereschkigal*.

Jedes Mal, bevor die Tür aufgeht, verschanze ich mich hinter dem Tisch und nehme mir vor, dieses grinsende Scheusal mit einem Stuhl zu erschlagen, falls er mir erneut etwas abschneiden will. Ich nehme mir vor, wild entschlossen und wehrhaft zu sein. Dabei kann ich sie insgeheim doch nicht loswerden, diese Angst.

Oft erwache ich auch mitten in der Nacht, weil ich meine, jemand gehört zu haben.

13. Nacht und Nebel

Eresh kam schlagartig zu sich und fühlte sich von einer Sekunde auf die andere nicht mehr schlaftrunken, sondern wach, im gleichen Zuge wach*sam*. Sie setzte sich im Bett auf.

Schon wieder!, dachte sie frustriert, nachdem Eresh einige Momente lang mit weit aufgerissenen Augen die Dunkelheit ihres Zimmers abgesucht hatte. Gleichzeitig hatte sie angestrengt in die Stille in und um das Anwesen gelauscht und nichts vernommen.

Zu dieser Zeit schienen selbst die künstlichen Hausbediensteten zu schlummern. Seufzend ließ sie sich auf ihr weiches, warmes Lager zurücksinken und zog sich die Decke bis ans Kinn. *Was war es diesmal? Ein verirrter Nachtvogel am Fenster oder einer meiner Alpträume, die nach kurzer Pause durch den Auftritt des Hohen Verwalters zurückgekehrt sind?*, fragte Eresh sich und zog sich die Decke über den Kopf.

Fast jede Nacht schrak Eresh aus dem Schlaf auf, da sie glaubte, etwas Verdächtiges gehört zu haben. Sei es von draußen oder drinnen. Doch ebenfalls fast jede Nacht träumte sie nur, jemand mache sich an der Tür zu schaffen oder schwere Schritte näherten sich bereits ihrem Bett. Manchmal spann sich das Traumgeschehen auf entsetzliche Weise weiter.

Eresh schnaubte in die dunkle Wärme unter der Bettdecke hinein. Dabei würde der, der sie gefangen hielt, sich ohnehin nicht nachts zu ihr hineinschleichen, sondern am helllichten Tag zu ihr ins Zimmer marschieren. Wie ein selbstsicherer Eroberer, der sich holte, was er wollte und wann er es wollte. Schlief der Hohe Verwalter nachts neben seiner Gattin und hatte er noch mehr Kinder als seinen betrügerischen Sohn? Vielleicht sogar eine Tochter in ihrem Alter? Möglich.

Ein Geräusch ließ Eresh ihren Gedankengang vorerst beenden. Ein Geräusch! Aber sie träumte gerade eindeutig nicht und bildete es sich ebenso wenig ein! Es klang, als würde ein für diese Gegend ungewohnt kräftiger Wind welke Blätter – oder nein! - morsches Holz den Boden entlangwehen, schleifen.

Erneut setzte Eresh sich im Bett auf, zog nun aber die Decke mit sich hoch bis über die Schultern. Das gleiche Spiel begann noch einmal, indem sie angestrengt um sich sah und lauschte. Doch diesmal war etwas anders, sodass sie sich sicher war, weder zu träumen, noch sich etwas einzubilden.

Erst recht nicht, als ihr suchender Blick draußen hinter den kleinen Fenstern einen Schatten vorbeihuschen sah. Einen Schatten, der zu einem menschlichen oder menschenähnlichen Wesen gehören musste: *Anunnaki*, Halbwesen, künstliches Wesen!

Wem gehörte der Schatten und was wäre Eresh lieber? *Sicher ist einfach nur einer der Hausbediensteten draußen unterwegs, was zwar ungewohnt ist des Nachts, aber bestimmt vorkommen kann*, beruhigte sie sich.

Die ganze Zeit über starrte Eresh auf die drei winzigen Fenster der Wand rechts von ihr, hinter denen der hohe Schatten vorbeigezogen war. Sie musste sich sogar ermahnen, auch einmal zu blinzeln. Dabei war der nächtliche Spuk gewiss gar keiner und ohnehin vorüber, einer der Hausbediensteten hatte draußen noch etwas erledigt.

Dann allerdings ein, zwei pochende Laute draußen, auf der anderen Seite der Wand und es erschien ein Gesicht auf der anderen Seite des mittleren Fensters. *Ich schlafe ja doch!*, vermutete Eresh erschrocken. Da sie so etwas Ähnliches bereits in ihren Alpträumen erlebt hatte, empfand sie als Erstes den Impuls, irgendwie aufzuwachen. Mitunter gelang ihr das in schlimmen Träumen, bevor ihre persönlichen Schreckgespenster sie erwischten oder ihr sonst ein Leid drohte. Zuweilen hatte es auch in ihren Alpträumen von dem skrupellosen Hohen Verwalter funktioniert.

Eresh versuchte also mit aller Kraft, sich bewusst zu machen, dass sie momentan lediglich einen Traum hatte. Sie musste *hier* fest die Augen schließen, um sie *woanders* weit zu öffnen. Am besten zurück zu Hause in Uruk. Doch das käme wohl einem Wunder gleich. Realistisch war allein die Hoffnung, in dem Zimmer zu erwachen, in dem Eresh seit Wochen eingesperrt war – aber ohne Spuk draußen am Fenster.

Wach auf! Wach auf! Sie holte tief Luft, presste ihre Lider zu, ließ sie einige Momente so – und riss dann die Augen auf.

Unverändert lag Eresh da und starrte in die vom Dreiviertelmond erhellte Nacht. Alles war still. Endlich wagte sie es, den Kopf zum Fenster zu drehen. Ihr Mut wurde belohnt: Niemand stand mehr an diesem oder den anderen Fenstern. Erleichterung machte sich in ihr breit, lockerte ihre Muskeln und ließ sie wieder gleichmäßiger atmen.

Obwohl das Spuk-Gesicht dem Hohen Verwalter nicht ähnlich gesehen hatte, hatte Eresh ihn damit in Verbindung gebracht. Im Nachhinein empfand sie eher eine

Ähnlichkeit zwischen dem Alptraum-Mann und seinem Sohn, „Schuri". Nun, womöglich geisterte auch er jetzt schon in ihren Träumen herum. Nach allem, was er ihr angetan hatte.

Eresh wollte sich bereits auf die Seite legen und wieder einschlafen, als sie aus dem Augenwinkel erneut eine Bewegung hinter den Fenstern sah. Sofort schaltete ihr Körper ein weiteres Mal in den Alarm-Modus um. Sie zwang sich, hinzublicken.

Noch schneller schlug ihr armes Herz, denn entgegen aller Wahrscheinlichkeit zeichnete sich schon wieder ein Gesicht hinter dem Fenster ab. Eresh hatte also nie geträumt. Dort draußen war jemand! Und jetzt winkte der Mann sie auch noch zu sich heran! Eine Gänsehaut breitete sich gefühlt über ihrem ganzen Körper aus.

Nur eines ließ sie langsam aufstehen und hingehen: Der vage und absurde Gedanke, es könne „Schuri" sein. So wie er vor zwei Wochen an die Tür kam und sich ihr erklären wollte. Vielleicht bereute er seine Missetaten inzwischen so, dass es ihm keine Ruhe ließ und er ihr helfen wollte.

Eresh stand vor ihm. Nur Hausmauer und Fensterglas trennten sie jetzt noch. Ihr erster Gedanke war, dass „Schuri" sich seinen ohnehin gestutzten Bart ganz abrasiert hatte und sein Haar ein bisschen kürzer trug. Ihr zweiter Gedanke war hingegen, dass es sich bei dem Mann mit dem eindringlichen Blick doch um einen völlig Fremden handelte.

Halt! War das etwa Enttäuschung, die sie da spürte?

Der nächtliche Besucher lächelte vertrauenswürdig. Doch war ihm auch zu trauen? Eresh tendierte dazu.

Wenn der Mann einer der Schergen des Hohen Verwalters wäre, käme er schließlich nicht heimlich bei Mondschein an ihr Fenster, sondern tags mit einem Auftrag durch die Tür.

Der Fremde begann jetzt, mit seinen Lippen Worte zu formen. Sprach er denn ebenfalls sumerisch?

Eresh zitterte vor Aufregung und versuchte zu verstehen, was er ihr mitteilen wollte. Noch hatte sie nicht einmal herausgefunden, ob die Worte nicht doch einer der Sprachen *Nibirus* angehörten. Mit ihren eigenen Lippen formte sie deutlich: „Es tut mir leid, ich bin sehr schlecht im Lippenlesen."

Zu ihrem großen Erstaunen schmunzelte der Mann, als habe er sie verstanden. Seine Schultern gingen etwas nach unten und er sah aus, als denke er nach. Wer war er? Einer der Leute von Ereshs Vater? Oder am Ende sogar jemand aus der Umgebung, der etwas davon mitbekommen hatte, dass sie hier festgehalten wurde und einer Entführten helfen wollte? Der Fremde holte etwas aus seiner Tasche und fingerte eine kurze Weile an dem kleinen Gerät herum. Dann hielt er es ans Fenster.

Wie auf einem Tontäfelchen waren einige Zeichen in Keilschrift darauf abgebildet, die Eresh nun atemlos zu lesen begann. „Ich bin der Assistent deines Vaters. Sei bitte in drei Tagen bei ..."

Plötzlich und schnell wie der Blitz huschte der Mann vom Fenster weg und eilte mit dem Gerät in der Hand davon. Ein Geräusch war nicht zu vernehmen gewesen. Doch etwas musste ihn zu rascher Flucht veranlasst haben.

Das Eigenartige war nur, dass Eresh nichts und niemand draußen erspähen konnte.

Erst recht keine Verfolger.

Selbst der Fremde hatte sich sehr bald ihrem Blick entzogen. Würde sie jetzt doch aufwachen, hätte es sie nicht gewundert, aber sie blieb einfach wach und irritiert zurück.

Erst langsam erfasste Eresh die Bedeutung zumindest des ersten Satzes. Bei dem Fremden handelte es sich tatsächlich um den Assistenten ihres Vaters! Offenbar um den neuen, denn den alten hatte „Schuri“ ja umgebracht. Doch ihr Vater hatte jemand geschickt! Er hatte sie nicht vergessen. Sie war ihm nicht gleichgültig. Eresh tat dieser Gedanke so gut wie Wasser in der Wüste. Ihr fiel ein Stein vom Herzen.

Nur, wie wäre der zweite Satz des Mannes weitergegangen? Wo sollte sie in drei Tagen sein? Wo, als jemand, die in einem Zimmer eingesperrt war?

14. Verwandt und unbekannt

„Eresh. Eeereshhh“, raunte ihr jemand zu.

Sie träumte, ihre Mutter sei zu ihr ans Bett getreten und würde sie wecken, da Eresh verschlafen hatte. Ab und zu kam das vor. Schließlich war sie die Erste im Zimmer, die aufstehen musste, so früh die Stunde auch war. Ihre Schwestern durften etwas länger schlafen. Aber Eresh fühlte sich noch müde und so wohl dabei, denn es war schön, von zu Hause zu träumen. Sie wollte in diesem Zustand bleiben, nicht aufstehen, weder dort noch hier.

„Eresh, wach auf. Es ist Zeit!“ Nun rüttelte ihre Mutter sie an der Schulter, wie üblich. Allerdings unüblich fest, nicht gewohnt sanft.

Eresh hob träge die Lider. Um sie herum herrschte dunkelblaue Nacht, von ersten Streifen Morgendämmerung erhellt. Wenn sie die Augen ganz öffnen und ihren Geist völlig wachwerden ließe, ginge der Traum dann mit einem heimatlich vertrauten Frühstück weiter?

„Ich schwöre dir, wenn du jetzt nicht wach wirst und mich anschaust, dann verpasse ich dir eine Ohrfeige. Und es wird mir danach nicht leidtun. Kein bisschen!“

Das war definitiv nicht ihre Mutter, auch nicht ihre Stimme. Jegliche Ähnlichkeit war mit dem Tonfall ihrer letzten Sätze verflogen. „Ich glaube dir aufs Wort“, zischte Eresh ihre Halbschwester an. „Doch ich will ohnehin nicht von dir träumen, Dara. Du bist ...

Moment ... Du bist ja auch gar nicht zu Hause, sondern wahrscheinlich mit deinem Liebhaber geflohen – oder ... sag mir ... bist du doch wieder daheim, trotz des Kindes in deinem Bauch? Ich dachte, ich träume von daheim!"

„Was stammelst du da für einen Unsinn? Hast du in der Zeit deiner Gefangenschaft den Verstand verloren?", keifte Maschdara leise, aber sie keifte es. Ihre Halbschwester blickte sich kurz im Zimmer um. „Obwohl – für eine Gefangene hast du es eigentlich ganz gut erwischt."

Eresh begann erst zu verstehen, was das alles bedeuten sollte, als sie erkannte, dass sie nicht nur zu zweit waren. Ihnen gegenüber neben der Tür stand ein junger Mann, den sie schon einmal gesehen hatte. Der nächtliche Besucher am Fenster! Waren seitdem drei Tage vergangen? Ja, das dürfte hinkommen. Eines erklärte das aber immer noch nicht, nämlich das aktuell Seltsamste. Fassungslos musterte Eresh ihre Halbschwester. „Was machst *du* denn hier?"

Dara hatte eine Hand an ihren gewölbten Leib gelegt, die andere auf ihren Mund, um ihr Lachen einzudämmen. „Schön, dass du wenigstens endlich verstanden hast, dass ich *hier* bin."

Eresh betrachtete den Babybauch ihrer Halbschwester, der sich mittlerweile deutlich vorwölbte. Als sie sich zuletzt gesehen hatten, war er noch zu verbergen gewesen.

Bevor sie weiter nachhaken konnte, trat der junge Mann zu ihnen heran. „Tut mir leid, dass du meine Nachricht in Keilschrift nicht fertiglesen konntest. Es musste schnell gehen. Meine Sensoren meldeten mir, dass sich etwas oder jemand auf mich zubewegte. Doch offenbar hat niemand vom Personal dieses Hauses etwas mitbekommen, sonst hätten sie ihre

Sicherheitsmaßnahmen verschärft und wir wären jetzt vermutlich nicht bei dir."

Eresh hatte seinen schnell gesprochenen Worten mit halb offenem Mund gelauscht. Zumindest im Prinzip verstand sie, was er ihr sagen wollte. „Aber was ist gerade mit den Hausbediensteten? Schlafen sie etwa alle?" Sie lachte leise und trocken.

„Ein großer Teil von ihnen", erklärte der junge Mann, „und die paar, die nicht gerade aufladen, haben wir ausschalten können. Letztlich im wahrsten Sinne des Wortes." Er schmunzelte.

Eresh wandte sich erneut ihrer Halbschwester zu. „Noch einmal: Was machst *du* hier?"

„Na das ist doch ganz einfach. Konntest du dir das nicht langsam mal zusammenreimen, du erhabenes *Halbwesen*?", reizte Dara sie. „Damals auf dem Land bei unserer Großmutter, an jenem Tag, als ich einen langen Spaziergang machte, um nachzudenken, hat man versehentlich mich statt dich nach *Nibiru* mitgenommen."

Eresh sprang vom Bett auf und baute sich bebend vor ihrer Halbschwester auf. „Und du hast dich einfach mitnehmen lassen? Statt mir? Du hast verschwiegen, dass du meine Halbschwester bist, dich für mich ausgegeben, mir meinen Platz weggenommen?" Sie hatte ihre Hände in die Hüften gestemmt und es kostete Eresh alle Beherrschung, nicht laut zu werden.

„Hm ... Ja. Genau so war es", erwiderte Dara frech.

„Warum? Bei allen Göttern, warum hast du das getan? Weißt du eigentlich, was du damit alles ausgelöst hast? Wie konntest du nur?" Eresh schüttelte fassungslos den Kopf. „Ich bin es, die auf den Assistenten meines Vaters gewartet hat! Ich bin es, die *Nibiru* einmal besuchen wollte, bevor es eine Entscheidung zu treffen gilt! Ich bin es, die abgeholt werden sollte!"

Eresh funkelte ihre Halbschwester zornig an. „Was wolltest denn ausgerechnet du in der Heimatwelt meines Vaters?“

Maschadara sah sie mit empört zusammengezogenen Brauen und verengten Augen an. Sie holte tief Luft, um etwas zu kontern, als der neue Assistent von Ereshs Vater stoppend die Hand hob und vorschlug: „Ich halte es für klüger, diese Diskussionen auf später zu verschieben. Wir sollten kein weiteres Risiko eingehen und uns auf den Weg machen. Schließlich wissen wir nicht, wann der Großteil des Personals dieses Hauses wieder im Dienst ist.“

Eresh war es etwas peinlich, dass der junge Mann sie erst dazu ermahnen musste. Sie hätte selbst daran denken können. Sie nickte betreten und raffte schnell die paar Sachen zusammen, die sie hier von sich herumliegen hatte. Danach verließen sie rasch, doch leise das Zimmer, dann das Haus und letztlich das Anwesen.

Als Eresh aus einiger Entfernung zu dem Ferienhaus des Hohen Verwalters zurückblicken wollte, zu dem Ort, an dem sie einen Mond lang eingesperrt gewesen war, sah sie nichts als Grün. Nichts als Bäume, Büsche und Gras waren auszumachen an der Stelle, wo sich das Anwesen befand. Wie hatte sie diesen Illusions-Zauber vergessen können?

Eresh drehte den Kopf erst kurz zu ihrer Halbschwester, dann zu dem jungen Mann, zwischen denen sie lief. „Wie habt ihr mich nur finden können? Von außen sieht man doch nichts von dem Anwesen?“

„Wir haben etwas, das seine Tarnung für unsere Augen aufhebt“, enthüllte ihr der neue Assistent ihres

Vaters. „Von Anfang an haben wir alles von oben abgesucht. Aus der Luft tasteten wir den gesamten Naturpark nach dem Ferienhaus des Hohen Verwalters ab." Er seufzte leise. „Doch das Problem ist, dass es mehrere hier im Grünen gibt, und allein diesem Schuft gehören gleich vier davon. Wir mussten erst herausfinden, in welchem du gefangen gehalten wurdest."

Eresh ging ein Licht auf. „Dann wart ihr das damals, deren Himmelsbarke ich gehört habe, dieses Summen. Zu euch gehörte auch dieser breite Lichtstrahl, der den Boden entlang getanzt ist."

Der junge Mann nickte. „Ja, dein Vater hat uns gleich nach dir suchen lassen."

„Da war ich sogar mal kurz entkommen", erläuterte Eresh, „und ich dachte schon, es sei mein Entführer mit seinen Helfern, die mich wieder einfangen wollen. Dabei wart ihr es!"

„Du bist richtig gut darin, die falschen Schlüsse zu ziehen, Schwesterchen", neckte Maschdara sie.

Eresh schnaubte leise, nahm es ihr jedoch nicht übel. Sie wäre allerdings gern auf die Themen von vorhin zurückgekommen, wenn der Assistent ihres Vaters nicht eines dieser kleinen Geräte aus seiner Tasche geholt und es in der Luft herumbewegt hätte.

Bald blinkte es auf und einige Schritte entfernt, schräg rechts vor ihnen wurde etwas sichtbar, blieb nicht länger verborgen: ein fliegender Wagen!

„Wir arbeiten ebenfalls mit Tarn-Technologie", merkte der junge Mann lächelnd an.

Er fischte ein weiteres seiner kleinen Geräte aus der Tasche und aktivierte es. Daraufhin öffnete sich wie von Geisterhand eine Tür an der Seite des fliegenden Wagens.

Da die Morgendämmerung im vollen Gange war und Eresh ihn nun besser denn je sehen konnte, bestätigte sich ihr erster Gedanke bei seinem Anblick noch einmal. *Bei allen Dämonen der Unterwelt, er sieht Schuri wirklich ähnlich!*, dachte Eresh nervös bei sich. *Muss das denn sein? Kann er nicht einfach auf gänzlich andere Weise gut aussehen?*

Sie erreichten das Flugobjekt und Dara neben ihr lachte plötzlich amüsiert. „Was bist du so rot geworden? Ist alles in Ordnung mit dir?“

„Natürlich! Du bist die Schwangere, die auf sich achten und sich schonen sollte! Mir ist nur etwas warm geworden vom Laufen. Und jetzt steig ein. Ich will endlich weg von diesem Ort!“

15. Kränkungen und Überraschungen

Kaum waren sie an Bord und hatten ihre Sitzplätze eingenommen, schloss sich die Tür. Der fliegende Wagen ähnelte in seinem Inneren jenem, in dem Eresh einst mit Schuri über die Südliche Kapitale hinweg geschwebt war. Sie hielt also sofort Ausschau nach dem künstlichen Piloten, der sie freundlich, still und sicher an ihren Zielort bringen würde. Nur gab es hier keine Spur von einem.

„Ich werde uns nach Hause fliegen", erriet der neue Assistent ihres Vaters Ereshs Gedanken. „Auf die altmodische Weise. Bei solchen geheimen Rettungsmissionen verzichten wir auf den Autopiloten sowie die Hilfe unserer künstlichen Brüder und Schwestern. Sonst könnten wir leichter geortet werden." Er hatte gesprochen und lächelte, als redete er über die normalsten Dinge der Welt.

Doch für ihn waren sie das wohl auch. Er wandte sich um und lief zum vorderen Teil des fliegenden Wagens.

Bei Eresh war vor allem seine erste Bemerkung hängen geblieben. „Du sagtest, du würdest *uns* nach Hause fliegen." Sie hatte selbstverständlich zuerst an ihr irdisches Zuhause denken müssen.

Der attraktive Mann blieb stehen und drehte sich noch einmal zu ihr um. „Ja, das wird es bestimmt bald auch für dich werden. Ich selbst wohne als Enthars Assistent mit auf dem Anwesen." Er nickte Maschdara zu. „Und deine Schwester hat sich in den letzten Wochen auch schon recht gut dort eingelebt."

„Ich hatte es überhaupt nicht erwartet, aber es ist fast wie ein zweites Zuhause für mich geworden", ergänzte Dara mit einem Lächeln, das man als dankbar deuten konnte.

Eresh musterte sie verblüfft und fühlte sich, als pikse ihr der Stachel einer Wildbiene ins Herz. Wie bitte? Ihre Halbschwester hatte sich bereits *eingelebt* im Hause von Ereshs Vater und seiner Familie, während sie selbst, seine eigene Tochter, das für sich so in Zweifel gezogen hatte? Die vorlaute, launische Dara hatte sich *eingelebt* bei diesen kühlen, erhabenen Gestalten? „Es ist sehr freundlich von meiner *nibiruanischen* Familie, dass sie dich all die Wochen auf ihrem Anwesen wohnen lassen", sprach Eresh stattdessen aus.

Ihre Halbschwester nickte. „Ja, ich habe sogar dein Zimmer bekommen", erwiderte Dara wie selbstverständlich.

Eresh fühlte sich vollends vor den Kopf gestoßen. „Wie schön", entgegnete sie ironisch. „Sollen wir uns das etwa teilen, bis du wieder zur Erde zurückkehrst? Lang wird es ja nicht sein, oder?"

„Ach, das weiß ich noch nicht." Maschdara rieb sich über ihren Babybauch. „Und wenn du willst, kannst du auch das Gästezimmer für dich haben."

„Wie wäre es umgedreht?" Eresh kämpfte mit ihrer Beherrschung.

Ihre Halbschwester überging diesen Vorschlag einfach und fuhr im Plauderton fort: „Weißt du was? Deine Halbschwestern waren so nett und haben mir Kleidung von sich geschenkt. Aber unsere heimatliche Gewandung ist mir lieber. Und außerdem wollte ich dich nicht völlig verwirren, indem ich auch noch in dieser fremdartigen Kleidung dort an dein Bett getreten wäre." Dara musste kichern.

„Wie umsichtig von dir." Eresh verschränkte die Arme vor der Brust.

Als ein paar Momente später die Lichter im Innenraum des fliegenden Wagens zu leuchten begannen und wieder das Vibrieren anfing, hätte sie damit rechnen können. Doch Eresh erschrak dennoch auch diesmal etwas, sobald sie vom Boden abhoben und den Wolken zustrebten. Sie hatte ein mulmiges Gefühl dabei.

Sie flogen erst in die Zielrichtung, nachdem sie eine größere Höhe erreicht hatten, alles unter ihnen noch winziger aussah, als das bei dem Flug über die Stadt damals mit „Schuri" der Fall war.

Eresh fing sich langsam wieder.

Wahrscheinlich waren ihre Nerven durch die Vorstellung geschwächt, wie Dara in der fremdartigen Kleidung der *Anunnaki* mit ihnen an einer langen Tafel saß, aß und trank und sich dabei prächtig unterhielt. Bei dem Gedanken, wie Ereshs Vater Dara nach ihrem Befinden fragte und dabei auf ihren Babybauch blickte, und wie Ereshs unnahbare *Anunnaki*-Halbschwestern Dara schon einmal Ratschläge gaben und sich über passende Mode austauschten.

Stopp!, gebot sie ihrer Fantasie Einhalt.

Womöglich war man auf *Nibiru* gar nicht mehr auf die Weise schwanger wie Menschen von der Erde und konnte daher nichts damit anfangen.

Doch so oder so ... Wenn nicht darüber, dann unterhielt Maschdara sich eben mit Ereshs *Anunnaki*-Verwandten regelmäßig über etwas anderes. Wie sonst wäre es zustande gekommen, dass sie sich dort bereits wie zu Hause fühlte? Eresh schnaubte verärgert.

Das Fenster des fliegenden Wagens, aus dem sie stierte, beschlug kurz durch ihren heißen, wütenden Atem.

„Nun los, frag es mich endlich noch mal. Diese Totenstille hier drin ist ja nicht auszuhalten!", beschwerte Dara sich. Sie verzog den Mund und schüttelte den Kopf. „Warte!" Überraschenderweise fasste sie jetzt neben ihren Sitz, öffnete ein Fach und holte zwei kleine, transparente Gefäße heraus. Eines davon reichte sie ihrer Halbschwester. „Den Deckel einfach nach oben abziehen."

Das tat Eresh und trank ihr Wasser durstig in großen Schlucken, bis das kleine Gefäß leer war. Danach blickte sie ihre Halbschwester einen Hauch milder gestimmt an. „Nun, warum hast du dich damals an meiner statt nach *Nibiru* mitnehmen lassen, ohne daran zu denken, was es für mich bedeutete?" Ein freundlicherer Ton war ihr einfach nicht möglich gewesen.

Dara lehnte sich in ihrem Sitz zurück und trank ebenfalls ihr Wasser aus. „Warum? Kurz gesagt – ich wusste nicht, was ich tue." Sie warf ihr einen ungewohnt nachdenklichen Blick zu.

„Nun, das klingt nach dir", konnte Eresh sich nicht verkneifen festzustellen.

„Jetzt die lange Version." Dara atmete noch einmal tief durch. „Ich war damals ziemlich verzweifelt, denn ich wollte keinesfalls, dass mir das Kind in meinem Bauch abgetrieben würde. Und danach diesen hässlichen, uncharmanten Kerl heiraten, den unsere Eltern mir aufzwingen wollten? Nein, das genauso wenig! Mein Herz war so schwer und in meinem Kopf alles durcheinander. Ich hatte eigentlich vor, zu dem Vater meines Kindes zu fliehen. Doch als dann der Assistent deines Vaters auf mich zukam und meinte, er sei geschickt worden, mich abzuholen, kam ich einfach mit. Es war eine spontane Entscheidung. Ich dachte gar nicht groß darüber nach." Dara senkte die Lider und seufzte. „Aber vielleicht glaubte auch ein Teil von mir, dass der Vater meines Kindes mich vielleicht nicht genug liebt, um alles hinter sich zu lassen und irgendwo mit mir ein neues Leben anzufangen." Dara senkte die Lider und seufzte. Es zuckte um ihre Mundwinkel und eine Träne rann ihre Wange hinab.

Es war sogar wahrscheinlich, dass der Bursche leugnen würde, dass es sein Kind war. Eine Liebelei gingen Männer gerne mal ein, aber der damit verbundenen Verantwortung stellten sich die wenigsten. Dann standen Mädchen und junge Frauen wie Dara allein da und waren den Schmähungen ihres Umfelds ausgeliefert.

Von solchen Schicksalen hörte man nicht selten. Auf den Straßen von Uruk tuschelte man betroffen oder mit Schadenfreude darüber.

Ihre Schwester tat ihr nun leid. Eresh sprang über ihren Schatten, schob vorerst allen Groll beiseite und legte ihre Hand auf Daras Schulter.

Es war heller Mittag geworden, dämmriger Abend, dunkle Nacht und erneut dunstiger Morgen. Sie hatten an Bord geschlafen, gegessen, getrunken, weitergeredet, sich wie immer auch gezankt und dann wieder versöhnt. Nur ihr Pilot, der attraktive neue Assistent von Ereshs Vater hatte sie unermüdlich weiter durch den Himmel manövriert. Auf den ruhigeren Strecken hatte er sich ein wenig zurücklehnen und seinen Hunger und Durst stillen können.

Während sie tiefer zu fliegen begannen, verkündete der junge Mann: „Wir sind gleich da." Er lächelte erleichtert und auch ein wenig verheißungsvoll.

Eresh spähte staunend aus dem Fenster des fliegenden Wagens. Das Licht war hier intensiver und von einem wärmeren Farbton als in der Nördlichen Kapitale. Erst jetzt, da sie tiefer dahinglitten, wurde der Unterschied in der Landschaft deutlich. „Hier gibt es ja Palmen! Und auch Tamarisken!" *Ganz wie zu Hause*, dachte Eresh verwundert.

Trotz der Gemeinsamkeiten mit den heimatlichen Gefilden erkannte Eresh auch einige bedeutsame Unterschiede. Sie flogen etwa gerade über einen weitflächigen See hinweg und über üppigeres Grün, keine Spur von Schilflandschaft oder gar Wüste. In etwas Entfernung waren urbane Bereiche zu erkennen, die in mehreren Ebenen übereinander angeordnet waren, wie in der Nördlichen Kapitale.

Als nächstes schwebten sie hoch über einigen beeindruckenden Anwesen hinweg. Sie hatten jeweils mehr Raum für sich als die Wohnbauten in den urbanen Bereichen. Über jedem der Anwesen fragte Eresh sich, ob sie gleich landen würden, da womöglich in einem davon ihre *nibiruanische* Familie lebte.

Dann erblickte sie einen atemberaubenden Tempel, der sogar wieder ein bisschen einer sumerischen *Zikkurat* - einer sumerischen Stufenpyramide - ähnelte. „Dieser Tempel dort ... Man huldigt auch in eurer Welt noch den Göttern?", fragte Eresh den Piloten entgeistert. Damit hatte sie so gar nicht gerechnet.

„In gewisser Weise", antwortete er vage. „Aber das, was du meinst, ist kein Tempel. Es ist das Anwesen des Hohen Verwalters der Kapitale, damit deiner Familie", erklärte er vergnügt.

Eresh fehlten die Worte. Sie blickte ein paar Mal verblüfft zwischen dem Anwesen und dem jungen Mann hin und her. Daras belustigtes Kichern drang zu ihr. Eresh hatte sich das Anwesen ihrer *nibiruanischen*

Familie ähnlich wie das Ferienhaus des schurkischen Hohen Verwalters vorgestellt, wie den goldenen Käfig, in dem sie bis vor kurzem gefangen war. Nun gut, vielleicht etwas größer und schöner. Aber so? Auf der obersten Ebene des Bauwerks grünte und blühte sogar ein Dachgarten! Wie mochte es erst innen aussehen – wie ein Palast?

Sie setzten zur Landung an und Eresh wurde kurz davon abgelenkt, dass ihr Magen in Mitleidenschaft gezogen wurde.

Auf dem Weg von der breiten Landebahn zu der Mauer, die das Anwesen umgab, konnte Eresh sich nicht sattsehen an all dem, was bereits zu erkennen war: die lieblich-südliche Landschaft, die echten oder künstlichen bunten Vögel in Büschen und Baumästen, die hohe, weiße Mauer selbst, das silbern glänzende Tor.

„Zugegeben, ich war das erste Mal auch vollkommen überwältigt", bemerkte Maschadara.

Als sie vor dem trutzigen, mächtigen Tor ankamen, wollte Eresh sich schon einmal herzlich bei dem neuen Assistenten ihres Vaters bedanken. Sie wandte sich ihm zu und wusste, dass sie gleich rot werden würde. „Ich kann kaum ausdrücken, wie dankbar ich dir bin, dass du den Auftrag meines Vaters übernommen und mich gerettet hast. Es muss hart gewesen sein, dich wochenlang der Suche nach mir zu verschreiben. Dann hast du auch noch zahlreiche Doppelstunden den fliegenden Wagen gelenkt, ohne dich auszuruhen." Eresh verbeugte sich tief vor ihm, wie man es in ihrer sumerischen Heimat gegenüber jemandem tat, dem man etwas schuldete oder der höherstehend war.

Der junge Mann verbeugte sich ebenfalls und das nicht weniger tief. „Ich habe es gerne getan, Eresh."

Sie konnte gar nicht mehr aufhören, ihn anzulächeln.

Höflich und bescheiden war er also auch noch. Aus den Augenwinkeln sah Eresh, wie ihre Halbschwester das Ganze beobachtete – sicher grinsend und mit amüsierten Ahnungen.

Dann ergänzte Eresh noch: „Ich möchte auch den vorigen Assistenten meines Vaters würdigen, der bei seiner Mission sogar sein Leben lassen musste. Ich kann kaum ausdrücken, wie leid mir das tut. Es lastet regelrecht auf mir." Sie blickte kurz zum Boden und danach erneut den jungen Mann an. „Aber ich bin froh, dass ein fähiger Mann wie du der neue Assistent meines Vaters geworden ist." Ihre Wangen glühten wie Feuer.

„Sein *neuer* Assistent?" Er runzelte verwirrt die Stirn und rieb sich das bartlose Kinn.

„Bist du das nicht? Ich dachte, mein Entführer hätte den vorigen Assistenten meines Vaters ermordet?" Eresh betrachtete ihn rätselnd.

„Oh, glaube mir, er hat es auch versucht! Aber hier bin ich." Der junge Mann lächelte schief. „Und nun lass uns reingehen."

16. Drachen und Schafe

„Ich muss zugeben, dass ich vor der Begegnung mit dir mit am meisten Angst hatte“, offenbarte Eresh der Frau in den mittleren Jahren und lächelte verlegen. Das einzugestehen würde ihr hoffentlich ein wenig über ihre Nervosität hinweghelfen.

Eresh fühlte sich gegenüber ihrer *nibiruanischen* Familie nach wie vor häufig wie ein einfaches Mädchen vom Land im Angesicht der Königsfamilie von Uruk. und genauso empfand sie sich in dieser anderen Welt wie ein Menschenkind im paradiesischen Land *Dilmun* aus den Mythen.

Allein schon das Anwesen ihrer *nibiruanischen* Verwandten barg viele kleine Wunder – vom Garten über den Hof bis zum Haus. Während Eresh und die um mehr als einen Kopf größere Frau den langen Gang entlangliefen, leuchteten Lichter wie von Zauberhand genau dort auf, wo sie die Helligkeit brauchten.

„Du hast dich mir sicher wie einen dich finster musternden Drachen vorgestellt, der kein gutes Wort für dich übrig hat.“ Die Dame des Hauses lachte ungehalten.

Sie trug ein knöchellanges rotes Gewand, das sumerischen Kleidern mehr ähnelte als die sonst üblichen Anzüge der *Anunnaki*. Nur ließ diese Art Gewand beide Schultern frei, während es bei sumerischen meist eine einzige war. Ihre neue Stiefmutter hatte Eresh verraten, dass sie hier in der Südlichen Metropole solche locker fließenden Kleider gern im und rund um das Haus trugen.

„So eine genaue Vorstellung von dir hatte ich eigentlich gar nicht. Ich fürchtete einfach nur, du würdest mich meiden.“ Eresh musste schmunzeln. „Nun ja, mich vielleicht auch mitunter mit einem kühlen Blick oder einer garstigen Bemerkung strafen.“

Die reifere Frau sah sie überrascht an. „Wofür sollte ich dich denn strafen?“ Sie legte kurz die Hand auf ihre Schulter. „Du bist herzlich willkommen.“

Es tat Eresh immer wieder wohl, das zu hören.

Auf dem ungewohnt flauschigen Boden hörte sie ihre Schritte nicht widerhallen.

Das Innere des Hauses wirkte so weitläufig und großzügig, wie Eresh es sich bei einem Palast vorstellte, war aber so gar nicht wie einer eingerichtet. Neben allerlei Überraschungen wies es gedeckte Töne und komfortable Schlichtheit auf.

Im Gegensatz dazu, dass die Villa von der Bauweise her an eine *Zikkurat* angelehnt war, erinnerte drinnen nichts mehr an das Zweistromland. Eresh hatte erfahren, dass die *Nibiruaner* früher gerne das eine oder andere schöne Kunstobjekt von der Erde in ihren Häusern ausgestellt hatten. Doch das gehörte schon eine ganze Weile nicht mehr zum guten Ton und galt als unschicklich.

Sie bogen in einen anderen Gang ein.

„Weißt du, Eresh, das zwischen deiner Mutter und deinem Vater war *vor* meiner Zeit. Ich habe Enthar erst ein paar Jahre nach deiner Geburt kennengelernt. Seine beiden ältesten Töchter, die ihn auch begleiteten, als er dich auf der Erde besuchte, sind noch von seiner verunglückten ersten Frau. Mit letzterer war dein Vater noch verheiratet, als er deine Mutter kennenlernte.“

„Oh, ich verstehe.“ Eresh fasste sich verblüfft an die Stirn. Was war sie doch für ein unwissendes kleines Schaf! Das hatte ihr zu Hause nie jemand erzählt – wieder einmal. Aber es erklärte einiges. „Deshalb waren *Addas* älteste Töchter stets so reserviert mir gegenüber.“ Eresh lachte trocken. Einige Momente später schloss sie: „Dann bist du also bereits seine dritte Frau, wenn ich meine *Ama* mitzähle.“

„Nuuun, nicht ganz“, erwiderte sie mit Humor in der Stimme. „So gerechnet bin ich seine vierte Frau.“

Eresh presste sich erstaunt die Hand vor den Mund, um ein Kichern zu unterdrücken.

Sie blieben vor einer Tür stehen.

„Was würdest du dazu sagen, wenn ich dir verrate, dass er bereits mein *fünfter* Ehemann ist? Und meine vier vorherigen leben übrigens noch.“ Die Frau mit den rötlichen, schulterlangen Haaren zwinkerte ihr zu.

Eresh konnte nicht umhin, ihre Gastgeberin noch einmal zu betrachten. Ihr fünfter Mann? Sie sah doch nicht älter als ihre sumerische Mutter aus! Einmal davon abgesehen, dass es in Ereshs irdischer Heimat für eine Frau undenkbar war, fünfmal zu heiraten. Selbst eine zweite Ehe kam kaum vor, höchstens, wenn der Gatte verstarb. Andere Welten, andere Sitten.

Ihre neue Stiefmutter streichelte ihr über den Rücken und blickte sie freundlich an. „Ich kann verstehen, wie dich das alles verwirren muss. Aber in dieser Welt vergeht die Zeit anders als in deiner. Wir haben deutlich größere Lebensspannen als Menschen auf der Erde.“

Eine Erkenntnis durchfuhr Eresh wie ein Blitz. „Von den ersten Herrschern von Uruk und anderen unserer Großstädte heißt es ebenfalls, dass sie unfassbar alt wurden. In unseren Mythen ist außerdem davon die Rede, dass die Erdenbewohner vor der Großen Flut generell länger lebten als heutzutage.“ Eresh schüttelte überrascht den Kopf. „Ich dachte immer, das seien lediglich Legenden, in denen übertrieben wurde. Etwa in der über den letzten König von *Schuruppak*, *Ziusudra*, der das Leben im Verlauf der Großen Flut vor der völligen Vernichtung rettete. Er soll zehn *SAR* gelebt haben, das wären 36.000 göttliche Jahre!“

Ihre Gastgeberin machte große Augen. „36.000 *Nibiru*-Jahre? Also wenn das damit gemeint ist, stimmt etwas nicht mit den Berechnungen deiner Vorfahren. Und 36.000 Erdenjahre wären schon auch ein wenig übertrieben.“ Sie lachte glucksend.

Eresh fühlte sich peinlich berührt, musste dann aber ebenfalls grinsen. „Nun gut, sie hatten größere Lebensspannen, ein Stück weit wie ihr, aber übertrieben wurde in den Legenden dennoch ausgiebig.“

Ihre neue Stiefmutter nickte und ein wissendes Lächeln umspielte ihre Lippen. „Wie dem auch sei, die Vergangenheit birgt noch so viele Geheimnisse. Doch zurück in unsere Gegenwart.“ Sie zwinkerte ihr zu. „Hier in der Station *Nibiru* ist man schon mal zahlreiche Jahrzehnte mit jemand zusammen, ohne alt zu werden. Dann merkt dann, dass man sich auseinandergelebt hat, und trennt sich.“

Eresh sah sie nachdenklich an.

Ihre Gastgeberin öffnete die Tür. „Überdies sind Männer, Frauen und andere sowie unklare Geschlechter einander gleichgestellt.“

Andere und unklare Geschlechter? Eresh hatte noch enorm viel über diese Welt zu lernen. Sie nickte zaghaft. Ihr war ganz schwindelig von allem, was sie heute an ihrem ersten Tag bei ihrer *nibiruanischen* Familie erlebt hatte.

„Du solltest dich ausruhen.“ Die Dame des Hauses führte sie in das Zimmer.

„Euer Gästezimmer ist wunderschön“, bemerkte Eresh aufrichtig.

„Das ist nicht unser Gästezimmer, sondern das, welches wir eigens für dich hergerichtet haben. Deine Schwester bewohnt das Gästezimmer.“

„Aber sie hat ...“ Eresh brach irritiert ab. Dann schüttelte sie verärgert den Kopf über Dara.

Die Frau lachte kurz auf. „Deine Schwester scheint dich gerne mal zu necken.“

Eresh schnaubte. „Ja, ständig.“

Als ihre neue Stiefmutter bereits wieder an der Tür stand, drehte sie sich noch einmal zu ihr um. „Gib deinem Vater ein wenig Zeit. Er freut sich wirklich sehr, dass du da bist. Auch wenn es ihm vielleicht nicht so ganz anzusehen ist. Es fiel ihm noch nie leicht, Gefühle zu zeigen. Auch in seinem Amt als der Oberste Verwalter unserer Metropole ist er stets um Ernst und Sachlichkeit bemüht. Doch du hättest sehen sollen, wie sehr er in Sorge um dich war.“

Wirklich?, hätte sie beinahe geschluchzt. „Vielen Dank, dass du mir das anvertraut hast“, sprach Eresh hingegen aus. Sie konnte ihre Tränen gerade noch so lange zurückhalten, bis sie allein war.

17. Vergangenheit und Zukunft

Einige Tage später trat Eresh abends mit Maschdara in den Garten des Anwesens. Die Stimmung war magisch. Man wusste zwar nie, ob etwa ein Geräusch wie Grillenzirpen oder das gelegentliche Trällern von Nachtvögeln von echten Tieren stammte, aber darüber konnte man hinwegsehen. Die Palmen im Garten trugen mild leuchtende Lampions. Die Gräser, blühenden Büsche, duftenden Kräuter und Blumen lagen wie im Halbschlaf da, noch nicht ganz schlafend, aber schon träumend.

„Willst du wirklich gehen?“, fragte Eresh ihre Halbschwester mit einer Spur von Wehmut. Dara war ihr die letzte Zeit wie eine lebendige Erinnerung ihres irdischen Zuhauses in der Fremde gewesen. Wenn ihre Halbschwester ging, würde nichts davon übrigbleiben. Obgleich ein Teil von Eresh für eine Weile auf ihre spitzzüngige Gesellschaft verzichten konnte.

„Ja, und ich muss mich unbedingt noch bei deiner Familie für das wundervolle Abschiedsessen bedanken.“ Maschdara rieb sich über ihren Bauch. „Ich glaube, ich bin dadurch noch ein bisschen runder geworden.“ Sie lachte.

Eresh blickte besorgt auf den Babybauch ihrer Halbschwester. „Wie soll das bloß werden, wenn du zurück daheim bist? Ich wäre an deiner Stelle noch hiergeblieben, bis das Kind geboren und ein paar Wochen alt ist.“

„Aber ich möchte, dass es in *meiner* Welt geboren wird und nicht in deiner."

Eresh verdrehte die Augen. „Erstens ist es auch nur zur Hälfte meine Welt, und zweitens musst du auch einmal praktisch denken. Deine Gesundheit und Sicherheit und die deines Kindes sind doch viel wichtiger als der Ort, an dem es geboren wird."

Ihre Halbschwester hob stolz das Kinn. „Ich folge meinem Schicksal. Es wird schon eine Lösung geben." Dara – stur und trotzig wie immer. Doch ihr Optimismus in Ehren.

Eresh seufzte und sie liefen eine kurze Weile schweigend weiter durch den Garten.

„Morgen früh geht bereits der Flug." Gerade als Eresh das feststellend gesagt hatte, hörten sie ein Geräusch. Sie reckten die Hälse und sahen eine Himmelsbarke hoch oben am Firmament. Mittlerweile war dieser Anblick schon etwas gewohnter für Eresh. Es kam schließlich öfter einmal vor.

Ihre Halbschwester grinste sie herausfordernd an. „Ich hoffe, du bist nicht allzu eifersüchtig, dass Inshas mich begleitet."

So hieß der Assistent ihres Vaters und ja, ein bisschen eifersüchtig war Eresh. „Ach was. Komm du nur gut nach Hause und grüße sie alle von mir. Lass sie bitte von mir wissen, dass ich ebenfalls zurückkehren werde. Wenn auch vor allem, um mich von ihnen zu verabschieden."

Maschdara nickte mit einem bei ihr ungewohnten Anflug von Melancholie.

Sie setzten sich auf eine der merkwürdig geschwungenen Ruhebänke und gaben sich für ein paar Minuten ihren eigenen Gedanken hin. Ein Potpourri aus Düften drang von den nahen Kräuterbeeten zu ihnen. Einige der Komponenten meinte Eresh von der Erde her zu kennen. Andere rochen auf interessante Weise fremdartig.

Plötzlich spürte Eresh Daras Hand auf ihrer Schulter. Auch das wirkte ganz ungewohnt seitens ihrer Halbschwester. Im Laufe ihrer gemeinsamen Kindheit und frühen Jugend hatte Dara ihr viel eher mal eine Ohrfeige gegeben, als ihr die Hand auf die Schulter zu legen.

Eresh drehte den Kopf zu ihr und blickte sie fragend an. Im nächsten Moment erkannte sie den Grund für die seltene Geste ihrer Halbschwester.

„Ich wollte ohnehin zurück ins Haus und noch ein letztes Bad nehmen", erklärte Maschdara. „Wann habe ich daheim schon die Gelegenheit zu so etwas?" Ihre gute Laune klang ein wenig aufgesetzt, Verlegenheit schimmerte hindurch. Dara stand auf und ging.

Eresh blieb mit ihrem Vater allein zurück.

Er hatte sich neben sie auf die Ruhebank gesetzt und glättete das fließende Gewand über seinen Knien, das auch er trug, wenn er zu Hause war. In seinem Fall war es dunkelgrün. Im dämmrigen Licht der bunten Lampions, die den Mondschein ergänzten, glänzten die grauen Strähnen in seinem Haar silbern. Enthars Gesicht hingegen wirkte jünger als das ihres irdischen Stiefvaters, obgleich es eine gewisse Reife ausstrahlte. Seine Augen hatten den gleichen grau-blauen Ton wie die von Eresh selbst, und sein Teint war selbst heller als der eines adligen Sumerers.

Eresh fühlte sich etwas nervös, hier draußen einzig mit ihrem Vater zu sitzen. Sie waren noch nie miteinander allein gewesen. Stets hatte sich jemand um sie herum befunden. Angespannt wartete Eresh darauf, dass er die Stille brach. Wollte er ihr etwas Spezielles mitteilen? Schüchtern blickte sie ihn an.

„Ich bin froh, dass du hierbleibst", bekannte er und klang dabei ebenfalls etwas schüchtern. Er sah sie nicht an, sondern in eine unbestimmbare Ferne. „Ich rechnete damit, dass du die nächste Gelegenheit ergreifst und mit deiner Schwester zurückfliegst."

Es wäre ihr wohl nicht zu verdenken – nach allem, was sie auf der Station *Nibiru* hatte erleben müssen. Sie war als Entführte angekommen, gefangengesetzt und bedroht worden. „Aber ich habe mich entschieden, zu bleiben." Eresh brachte nicht den Mut auf, ihren Vater anzusehen, und teilte mit ihm den Ausblick zum Abendhimmel.

„Du hast meine Welt von ihrer schlechtesten Seite erleben müssen. Gewähre uns nun die Zeit, sie dir von ihrer besten zu zeigen." Er drehte jetzt doch den Kopf zu ihr und ein kleines, schwermütiges Lächeln lag auf seinen Lippen.

„Das werde ich." Eresh lächelte ihn gerührt an. Einige Momente später musste sie es endlich fragen: „Nach dieser Zeit soll ich mich dann entscheiden und entweder hierbleiben oder für immer zur Erde zurückkehren?"

Ihr Vater senkte den Kopf und die Lider und seufzte kurz, aber schwer. „Nein", stieß er dann überraschend hervor. „Du kannst auch jederzeit einfach zu Besuch kommen."

Eresh wandte sich ihm verblüfft ganz zu. „Das klingt völlig anders als die Entscheidung, vor die du mich damals gestellt hast."

Enthar hob den Kopf wieder, setzte sich ebenfalls ihr zugewandt hin und betrachtete sie mit einer ungewohnten Wärme im Blick. „Damals dachte ich, es sei besser für dich, wenn du eine dauerhafte Heimat hast. Ich wollte nicht, dass du dich ständig hin- und hergerissen fühlen musst." Eindringlich sah er sie an. „Ich befürchtete, dass ein Teil von dir hier und der andere dort weilt."

Eresh musterte ihn aufgewühlt.

Ihr Vater strich ihr vorsichtig eine Haarsträhne aus dem Gesicht. „Und ja, es kann sein, dass ich auch so egoistisch war, dich mit diesem Ultimatum dazu zu bringen, zu kommen, um zu bleiben."

Eresh erkannte ihren kühlen, wortkargen Vater kaum wieder. Es wühlte sie auf, zu hören, was in ihm vorgegangen war.

Die Tatsache, dass er seine Meinung, ja seine ganze Einstellung geändert hatte, erstaunte sie.

„Ich war überzeugt davon, dass du es in meiner Welt besser haben würdest. Alle Möglichkeiten sollten dir offenstehen. Hier ist es nicht so ungewöhnlich, ein Halbwesen unter Anunnaki zu sein wie auf der Erde ein Halbwesen unter Menschen."

Eresh nickte nachdenklich. „Das könnte sein."

„Du denkst vielleicht, ich hätte das alles nicht mitbekommen, Eresh. Aber mir entging durchaus nicht, wie schwer du es teilweise als Kind und auch noch als Jugendliche in der Heimat deiner Mutter hattest."

Eresh lachte freudlos auf. „Sicher dachte ich, dass du nichts davon mitbekommen würdest. Du hast mich schließlich nur zweimal besucht, mit deinen kühlen Töchtern. Wie solltest du da einen Eindruck von meinem Leben gewinnen?"

Ihr Vater legte unerwartet seine Hand auf ihre. „Ich hielt es damals für das Richtige, deine Familie nicht häufiger zu stören, dich nicht öfter aufzuwühlen. Darin war ich mit deiner Mutter einer Meinung."

Eresh akzeptierte die leichte Berührung seiner warmen Hand, aber es brach aus ihr hervor: „Schön, dass *Ama* und du euch darin einig wart. Doch mich habt ihr nicht mit einbezogen. Ihr hättet mich einmal fragen können, was *ich* will!“ Tränen stiegen Eresh in die Augen.

Enthar verstärkte den Druck seiner Hand auf ihrer und atmete tief durch. „Du hast recht. Bitte verzeih mir.“ Er schluckte schwer. Einige Momente später ergriff er wieder das Wort. „Ich überlasse es dir. Du kannst uns jederzeit besuchen. Aber wenn du deine Zukunft nun auf der Erde siehst, respektiere ich das.“

Eresh wischte sich die Tränen von den feuchten Wangen. „Ich denke, ich sehe meine Zukunft hier, auf *Nibiru*.“ Ihren Vater so erfreut und erleichtert zu sehen, brachte sie und ihr Herz sofort zum Lächeln.

Eresh blickt zu den Sternen

Nun lebe ich schon seit zehn Erdenjahren auf *Nibiru*. Ich rechne immer noch in Erdenjahren, doch hier auf der planetaren Station vergeht die Zeit etwas anders.

Damals, während meiner ersten Wochen auf *Nibiru*, hatte ich das nach all den Schrecken und vor lauter Aufregung nicht so gemerkt. Aber als ich nach der Abreise von Dara im Hause meiner *nibiruanischen* Familie zur Ruhe gekommen war, wurde es mir Stück für Stück bewusst. Nicht allein, da mein Körper plötzlich darauf zu reagieren begann.

Die Umstellung ist niemals einfach. Sie war es bei keinem der drei Besuche, die ich meiner alten Heimat in Uruk seither abgestattet habe. Es ist unglaublich, doch bereits beim zweiten Mal kam mir mein einstiges Zuhause fast schon fremd vor. Kleiner und gealtert meine Mutter und mein Stiefvater, meine Großmutter verstorben, meine kleinen Geschwister verlobt - oder verheiratet.

Und Dara? Sie hat natürlich einmal wieder bekommen, was sie wollte. Das heißt - nicht den Vater ihres Kindes. Nein, er hat sich so abweisend und letztlich feige verhalten, dass Dara meinte, auf ihn verzichten zu können. Meine Halbschwester hat zwei Jahre nach der Geburt ihres Sohnes auf einem Fest einen anderen Mann kennengelernt: einen Witwer aus niederem sumerischem Adel. Da er kinderlos war, nahm er Daras Sohn als seinen an. Welch ein unfassbares Glück sie hatte! Zumal der Mann ihr auch noch gefallen hat, trotz der 15 Jahre Altersunterschied zwischen ihnen. Erst bei meiner letzten Reise zur Erde habe ich Dara und ihre Familie wieder besucht. Mittlerweile haben ihr

Gatte und sie noch einen weiteren Sohn und eine Tochter. Ich gönne das alles meiner Halbschwester von ganzem Herzen. Früher hätte ich nie gedacht, dass wir einmal ein so gutes Verhältnis haben würden.

Was das Schicksal noch für Schuri bereithielt, wollte ich die erste Zeit gar nicht wissen. Zu schmerzlich war es nach wie vor für mich, an ihn zu denken, und daran, wie sehr er mein Vertrauen missbraucht hatte. Der erste Mann, in den ich je verliebt war!

Was hingegen mit seinem Vater, dem ehemaligen Hohen Verwalter der Nördlichen Kapitale, geschehen war, hörte ich bald von meinem eigenen Vater. Mit Genugtuung hatte er mir berichtet, dass mein einstiger Peiniger seines Amtes enthoben und inhaftiert worden war.

Erst ein Erdenjahr später forschte ich doch nach, wohin es Schuri verschlagen hatte. Schließlich war nichts zu mir gedrungen, dass er vom Hohen Rat der Südlichen Kapitale verurteilt und ebenfalls in Haft genommen wurde. Nach einer Weile fand ich heraus, dass er offenbar zur Erde geflohen war. Aber wie zuverlässig die Quelle ist, in der ich das gelesen hatte, bleibt unklar. Ebenso, ob Schuri sich auch heute noch dort aufhält oder nach *Nibiru* zurückgekehrt ist.

Während meine einstige Heimat mir fremder geworden ist, wurde mir meine neue auf dem Wandernden Stern sehr viel vertrauter. Die sonderbaren einteiligen Anzüge, die man dort am häufigsten auf den Straßen trägt, sind jetzt ein gewöhnlicher Anblick für mich. Ja, ich trage sogar selbst Varianten davon.

Ich habe überdies gelernt, zwischen den wenigen echten Tieren und Pflanzen und den wesentlich geläufigeren unechten zu unterscheiden. Künstliche Leute gehören für mich zum Alltag. Sogar die Sprache der *Nibiruaner* habe ich gelernt!

Es gibt hier so viele Dinge, die ich meiner sumerischen Familie gar nicht zu erklären vermag, wenn ich bei ihnen zurück in Uruk bin. Ehrlich gesagt, würden sie mir manches wahrscheinlich gar nicht glauben. Sie wundern sich schon genug darüber, wie langsam ich altere.

Ich bin nun ein ganz normales Halbwesen, das sich unter anderen Halbwesen, Anunnaki und künstlichen Leuten durch die Südliche Metropole bewegt. Ich gehe zur Akademie und besuche meinen Freund, so wie er mich besucht.

In einer Zeitspanne, während der ich Inshas auf der Erde längst geheiratet und ihm ein halbes Dutzend Kinder geboren hätte, denken wir hier gerade einmal darüber nach, zusammenzuziehen. Meine sumerische Familie versteht die Welt nicht mehr, wenn ich ihnen von meinem Leben auf *Nibiru* erzähle. Wieder und wieder muss ich sie enttäuschen, wenn sie mich mit leuchtenden Augen fragen, ob sie bald Enkel, beziehungsweise Nichten und Neffen bekommen.

Es langweilt sie sicher, wenn ich von den Themengebieten berichte, die ich an der Akademie studiere. Und bestimmt verwirrt es sie, wenn mir etwas über die technischen Geräte und Installationen herausrutscht, die dort unsere Leben begleiten.

Auf der Erde Undenkbares ist hier mehr als denkbar: Es gehört zum Alltag.

Doch manchmal habe ich Heimweh nach meinem irdischen Zuhause. Nachts, wenn ich nicht schlafen kann, zieht es mich wieder hinaus und hinauf. Ich suche mir ein Plätzchen auf dem Dachgarten des Hauses, lege mich auf eine Decke und blicke zum Sternenhimmel. Ich bin jetzt in der Welt, die ich früher immer unter den Sternen suchte -

- und nun halte ich Ausschau nach der Erde.

Danksagung:

Ich danke allen von Herzen, die mich bei der Entstehung meines Romans unterstützt und ermutigt haben. Manchmal war es konstruktive Kritik zu einer Textpassage, ein anderes Mal der Hinweis auf ein Buch über die Sumerer.

Von Herzen danke ich dem lieben, kompetenten Team von Lycrow Verlag. Meine Lektorin Claudia Fischer hat mir geholfen, die Geschichte rund zu machen und mit Kilian Fischer jeden Fehler aufzuspüren, der sich eingeschlichen hatte. Isabell Bayer hat das wundervolle Cover gestaltet, die Overlay-Folie und noch so viel anderes zur Veröffentlichung beigetragen. Meiner Verlegerin Liesa Marin vielen Dank für das Vertrauen in mein Buch und alles, was sie dafür getan hat.

Mein besonderer Dank geht an meinen Mann, Martin Engel, der testgelesen und immer Verständnis und Begeisterung für meine Geschichte gezeigt hat.